월요일도
괜찮아

* 이 도서의 국립중앙도서관 출판시도서목록(CIP)은 e-CIP홈페이지(http://www.nl.go.kr/ecip)와 국가자료공동목록시스템(http://www.nl.go.kr/kolisnet)에서 이용하실 수 있습니다.
(CIP제어번호: CIP2017013307)

삶을 바꾸는
일상 유유자적 기술

월요일도
괜찮아

박돈규 지음

은행나무

차례

서문

일요일 오후가 되면 기분이 침몰한다. 저만치 있는 줄 알았던 월요일이 겁나게 밀고 들어온다. 해와 달이 밀물과 썰물을 일으키듯이, 물때가 바뀐 것이다. 틈입하는 월요일을 막아낼 비방이 없다. 몸은 아직 일요일에 머물러 있는데 마음은 벌써 출근길처럼 부산하다.

직장인은 일주일에 한 번 그렇게 환승transfer을 경험한다. 일요일에서 월요일로, 휴식에서 노동으로 갈아탄다. 주말의 끝을 예고하는 카운트다운이 시작되면 제대로 못 쉰 것 같아 후회가 밀려오고 좀 우울해진다. 우리를 짓누르는 삶의 하중은 일요일 오후에 가장 묵직해지는 모양이다.

하지만 일요일에서 월요일로의 환승이 번번이 괴로운 것은 아니다. 일이 구세주가 될 수도 있다. 우리가 붙잡혀 있는 삶의 문제로부터 빠져나오거나 시선을 거둘 수 있도록 도와주니까. 다시 맞은 월요일, 일에 몰입하면서 어느덧 고통을 잊는다. 은퇴한 사람이나 환자는 혼자 남겨진 뒤에 정신적으로 더 허약해진다고 한다. 처지를 비관할 시간이 너무 많기 때문이다.

이 책을 쓰는 일은 다른 무엇이기 이전에 자가치료自家治療였다. 하루가 끝날 때 전원 플러그가 갑자기 뽑힌 사람마냥 어리벙벙했다. 나를 둔감하게 만든 생각을 뒤집어보거나 습관을 뒤흔들고 싶었다. 힘겹게 이륙하고 난기류에 시달리다 쿵 소리와 함께 착륙하는 일상을 되짚어보고 싶었다. 독자에게도 어떤 ON·OFF 스위치처럼 읽히기를 희망한다. 이쪽 불을 꺼야 저쪽이 환해진다.

일찍이 장 자크 루소가 짚었듯이 부富는 상대적이다. 얻을 수 없는 뭔가를 욕망할 때마다 가진 재산과 관계없이 가난해지고, 가진 것에 만족할 때마다 소유한 게 적어도 부자가 될 수 있다. 아인슈타인은 이렇게 말했다. "인생을 살아가는 데는 오직 두 가지 방법밖에 없다. 하나는 아무것도 기적이 아닌 것처럼, 다른 하나는 모든 게 기적인 것처럼 살아가는 것이다."

삶을 음미하는 데 꼭 필요한 스물다섯 가지 키워드를 골라 그 내부를 탐사했다. 넘어야 할 장애물이기도 한 그것들의 이름은 일요일 오후, 일, 행복, 질투, 돈, 걱정, 고독, 사랑·결혼, 스마트폰, 자연, 여행, 집, 음식, 자기 이해, 정상, 나르시시즘, 슬픔, 분노, 중력, 습관·예술, 섹스, 무기력, 미루기, 종교, 그리고 죽음이다.

지도나 나침반, 등반 장비 없이 낯선 산에 오를 수는 없다. 막막해지는 구간을 마주할 때마다 몽테뉴, 세네카, 에피쿠로스, 프로이트, 뒤르켐을 비롯한 학자들과 알랭 드 보통, 스탕달, 유발 하라리, 올리버 색스, 마르셀 프루스트 같은 작가들을 길잡이로 삼았다. 신문기자로 일하며 경험한 영화와 연극, 책과 미술 등에도 알게 모르게 큰 빚을 졌다. 희망과 현실 사이 까마득한 크레바스crevasse를 건너는 데 이 책이 조금이나마 도움이 되기를 바란다.

2017년 6월

박돈규

01

일요일 오후 / 환승

1

좀 이상하게 들리겠지만 '현재'라고 부르는 시간을 제대로 살아
가기란 쉽지 않다. 몸은 지금 여기에 있지만 정신은 과거나 미래
의 어떤 일에 쏠려 있거나 어떤 장소에 붙잡혀 있는 상황 말이다.
내게도 "당신 또 어디에 가 있는 거야?"라는 핀잔이 왕왕 날아든
다. 주말에 집에서 가족과 함께 쉬다가 심지어는 짧은 여행을 떠
났다가도 그런 상황과 가끔 맞닥뜨린다. 뜨끔하고 민망해진다.

　우리의 현재를 망치는 장본인은 대체로 불안이다. 미래는
늘 숱한 경우의 수를 지니고 있다. 늦잠이나 교통 체증 같은 작은
'사고'부터 지진이나 테러 등 섬뜩한 재난까지 예측 불허다. 뭐라
고 짚어 말할 수 없는 불안감이 늘 우리 주변을 어슬렁거린다. 어
떤 일이 엄습할지 모른다는 데서 오는 이 공포는 일요일이 저물

어갈 때 가장 증폭되는 것 같다. 월요일에 출근해 일 속에서 헤엄치면서 비로소 그 근심에서 벗어난다.

일요일 오후만 되면 우리가 저마다 정말로 하고 싶은 일과 월요일부터 해야 할 일 사이에 틈새가 커 보이는 까닭은 뭘까. 역설적이지만 그것은 일터에서 행복감을 느껴야 한다는 그릇된 기대 때문이다. 사람들이 일을 하면서 즐거울 수 있다는 상상을 하게 된 역사는 매우 짧다. 18세기 중반 이전까지 일은 그저 먹고살기 위해 피할 수 없는 고역이었다.

산업혁명 이후의 사회는 세상을 더 부유하게 해준 것처럼 보인다. 하지만 심리적으로는 더 궁핍하게 만들었다. 기대가 작으면 적은 것으로도 행복할 수 있다. 반면 모든 일에 기대를 거는 것이 당연해지면 많은 것을 가지고도 비참해질 수 있다. 우리는 조상들이 살던 때보다 훨씬 더 많은 것을 기대한다. 그 대가로 끊임없는 불안에 시달린다. 만연한 가능성이 초조감을 낳는 것이다.

마음은 휑뎅그렁하고 혼란스럽다. 우리는 특히 일요일 오후에 이 세상에서 머무는 방식에 적응해야 한다. 누군가 바로 옆에서 다른 데 정신이 팔려 있는 것처럼 보일 때에도 일요일이라면 좀 너그러워질 필요가 있다. 그(그녀) 또한 다가올 월요일 앞에서 현재에 머무는 데 어려움을 겪고 있을 테니까.

금요일 저녁부터 시작된 40~50시간의 달콤한 휴식이 끝나간다. 몸은 일요일에 머물러 있지만 월요일의 노동이 임박했다는 심리가 우리 내부를 지배한다. 무서운 카운트다운이 시작된 것이다. 금요일 밤에 그렇게 과음하지 말았어야 했는데, 그제야 후회가 밀려온다. 토요일에 잠만 자다가 비몽사몽으로 주말을 낭비했다고 자책한다.

삶의 하중이 느껴지면서 마음은 바빠진다. 이메일을 체크하면서 월요일에 출근하자마자 할 일을 떠올린다. 세탁과 다림질은 되어 있는지, 월요일 아침에 간단히 먹을 건 있는지도 점검한다. 오늘은 일찍 자야지, 하다가 다시 티브이 앞에 앉아 있는 나를 발견한다. 맙소사, 새벽 두 시다!

2

현대인은 일요일 저녁마다 주기적으로 얕은 우울을 경험한다. 정신과 전문의들은 이것을 상황이 닥치기도 전에 미리 초조해하는 일종의 '예기豫期불안'이라고 진단한다. 평일 노동강도가 세지면서 일요일 저녁은 다가오는 한 주를 집에서 준비하는 시간이 되었다. 월요일에 피로를 더 느끼고 시무룩해지는 이른바 '월요병(월요 증후군)'을 일요일 저녁부터 느낀다는 사람이 적지 않다.

'일요일 오후의 우울'은 과거에도 있기는 했다. 중년의 한국인은 1970년대에 드라마 〈수사반장〉이 끝나고 '코코시럽' 광고를 볼 때 슬퍼졌다고 말한다. 이 우울감은 주 오일제가 확산되고 노동과 휴식의 격차가 벌어지면서 훨씬 더 커졌다. 금요일 밤, 주말은 길어 보인다. 토요일에도 마음은 그리 급할 게 없다. 하지만 일요일로 넘어가 해질녘이 되면 직장인은 풀이 죽는다. 흘러간 유행어처럼 "느낌 아니까"다.

구글에서 '일요일 우울증sunday blues'을 검색하면 가벼운 운동이나 요가, 독서나 코미디 영화 감상, 일찍 잠자기 등 나름의 처방을 만날 수 있다. 온라인 서점의 책 주문은 일요일 오후에 극점을 찍는다. 일주일 동안 고생한 자신에게 주는 선물이자 월요일을 앞두고 건네는 위로인 셈이다.

일요일 오후가 되면 알람 설정이라도 한 듯 '아, 내일 출근하기 싫다'라는 넋두리가 나온다. 가능성과 꿈은 무한히 열려 있는 시대지만 현실은 결코 너그럽지 않다. 꿈과 현실은 대체로 일요일에 정면충돌하면서 불안을 낳는다. 삶이 한때 우리가 가졌던 꿈에서 얼마나 벗어나 있는지는 구태여 말하지 않아도 안다. 대부분 자아실현과는 거리가 먼 직장이지만 다시 월요일이 되면 우리는 그곳으로 출근한다.

살아남는 것은 힘이 세거나 영리한 동물이 아니라 변화에 잘 적응한 동물이다.

진화론을 세운 찰스 다윈이 남긴 말이다. 행복 연구가들은 "생계 때문에 일을 한다는 관점을 바꾸지 않으면 일요일 저녁의 우울을 피하기 어렵다"라면서 "직업을 즐길 수 있어야 행복해진다"라고 조언한다.

3

일요일 밤에 혼자 〈개그콘서트〉를 시청하다 깔깔거렸다. 덩치가 푸짐한 개그맨이 방청객을 향해 "야채와 나물의 차이점이 뭔지 아느냐?" 물었다. 난센스 퀴즈였다. 뭘까, 생각하는데 그가 정답을 들려준다. "야채는 맛이 없어요. 나물은 더럽게 맛이 없어요." 웃다가 탁상시계를 보았다. 밤 열 시. 으악, 내일은 월요일이다.

일요일 오후가 되면 물 먹은 솜처럼 기분이 무거워진다. 제대로 쉬지도 못하고 벌써 주말이 저문다는 실망과 후회가 밀려온다. 마음 한편에서는 월요일부터 처리할 일, 이런저런 근심과 스트레스가 치밀고 올라온다. 일요일 밤 아홉 시 무렵 인터넷 자유게시판이나 SNS에는 "일요일 저녁 언제가 제일 초조하세요?"라는 질문이 뜬다. 금세 주렁주렁 댓글이 붙는다. "〈개그콘서트〉 할 때쯤 슬슬 기분이 가라앉아요." "부럽네요. 저는 〈런닝맨〉 끝날 때쯤이요……."

매주 겪는 일종의 우울증이다. 2009년 스웨덴 예테보리 대학은 16세 이상 1만 2천 명의 인터뷰 자료를 분석했다. 연구팀은 "성별, 연령에 관계없이 통계적으로 가장 덜 행복한 요일은 일요일"이라고 결론지었다. 한국보건사회연구원 조사에서도 일요일은 수요일과 더불어 인터넷에 자살 관련 언급이 가장 많이 올라오는 요일이다.

일요일 오후, 직장인은 침울해진다. '휴식과 노동 사이의 낙폭'을 실감하기 때문이다. 조던 매터는 사진집 《우리 삶이 춤이 된다면》에서 그것을 '환승'이라고 이름 붙였다. 공항이나 지하철역에서 쉽게 볼 수 있는 단어다. 월요일로 '갈아타기'를 앞둔 일요일 저녁부터 마음은 스산해진다. 그 시간에는 누군가를 만나는 것 자체가 부담스럽다.

사람들이 휴식에서 노동으로의 환승을 힘겨워한다는 신호는 생활 패턴에도 나타난다. 영화관에서는 '황금 시간대'가 당겨졌다. 맥스무비 영화연구소가 관람 데이터를 분석한 결과, 일요일 전체 관객의 80퍼센트가 채워진 시각은 2011년 저녁 일곱 시에서 2016년 오후 네 시로 전진했다. 출근과 등교의 부담을 피하기 위해 일요일 저녁에는 외출을 삼가는 것으로 보인다. 일요일 저녁 공연이 사라지고 있다. 대형 마트도 일요일 저녁에는 한산하다. 그 시간대 티브이 시청률만 해마다 높아지는 추세다.

4

일요일의 우울은 세계보건기구WHO가 심각하게 다뤄야 할 전염병 같은 것인지도 모른다. 월요일이 오기도 전에 일요일 오후부터 우리는 자신을 들볶는다. 일을 준비하느라 정신을 예열하는 시간이 길어진다. 이 패턴은 매주 반복된다.

하지만 희소식도 있다. 일요일에서 월요일로의 환승이 꼭 우울하기만 한 것은 아니다. 거꾸로 월요일이 반가울 수도 있다. 집이나 어떤 삶의 문제에서 도망쳐 금심을 잊고 싶을 때도 더러 있지 않은가. 무엇보다 일이라는 과제는 사랑이나 결혼 생활에 비하면 훨씬 더 수월하다.

일터는 우리에게 프로처럼 행동하기를 요구한다. 사무실에서 나는 '진짜 나'가 아니다. 표면적 쾌활함이라는 일종의 가면을 쓰고 감정을 절제한다. 또 직장은 본능만으로 뭘 알아채기를 결코 기대하지 않는다. 어떤 일이든 우리는 오랜 훈련을 통해 익숙해진다. 직무를 완전히 파악하는 데 몇 년이 걸릴 수도 있다.

사랑이나 결혼 생활에는 그런 사치가 불가하다. 직감으로 즉시 상대를 이해하지 못할 경우 사랑의 진정성을 의심받는다. 연인들은 구구절절한 의사소통 없이도 상대의 마음을 꿰뚫고 깊이 교감할 수 있다고 말한다. 사랑의 초기에만 적용할 수 있는 믿음이다. 그런 낭만적 기대는 곧 현실의 크레바스에 빠져 추락하고 만다.

일터에서 우리는 피드백에 더 섬세해진다. 상대에게 껄끄러운 말을 하려면 적어도 조심조심 몇 가지 칭찬을 섞어 던진다. 사람이 굴욕감을 느끼면 업무 성과가 나아지지 않는다는 것을 직장은 알고 있다.

　하지만 집에서는 정반대다. 우리는 배우자 앞에서 문을 쾅 닫기도 하고 험한 말로 입씨름을 하기도 한다. 그렇게 그(그녀)를 바로잡으려는 시도는 대체로 수포로 돌아간다. 결과적으로 우리는 더 크게 상심한다.

　따라서 일요일의 끝이 꼭 우울한 것만은 아니다. 주말이 지나고 월요일 아침이 되었을 때 홀가분해지고 행복하다는 사람을 만나도 놀랍지 않다. 집을 떠나 일터에서는 사뭇 단순한 직무에 몰입할 수 있으니까. 우리는 그래서 아이러니하게도 월요일 아침을 기다린다.

02

일 / 성공

1

먹고사는 문제에서 자유로운 사람은 거의 없다. 하지만 일하기 위해 사는지 살기 위해 일하는지 혼란스러울 때가 있다. 성장은 멈추고 경쟁은 더 치열해진 시대에 일을 대충 하다가는 판로가 막혀버리거나 잘리거나 문을 닫게 돼버리기 일쑤다. 노동과 휴식의 경계는 무너졌다. 일은 파도처럼 끝없이 밀려오고 마음이 놓이지 않을 만큼 삶을 뒤흔든다. 이상적인 의미에서 일과 삶의 균형이란 현실에 존재하기 어렵다는 뜻이다.

커피를 하루에 두어 잔 마신다. 거를 수 없는 일과다. 출근 전후에 카페인을 섭취하면서 뇌세포를 깨운다. 각성제도 지나치면 건강한 삶을 위협한다. 스타벅스 커피를 기준으로 하면 톨 사이즈(12온스) 한 잔에 카페인 260밀리그램이 들어 있다. 성인에게 해롭지 않은 카페인의 최대량은 하루 400밀리그램이라고 한다.

일터의 마침표를 술로 찍는 경우가 잦아졌다. 하루를 마감하는 감정은 복잡하다. 무사히 끝났다는 안도감, 생산적이었는가에 대한 의심, 완주 뒤의 허탈감, 자잘한 근심 등이 뒤섞이곤 한다. 여전히 긴장한 상태인 정신에 술을 붓는다. 좀 허술해지는 쪽으로 몽롱한 쪽으로 이끈다. 그래야 침대에서 뒤척이는 시간을 줄일 수 있다.

국어사전에서 '일'이라는 명사를 찾아본다. "무엇을 이루거나 적절한 대가를 받기 위하여 어떤 장소에서 일정한 시간 동안 몸을 움직이거나 머리를 쓰는 활동 또는 그 활동의 대상"이라는 풀이가 나온다. 인생의 많은 시간을 우리는 그렇게 보낸다. 하지만 무엇이 일을 인간의 활동 중에 가장 흥미로우면서도 가장 괴로운 것으로 만드는지는 좀처럼 알려져 있지 않다.

2

"무슨 일을 하시나요?"

스위스 태생의 영국 작가 알랭 드 보통은 2009년 7월 TED 강연 〈보다 온화하고 부드러운 성공 철학A kinder, gentler philosophy of success〉에서 "21세기에 가장 상징적인 질문이 바로 이것"이라며 "어떤 지위를 가지고 있고 무엇을 성취했느냐에 따라 사람을 평가하는 속물들이 우리를 둘러싸고 있다"라고 진단했다.

"누군가를 처음 만나 명함을 주고받는 자리를 상상해보라"라는 그의 부연 설명이 정곡을 찌른다. 상대방은 당신이 건넨 명함을 보자마자 표정이 싹 바뀐다. 반색을 하며 호들갑을 떨 수도 있고 급속히 냉랭해질 수도 있다.

그가 바로 속물이다. 사람의 작은 부분을 보고 전체를 판단하기 때문이다. 그는 명함에 적힌 직업과 직위만 가지고도 당신을 100퍼센트 스캔했다는 듯이 행동한다. 시계를 살피다가 "다른 약속이 있다"라며 화닥닥 자리를 뜰지도 모른다.

'속물근성snobbery'이라는 말은 1820년대 영국에서 등장했다고 한다. 처음에는 높은 지위를 갖지 못한 사람을 가리켰으나 점차 '상대방에게 높은 지위가 없으면 불쾌해하는 사람'을 지칭하게 되었다. 속물의 정반대는 '어머니'다. 자식의 성취 여부와 관계없이 무조건적 사랑을 베풀기 때문이다. 불행히도 현대사회와 타인은 어머니처럼 너그럽지 않다. 높은 지위에 오르거나 상당한 재물이 있어야 성공한 사람으로 사랑과 존경을 받을 수 있다.

우리가 물질적인 데 관심을 쏟는 까닭도 비슷하다. 정말 원해서가 아니라 감정적인 보상을 받고 싶어 하는 것이다. TED 강연에서 알랭 드 보통은 "페라리를 몰고 가는 사람을 보거든 '저 사람 참 탐욕스럽군'이라고 생각하지 말고 '상처받기 쉽고 애정이 결핍된 사람이군'이라고 생각하라"라고 말했다. 가엾게 여기라는 뜻이다. 109년 만의 폭염이 닥친 2016년 여름 서울 도심에서 길도 막히는데 보란 듯이 오픈카를 타는 사람을 보면서도 같은 생각을 했다.

알랭 드 보통은 "사실 사치품의 역사는 탐욕의 이야기라기보다 감정적 상처의 기록"이라고 말했다. 남들의 경멸에 압박감을 느껴 텅 빈 선반에 엄청난 것들을 전시하려 했던 사람들이 남긴 유산이라는 것이다. 가난이 낮은 지위에 대한 물질적 형벌이라면, 무시와 외면은 속물적인 세상이 내리는 감정적 형벌이다.

과거에는 종교라는 삶의 절대적 기준이 있었다. 아우구스티누스는 《신국De Civitate Dei》(427)에 "인간을 지위에 따라 판단하는 것은 죄악"이라고 썼다. 요즘 말로 바꾸면 "명함을 보고 사람을 가늠하지 말라"라는 뜻이다. 《신국》은 410년 고트족族이 로마를 점령한 사건을 두고 이교도 측이 제국 쇠망의 원인을 기독교에 돌리며 그리스도교를 공격했을 때 발표된 유럽 최초의 역사철학서다. 아우구스티누스에 따르면 오직 하느님만이 모든 사람을 합당한 자리에 놓을 수 있었다.

하지만 신神을 중심으로 회전하던 세상은 사라지고 말았다. 이제 우리는 각자 인생을 책임져야 한다. 저마다 삶의 운전대를 잡고 있는 셈이다. 평등하고 자유롭다는 점에서 그것은 힘이 된다. 하지만 불행까지 내 탓이란 점에서는 무거운 짐이다. 사회적으로 낮은 계급에 속하는 것이 재앙이라는 고정관념은 젊은 세

대로 계속 대물림되고 있다. 공포에서 시작된 속물근성의 순환은
신분제도가 무너진 현대에도 멈출 가능성이 거의 없어 보인다.

3

요즘 세상이 좋아하는 낱말 중 하나가 성과주의(능력주의)다. 표
현 자체는 아름답다. 재능과 기술이 있다면 출신이나 배경과 관
계없이 누구나 정상에 오를 수 있다는 뜻이니까. 하지만 성과주
의는 몹쓸 부작용을 낳는다.

　　성과주의 사회에서는 성공이 성취한 것처럼 보인다. 실패 또
한 마땅해 보인다. 성공을 거둔 사람들이 그럴 만한 자격이 있다
면, 사회의 밑바닥에 있는 사람들 또한 그들이 자초한 결과라는
인식이 강화되는 것이다. 인생이 성공 또는 실패라는 이분법으로
나뉜다면 실패(불행)의 충격은 훨씬 더 가혹해진다. 최악의 경우
는 자살을 부른다.

　　중세 영국에서는 길에서 아주 가난한 사람을 마주치면 '불운
한 사람unfortunate'이라고 칭했다. 행운의 축복을 받지 못했다는
뜻이었다. 하지만 오늘날은 최하층 사람을 야멸차게도 '실패자
loser'로 부른다. 불운한 사람과 실패자 사이에는 커다란 간극이
있다. 성과주의가 지배하는 세상에서는 지금 내가 사는 모양새가
신의 뜻이 아니라 내가 온전히 책임져야 하는 결과니까.

성과주의는 돌발적 사고나 의도치 않은 출생, 질병 등의 우연적인 요소를 감안하지 않는다. 그리하여 우리는 성공뿐만 아니라 실패도 자기 탓으로 받아들인다.

다수를 패배자로 만드는 풍조가 문제다. 성공하면 영웅이라 칭송받지만 실패하면 벌을 받는 셈이라 삶에 대한 불안과 불만족이 차고 넘칠 수밖에 없다.

알랭 드 보통은 TED 강연에서 성공과 실패에 대한 판단 근거에 의문을 던졌다. 성공이 늘 정당하게 얻어질까? 실패는 또 어떤가? 그는 우리의 생각과 무의식을 문장으로 유창하게 바꿀 줄 안다. 성공 또는 실패라는 이분법 때문에 현대인이 겪고 있는 고통을 섬세하고 위트 있는 달변으로 풀어낸다. 47개 국어로 자막이 붙어 있는 이 강연은 조회 수 500만을 돌파할 만큼 많은 사람의 공감을 자아냈다.

알랭 드 보통은 줄곧 현대인의 '행복과 고통'에 대한 글을 써왔다. 우리 삶이 그러하기 때문이다. 2013년 1월 영국 런던의 집필실에서 그를 인터뷰했다. "한국은 자살률이 매우 높은 나라인데 서점에는 자기계발서가 차고 넘친다"라고 했더니 이런 답이 돌아왔다.

"그 책들은 둘 중 하나일 것이다. '넌 뭐든지 할 수 있다You can do it'라고 격려하거나 '낮은 자존감low self-esteem'에 대처하는 방법으로 어루만지거나. 둘 사이에는 병 주고 약 주는 식으로 상업적인 공모共謀가 있다." 무엇이든 할 수 있다고 말하는 이상과 낮은 자존감이라는 현실 사이의 틈새가 점점 벌어지는 것 같다.

로먼 크르즈나릭이 쓴《인생학교: 일》도 현대인의 일을 탐사한 책이다. 학교를 졸업하고 취직해서 일주일에 다섯 번 시간 맞춰 일터에 가는 우리에게 '난 왜 일하는가?' '내게 일이란 무엇인가?'라는 질문을 직사포로 던진다. "노동하지 않으면 삶은 부패한다. 그러나 영혼 없는 노동은 삶을 질식시킨다"라는 카뮈의 말처럼, 영혼이 담긴 일을 찾는 것은 현대인의 열망이다. 크르즈나릭은 "어쩌면 이 시대의 가장 큰 공포는 영혼 없는 노동에 인생을 낭비하는 것인지도 모른다"라고 썼다.

이 책은 우리의 재능이 세상의 필요와 어느 지점에서 교차하는지, 직업을 바꿀 때 '안전'과 '자유'를 어떻게 조화시킬 것인지, '하고 싶은 일'과 '할 수 있는 일' 중에 어느 쪽을 선택해야 하는지 등을 문답으로 들려준다. "현대인이 종교처럼 집착하는 '천직에 대한 열망'은 철저히 현대의 발명품"이라고 지적하는 대목이 통렬하다. 우리가 인생의 순간순간을 열정적으로 불살라야 한다는 그릇된 강박관념에 사로잡혀 있다는 것이다.

4

돈벌이는 과거 어느 때보다 다양해졌다. 하지만 성공에 대한 불안을 떨치고 평정을 지키기가 이보다 더 어려운 시절도 없었다. 사회가 정의롭고 평등하다고 강조하면 할수록 우리는 더 많은 실패의 원인을 자신에게 돌리게 된다. 속물로 가득 찬 세상에서 우리 대부분은 부단히 노력하지만 성공하기 어렵고 성공한다고 해도 별로 행복하지 않게 되는 것이다.

실패에 대한 공포는 단순히 소득이나 지위의 상실이 아니다. 우리는 남들의 판단과 비웃음을 더 두려워한다. 신문과 방송에는 그렇게 인생을 망친 사람들 얘기로 그득하다. 그들을 싸잡아 '패배자'로 낙인찍는다. 성공과 실패에 대한 극단적인 이분법, 고약한 속물근성을 바꿀 대안은 없을까. 오랜 전통 중 하나지만 현대 사회가 까맣게 잊고 있던 해독제가 있다. 바로 비극tragedy이다.

기원전 5세기에 고대 그리스의 극장에서 발전된 비극은 인간이 어떻게 실패하는가를 보여준다. 소포클레스가 쓴 비극《오이디푸스왕》을 보자. 테베에 만연한 역병과 분투하는 왕 오이디푸스에게 신탁은 "오랜 죄악으로 나라가 오염됐다"라고 말한다. 오이디푸스는 선왕의 살인자를 밝혀내겠다며 복수를 다짐한다. 우리는 그 말로를 안다. 이 비극은 성공하지 못하는 게 되려 축복일지도 모른다는 지혜를 들려준다. 어쩌면 완전한 실패가 진정한 성공일 수도 있다.

프랑스 오르세 미술관에 걸려 있는 마네의 '풀밭 위의 점심'은 1863년 나폴레옹 3세가 연 〈낙선전〉으로 유명해졌다. 대중은 마네, 피사로, 쿠르베를 비롯한 낙선 화가들의 그림이 당선작보다 훌륭할 수 있다는 것을 알게 되었다. 반 고흐, 마르셀 프루스트, 스티브 잡스 등 천재가 처음에는 기득권자들에게 거부당했다가 나중에 받아들여진 존재라는 이런 인식은 기독교적 '구원'과도 겹쳐지며 사람들에게 적잖은 위로를 주었다. 그러나 실패가 고귀할 수 있다는 생각은 점점 설 자리를 잃고 있다.

우리는 성공이 무엇인지 제대로 알지 못한다. 미국 경제전문지 〈포브스〉는 1987년부터 '세계 부자 순위'를 발표해왔다. 해마다 지구에서 돈이 가장 많은 억만장자 500명을 공개한다. 2016년에는 빌 게이츠, 아만시오 오르테가, 워런 버핏, 제프 베조스, 마크 저커버그 등이 명단의 꼭대기에 이름을 올렸다. 하지만 성공을 돈으로만 정의할 수 있을까?

모든 것을 다 가질 수는 없다. 불가능하다. 무언가 성취하는 대신 무언가를 잃을 수밖에 없다는 점을 인정해야 한다. 남들이 말하는 성공이 아니라 본인이 생각하는 성공에 다가가야 한다. 알랭 드 보통 말마따나 "원하는 걸 가지지 못하는 것도 안쓰럽지만 그보다 더 슬픈 건 자기가 원한 성공이 그게 아니었다는 사실을 뒤늦게 깨닫는 것"이다.

5

1700년 서유럽에서 직업은 약 400가지에 불과했다. 하지만 이제는 50만 가지에 이른다. 선택의 폭은 넓어졌다. 그 다양성이 반갑지만은 않다. 적성에 맞는 직업을 고르는 과정에서 우리는 불안과 혼돈을 겪는다.

일은 당신이 무얼 하는지 의식하지 않는 편안하고 신나는 상태일 때 가장 만족스럽다. 한국 사회에서는 오래전부터 "바쁘지요?"가 인사말이 되었다. 바쁘고 심각하고 피곤해 보여야만 제대로 일하고 있다고 생각하는 편견이 만연해 있다. 고생한 사람만 칭찬하는 분위기는 모두를 고생하게 만든다. 웃으며 설렁설렁 일하면 더 쥐어짤 힘이 남아 있을 거라고 넘겨짚는 것이다.

일은 우리의 원근감을 파괴하기도 한다. 그것을 붙잡고 몰두하는 동안에는 근심을 잊는다. 나를 덮친 문제로부터 도망쳐 거리를 둘 수 있다. 정신을 팔게 해주고 가엾은 불안을 상대적으로 규모가 작고 성취 가능한 몇 가지 목표로 집중시켜준다는 점에서 일에게 고맙다. 때로는 뭔가 정복했다는 느낌과 '품위 있는 피로'를 안겨주기도 한다.

직장인은 저마다 사무실에서 그런 무아지경의 순간을 경험하고 싶어 한다. 한국 사회에는 특히 야근이 미덕이라는 문화가 팽배해 있다. 고도 성장기도 아니고 일촉즉발의 상황도 아닌데 사무실에서 눈치 보며 퇴근을 미룬다.

한국 직장인의 노동시간은 2015년 기준 1인당 2,113시간으로 경제협력개발기구OECD에서 두 번째로 길었다. 독일 직장인의 경우 연평균 1,371시간에 불과했다. 하루 법정 노동시간 8시간으로 환산하면 우리는 OECD 평균보다 43일 더 일하는 반면 실질임금은 OECD 평균의 80퍼센트 수준으로 나타났다.

하루의 끝은 부서질 듯 피곤하다. 전원 플러그가 갑자기 뽑힌 사람처럼 어리벙벙하다. 집중이 안 되어 책을 읽지도 못한다. 진정한 독서는 시간뿐만 아니라 맑은 정신을 요구하기 때문이다. '품위 있는 피로'는 아주 가끔, 어떤 기념일처럼 찾아온다.

하루하루는 초보 조종사의 비행기 이착륙과 닮아 있다. 사무실 문명은 커피나 술 없이는 실현 불가능할지도 모른다. 힘겹게 이륙한 하루 일과는 난기류에 시달리다 쿵 소리와 함께 착륙한다. 우리는 일을 사랑하면서도 증오한다.

03

행복

1

유엔은 해마다 세계 행복 지수를 발표한다. 「2015 세계 행복 지수」에서 한국은 10점 만점에 5.984점을 받아 158개국 중 47위를 차지했다(2016년에는 58위로 더 후퇴했다). 2013년과 비교하면 여섯 계단 하락이다. 이웃 나라 일본은 46위(5.987점)로 우리를 살짝 앞질렀다. 유엔은 GDP, 기대 수명, 관용 의식, 갤럽이 실시한 사회보장에 대한 인식과 선택의 자유, 부패지수 등을 0~10점까지 점수를 매겨 국가별 행복 지수를 산출한다.

2015년 가장 행복한 사람들은 한국에서 비행기로 열 시간쯤 날아가야 하는 스위스(7.59점)에 살고 있었다. 세계 경제를 움직인다는 미국(15위)이나 중국(84위)이 아니었다. 소크라테스를 비롯한 유명 철학자를 여럿 낳은 그리스는 102위에 불과했다.

2013년 조사에서 1위였던 덴마크는 3위로 밀려났고 아이슬란드가 2위, 노르웨이가 4위, 캐나다가 5위로 조사되었다. 북한이 조사 대상에 포함되지 않은 가운데 「2015 세계 행복 지수」에서 가장 불행한 나라는 아프리카 토고(158위)로 나타났다.

행복한 나라 스위스는 고요하고 깔끔하다. 특히 취리히의 거리는 지루하게 느껴질 정도다. 하지만 우리는 큰 변화 없이 되풀이되는 일상이 얼마나 경이로운 것인지 종종 잊고 산다. 프랑스 철학자 미셸 드 몽테뉴는 '평범한 삶'으로 충분하다는 것을 일깨우려고 이렇게 썼다.

> 적의 방어선을 뚫고 외교를 하고 나라를 다스리는 것은 화려한 행위이다. 그러나 꾸짖고, 웃고, 사고, 팔고, 사랑하고, 미워하고, 가족과 함께 상냥하고 정의롭게 사는 것, 늘어지거나 자신을 속이지 않는 것은 더 주목할 만하다. 더 드물고 더 어려운 일이다. 사람들이 뭐라고 하건 말건 그런 한적한 삶에서 이행해나가는 의무들은 다른 삶의 의무들만큼이나 어렵고 또 긴박한 것들이다.
>
> _몽테뉴, 《수상록》에서

몸이 아플 때 의사를 찾듯이 우리는 마음이 괴로울 때 철학자에 의지하게 된다. 불안을 다스리는 데 사색보다 좋은 처방은 없다.

죽음을 미리 걱정하는 게 부질없다는 냉정한 분석은 마음을 평온하게 만든다. 에피쿠로스는 "우리에게 돈은 있는데 친구와 자유, 사색하는 삶이 없다면 진정으로 행복해질 수 없다. 비록 부유하지 않아도 친구와 자유, 사색을 누린다면 결코 불행하지 않을 것"이라고 말했다.

이 철학자에게 신을 숭배하는 것은 시간 낭비였다. 사후 세계는 없으며 행복이 삶의 유일한 목적이라고 그는 생각했다. 에피쿠로스는 고대에는 인기 없는 철학자였다. 하지만 너나없이 지상의 행복을 추구하는 현대에는 그를 따르는 추종자들이 늘고 있다.

행복은 심리적인 자산에 크게 좌우된다. 비싼 물건은 우리의 정신적 결핍을 마치 물질적인 차원에서 해결하는 듯한 환상을 준다. 마음을 정리해야 하는데 백화점으로 가 쇼핑을 하며 '질러'대거나 친구의 우정 어린 충고가 절실할 때 외제차를 사들이는 식이다.

네덜란드 맥주 재벌 프레디 하이네켄이 납치되었던 실화를 다룬 영화 〈미스터 하이네켄〉에 이런 대사가 나온다. "세상에는 두 종류의 부자가 있다. 돈이 많은 사람과 친구가 많은 사람. 둘 다 가질 순 없다." 에피쿠로스의 눈으로 보면 돈보다는 우정이 훨씬 더 값지다. 대부분의 상업 활동은 정작 자신에게 무엇이 필요한지 모르는 사람들의 불필요한 욕망을 부추길 뿐이다.

2

한국은 오늘날 현대인이 직면한 딜레마를 어느 나라보다 압축적으로 보여준다. 지난 100년 사이에 식민 지배와 전쟁을 모두 겪었고 저개발 전통 사회에서 첨단 기술력을 지닌 선진 경제 국가로 고속 성장했다. GDP와 생활수준이 극적으로 오르는 동안 자살률도 치솟았다.

이스라엘의 유발 하라리는 세계가 주목하는 역사학자다. 국내에 번역되어 15개월 만에 30만 부 판매된 베스트셀러 《사피엔스》(김영사)에서 그는 "한국은 행복도 조사에서 멕시코, 콜롬비아, 태국 등 경제적으로 더 어려운 나라보다 뒤쳐져 있다"라며 "가장 널리 통용되는 역사 법칙의 어두운 단면을 보여준다"라고 썼다. 인간은 권력을 획득하는 데는 능하지만 그것을 행복으로 전환하는 데는 그리 능하지 않다는 것이다.

경제 사다리 맨 밑에 붙박여 있는 사람의 경우 돈이 많아지면 행복이 커진다. 하지만 어느 단계를 넘어서면 돈은 더 이상 중요치 않다. 하라리는 "세련된 외제차를 타고, 저택 같은 집에 살고, 발렌타인 30년을 마시는 데 익숙해지겠지만 머지않아 그 모든 게 일상이 되어버리기 때문"이라고 했다.

질병과 행복의 관계도 흥미롭게 살핀다. 질병이 단기적인 행복감을 낮추는 것은 사실이다. 하지만 장기적으로 행복을 감소시키는 건 상태가 점점 악화되거나 그 병이 지속적인 고통을 주거나 두 가지 경우뿐이라고 한다. 당뇨병 같은 만성질환으로 진단을 받은 사람은 단기간 동안은 우울해지지만 병이 더 나빠지지만 않는다면 새로운 상황에 적응한다.

오늘날 평균적인 사람은 1800년대 초보다 덜 행복할 수도 있다. 하라리는 현대인의 행복에 대해 "지난 2세기 동안 물질적 조건이 크게 개선된 효과는 가족 공동체의 붕괴로 상쇄되었을 가능성이 높다"라고 진단한다. 심지어 우리 시대가 성취한 자유조차 부정적으로 작용할 수 있다는 것이다.

> 우리는 배우자와 친구, 이웃을 선택할 수 있지만 그들은 우리를 버리는 쪽을 선택할 수 있다. 개인이 각자 삶의 길을 결정하는 데 전례 없이 큰 힘을 누리게 되면서, 우리는 남에게 헌신하기 점점 더 힘들어진다. 공동체와 가족이 해체되고 다들 점점 더 외로워지는 세상에 살고 있다.
>
> _539~540쪽

그는 행복이 기대의 문제라고도 지적한다. 평균적인 이집트인이 기아나 질병, 폭력으로 사망할 확률은 람세스 2세나 클레오파트라 치하에서보다 호스니 무바라크의 치하에서 훨씬 낮다. 하지만 이집트인들은 2011년 무바라크를 축출하기 위해 격렬하게 싸웠다. 자신을 파라오 치하의 선조들과 비교한 게 아니라 동시대 부유한 서방국가 사람들과 비교했기 때문이다.

호모 사피엔스도 하나의 동물이다. 생물학 없이는 인간을 제대로 이해할 수 없다고 말하는《사피엔스》에서 하라리는 화학적 행복으로 더 나아간다. 생물학자들에 따르면 행복을 결정하는 것은 연봉이나 승진, 연인이 아니라 도파민(쾌락)이나 세로토닌(행복 혹은 우울), 옥시토신(사랑) 같은 신경전달물질이다. 기뻐서 펄쩍펄쩍 뛰는 사람은 사실 혈관 속을 요동치며 흐르는 다양한 호르몬과 뇌의 여러 부위에서 오가는 전기신호의 폭풍에 반응하는 것이다.

인간의 생화학 시스템을 극심한 더위가 다가오든 눈보라가 몰아치든 온도를 일정하게 유지해야 하는 '공조 시스템'에 빗대는 가설도 있다. 사고가 생겨 온도가 일시적으로 바뀔 수는 있지만, 공조 시스템은 언제나 설정 값으로 온도를 되돌려놓는다. 하라리는 이 대목에서 매혹적인 해석을 보탠다.

> 인간의 행복 조절 시스템은 사람마다 다르다. 1에서 10까지의 척도로 볼 때 어떤 사람은 기분이 6에서 10 사이에서 움직이다가 8에서 안정되는 즐거운 생화학 시스템을 가지고 태어난다. 또 다른 사람은 기분이 3에서 7 사이를 오가다 5에서 안정되는 우울한 시스템을 타고난다.
>
> _545~546쪽

무슨 일이 닥쳐도 상대적으로 즐거운 상태를 유지하는 사람이 있는가 하면 어떤 선물을 줘도 항상 언짢은 상태인 사람도 있다. 새 차 구입이나 복권 당첨이 우리의 생화학 시스템을 바꾸진 못한다. 아주 잠깐 더 행복해질 수는 있지만 시간이 지나면 원래 설정된 값으로 돌아오기 마련이다.

당신은 '즐거운 생화학'에 당첨된 사람인가, 아니면 '우울한 생화학'을 타고났는가? 행복에 대한 이 생물학적 접근법을 받아들인다면 역사는 별로 중요하지 않다. 프랑스혁명이 프랑스인의 생화학 시스템을 바꾸진 못했으니까. 사람들은 정치혁명이나 사회 개혁이 행복을 가져다줄 것으로 생각하지만 신체의 생화학은 거듭해서 그들은 속이는 셈이다.

하라리는 2016년 내한 인터뷰에서 "19세기 산업혁명은 도시 프롤레타리아라는 새로운 사회 계급을 낳았지만 21세기에는 인공지능AI 혁명으로 다시 새로운 계급이 탄생할지 모른다"라면서 "경제적 가치를 창출하지 못하고 사회 번영에도 기여하지 못하는 수십억 명의 잉여 인간을 어떻게 처리할 것인가가 21세기의 가장 큰 문제가 될 것"이라고 전망했다. 곧 닥쳐올 그 시대에는 교육뿐만 아니라 행복도 다시 정의해야 할 것이다.

3

철학자 탁석산이 쓴 책《행복 스트레스》에 따르면 한국에서는 1886년 10월 4일자 〈한성주보漢城週報〉에 '행복'이란 낱말이 처음 등장했다. 300년 전에는 인간이 아무리 노력해도 신의 은총을 받아야 했다. 하지만 현대인은 누구나 노력하면 행복해질 수 있다고 믿는다. 이제 '운전대'를 잡고 있는 것은 신이 아니라 인간이다. 행복은 그렇게 신을 대체하며 '세속 종교'가 되었다.

탁석산은 "지금 행복과 불행에 깊숙이 관여하고 있는 것은 개인주의"라고 진단한다. 신과의 연결이 끊어지면서 개인은 고독해졌다. 반면 모두가 평등한 민주주의 시대는 '누구나 행복할 수 있다'라는 착각을 부른다. 행복하고자 하는 마음과 실제로 행복하지 않은 현실 사이의 괴리를 행복이라는 추상명사가 메워주는 셈이다. 고립에서 벗어나려고 페이스북과 트위터, 인스타그램을 하지만 외롭다는 진실은 조금도 달라지지 않는다.

한 해가 저물고 새해가 시작될 때마다 문자 메시지와 카톡이 무더기로 날아온다. '복 많이 받으라'라는 문장 끝에 '행복하세요~'를 붙이는 인사가 많다. 감사히 답장하면서 끝막음을 '행운을 빕니다'로 바꿨다. 행복이라는 낱말이 때론 스트레스가 될 수도 있겠다는 생각 때문이다.

독일 의사이자 코미디언인 에카르트 폰 히르슈하우젠이 쓴 《행복은 혼자 오지 않는다》는 행복에 대한 상식을 깨는 책이다. 이

'웃기는 의사'는 낙관론자용과 비관론자용으로 서문을 두 개 쓰면서 이야기를 시작한다. 유머러스하고 설득력이 있다. "모순이야말로 행복의 가장 흥미진진한 측면"이라고 그는 말한다. "모순과 맞닥뜨릴 때 절망하지 않는 멋진 방법은 그냥 웃어버리는 것이다."

올림픽 은메달리스트와 동메달리스트는 어느 쪽이 더 행복할까. 은메달리스트는 아깝게 놓친 금메달 생각에 속이 쓰리다. 동메달리스트는 표정이 밝다. 정말 아무것도 못 건진 선수는 4위라는 사실을 잘 알기 때문이다. 우리는 비교 대상이 누구인가에 따라 행복해지거나 불행해진다. 여성들이 패션 잡지를 보고 나면 기분이 나빠지는 것도 비교 때문이라고 한다.

누구든 평생의 80퍼센트는 평범한 일상으로 이뤄진다. 그 사실을 받아들여야 사는 게 행복해진다. 에베레스트를 오르는 산악인이라고 해서 정상에서 항상 최고로 고양된 감정을 느끼는 것은 아니다. 세계 최초로 히말라야 8,000미터급 14좌를 완등한 라인홀트 메스너에게 정상에 올랐을 때 가장 먼저 든 생각을 묻자 "어떻게 다시 내려가지?"였다고 말했다. 기대에 한참 못 미치는 대답이었지만 그것이 진실에 가까운 것 같다.

베스트셀러 《꾸뻬 씨의 행복여행》을 쓴 작가 프랑수아 를로르는 2016년 '무엇이 나를 행복하게 하는가'라는 주제로 '그랜드 마스터 클래스' 내한 강연을 했다. 그는 "급속한 경제성장과 자유, 첨단 전자기기 등을 얻으면서 우리는 더 행복해졌을까?"라는 질문부터 던졌다. 번영이나 승진, 돈은 행복의 충분조건이 아니다. 를로르는 "남과 자신을 비교하지 않아야 하고, 둘러싸인 환경과 거리를 두면서 평온한 상태를 찾아야 한다"라며 "사람은 자신보다 큰 것에 헌신할 때 큰 행복감을 느낀다"라고 했다. 일을 그만두고 자신이 아닌 인류를 위해 살고 있는 빌 게이츠처럼 말이다.

4

"너희를 가장 행복하게 해줄 사건은 무엇이냐?"

《행복의 기원》을 쓴 서은국 연세대 심리학과 교수가 '행복의 과학'을 수강하는 학생들에게 늘 처음으로 던지는 질문이다. 해마다 1위는 한결같다. '복권 당첨'. 하지만 미국에서 100억 원에 당첨된 21명을 추적해 당첨금 수령 1년 뒤 행복감을 조사했더니 보통 사람들과 별 차이가 없었다. '복권 당첨=행복'은 답이 아닌 것이다.

행복감(쾌감)은 생존하려고 뇌가 만드는 현상이라고 서 교수는 말한다. 피카소는 캔버스에, 바흐는 악보에 생을 바쳤지만 생존하는 데 꼭 필요한 행위는 아니었다. 그림이나 음악이 사자와 추위로부터 지켜주는 건 아니니까. 서 교수는 창의적 노력에 담긴 본질적 목적을 캐물으며 공작새 이야기를 꺼냈다.

크고 화려한 수컷 공작새의 꼬리는 생존에 큰 장애가 될 수 있다. 포식자 눈에 잘 띄고 도망갈 땐 짐이다. 그들이 멸종하지 않은 것은 다윈에게도 수수께끼였다. 다윈은 "생명체는 후세에 자기 유전자를 남겨야 하는데, 이때 넘어야 할 엄청난 장벽이 성공적인 짝짓기"라는 답에 닿는다. 피카소도 마찬가지다.

"진화론으로 해석하면 '피카소라는 생명체가 본질적인 목적(유전자를 남기는 일)을 위해 창의력이라는 도구를 사용했다'가 된다. 마음의 정신적 산물들은 몸의 번성을 위한 도구인 셈이다. 행복은 생존을 위한 수단일 뿐이다. 행복해지기 위해 사는 게 아니라 살기 위해 행복감을 느끼도록 설계되어 있다."

한국인의 행복 지수는 왜 '경제 수준과 행복이 동행한다'라는 일반론을 거스를까. 행복의 잣대를 자신 안에서 규정하지 않고 획일적이고 사회적인 잣대를 쓰기 때문이다. 한국심리학회의 2011년 '한국인의 행복' 조사에서도 그렇게 나타났다. 우리는 '다른 사람이 보았을 때 내가 행복하다고 할 만한 삶을 살고 있나' 자문하는 경향이 높았다.

서은국 교수는 "타인이라는 거울에 반사된 내 모습을 행복의 잣대로 삼는 것"이라며 "40대 남자라면 자식이 어떻고 직함이 어떤지로 행복을 평가하기 때문에 승자는 극소수"라고 했다. 스칸디나비아 국가들의 행복 지수가 높은 까닭은 복지나 GNP나 이혼율 때문이 아니다. 서로 존중하고 결정적인 것엔 참견하지 않는 개인주의적 철학, 자유 때문이다.

04

저커버그의 옷장

1

친구들이 하나둘 성공할 때마다 내 작은 부분이 죽어나간다.

Every time a friend of mine succeeds, a small part of me
dies.

미국 작가 고어 비달이 남긴 명언이다. 우리 속담으로는 '사촌이
땅을 사면 배가 아프다'쯤과 비슷하다. 사실 질투만큼 금기시되는
감정도 드물다. 비달의 저 우스개를 접하고 빙긋이 웃는다면, 침
묵으로 감내했던 어떤 감정을 실토할 드문 기회를 발견했기 때문
이다.

　누구나 느끼지만 입 밖에 내지 않는 심리를 콕 짚어 들추는

농담이다. 하지만 남의 성공과 행복을 시샘하는 것은 지극히 정상이며 질투는 '건강한 감정'이다. 선망하기를 거부하는 것은 성장할 기회를 스스로 걷어차는 것과 같다.

질투는 마음이 보내오는 신호이며 우리가 무엇을 얼마나 갈망하는지 가늠할 수 있게 해준다. 따라서 그 감정과 담쌓고 지낼 필요는 없다. 질투를 죄악으로 치부하면 값진 어떤 것을 놓칠 수 있다. 그 감정을 암 덩어리마냥 도려내기보다는 삶에 긍정적으로 작용하게끔 균형을 잡아주고 관리해야 한다.

화가 레오나르도 다빈치와 보티첼리, 작곡가 모차르트와 살리에리, IT 천재 스티브 잡스와 빌 게이츠, 권투 선수 무하마드 알리와 조 프레이저…… 그들은 모두 치열한 경쟁 관계였다. 경쟁 관계에 놓인 두 사람이 모두 각 분야의 대명사가 된 것처럼 질투가 꼭 부정적인 결과만 낳는 건 아니다. "희망에는 날개가 달려 있다Hope is the thing with feathers"라는 에밀리 디킨슨의 시처럼, 상대를 이길 수 있다는 희망으로 꿈을 키우다 보면 능력을 어떤 한계 지점 이상으로 끌어올릴 수 있다.

스티븐 스필버그 감독은 프랜시스 포드 코폴라가 만든 영화 〈대부〉(1972)를 보고는 "난 관둬야겠다고 느꼈다"라고 고백한 적이 있다. 그렇게 드높은 자신감에 도달할 수 없기 때문에 연출을 계속할 이유가 없었다는 것이다. 하지만 그는 질투를 창작의 에너지로 바꿨고 마침내 우리 시대 최고의 거장이 되었다.

2

사회에서 우리가 체험하는 질투에는 배후가 있다. 수직적인 신분제가 사라지고 평평해진 세상이 되면서 기대가 높아졌다. 그 기대가 시샘을 부른 것이다. 평등과 기대, 질투는 어쩌면 한 덩어리인 셈이다.

우리가 저마다 커리어에 대해 품고 있는 희망과 기대는 과거 어느 때보다 높다. 누구든 원하는 지위로 올라설 수 있다는 숭고한 생각, 신분제가 없어진 평등의 정신이 거꾸로 우리를 궁지로 몰아넣는다.

너는 남다른 아이가 될 거야, 성공할 거야, 좋아하는 일이 무엇인지 생각해봐⋯⋯ 우리는 이런 교육을 받고 자란다. 자신에 대해 큰 기대를 품을 수밖에 없다. 근대 이전에는 그렇지 않았다. 아버지가 농사를 지으면 자식도 농사꾼이 되었고 대장장이의 아들은 대장장이로 늙어갔다. '너 자신이 되어야 한다'라는 주문에 짓눌린 현대인의 삶보다는 300년 전 농부가 더 행복했을지도 모른다.

실제적인 가난은 급격하게 줄어들었다. 하지만 역설적으로 궁핍감과 그에 대한 공포는 사라지지 않았고 되레 늘어나기까지 했다. '언젠가 되고 싶어 하는 나'와 '현실의 나' 사이의 커다란 갭 때문에 우리는 괴로워하고 질투하고 굴욕감에 젖는다.

무엇보다 비교 대상이 달라졌기 때문이다. 우리는 나이와 배경 등 조건이 비슷한 사람과 자신의 처지를 견주곤 한다. 초가집에 살면서 기와집 지주地主의 지배에 시달린다 해도, 우리와 동등한 사람들이 엇비슷하게 사는 모습을 본다면 정상이라고 생각할 것이다. 반면 쾌적한 집과 편안한 일자리가 있다 해도, 어느 동창회에 갔다 옛 친구 몇몇이 매력적인 직업과 수입으로 서울 강남에 살고 있다는 사실을 알게 된다면 어떤 기분일까. 귀갓길에 '나는 왜 이리 불행한가' 자책할지도 모른다.

이등병이 장군을 시샘하지는 않는다. 영국 여왕도 우리의 질투 범위에서 한참 벗어나 있다. 그런 의미에서 동창회는 그다지 갈 만한 자리가 못 된다. 청바지를 입은 억만장자는 우리와 비슷해 보이지만 사실은 그렇지 않다. 결국 평등의 정신이 뿌리 깊은 불평등과 결합되어 있는 것이다. 티브이 광고와 인터넷, SNS에 등장하는 멋지고 훌륭한 사람들과 자신을 비교할 수밖에 없는 환경에서 스트레스가 심해지는 건 어쩌면 당연한 일이다.

3

페이스북 CEO 마크 저커버그가 사람들에게 옷장을 공개했을 때 질투심을 느꼈다. 큰딸 출산으로 2개월 동안 육아휴직을 내고 2016년 1월 업무에 복귀할 무렵 저커버그는 "무엇을 입을지 고민"이라고 말했다. 페이스북에 공개된 옷걸이에는 민무늬 회색 반팔 티셔츠 아홉 벌과 짙은 회색 후드티 여섯 벌이 나란히 걸려 있었다.

30대 초반에 50조 원이 넘는 재산을 모은 부자의 옷장 치고
는 소박했다. 그는 왜 늘 같은 옷을 입고 다니느냐는 질문에 "이
공동체(페이스북)를 잘 섬기는 것 말고는 해야 할 결정의 수를
최대한 줄이고 싶기 때문"이라고 답했다. 겉보기에 수수한 그의
모습은 기분 좋은 일이면서 우리 자존심에 상처를 남긴다. 평범
해 보이지만 범접할 수 없는 격차가 존재하기 때문이다. 게다가
저커버그는 이렇게 못을 박았다.

> 딸이 더 나은 세상에서 살기를 바란다. 450억 달러(약 52조
> 1,300억 원)인 페이스북 지분 99퍼센트를 살아 있는 동안 기
> 부하겠다.

질투는 아이들이 읽는 동화에서부터 악명이 높다. 디즈니 만화영
화에서 악당의 나쁜 짓은 이 감정을 연료로 삼는다. 《백설공주》
《신데렐라》《잠자는 숲속의 미녀》……. 그 밑바닥에는 질투하는
악당들이 있다. 우리가 현재 모습이 아닌 다른 모습일 수 있다는
느낌, 비슷하다고 여기는 사람들이 우리보다 나은 모습을 보일
때 받는 그 느낌이 불안과 울화의 근원이다. 18~19세기 이후 위
대한 정치혁명과 소비자 혁명은 인류의 물질적 형편을 개선하는
동시에 심리적 고뇌도 안겨주었다.

신분 이동이 자유롭지 않았던 중세까지는 불평등이 당연시되었다. 신神은 귀족부터 농장 일꾼까지 모든 사람에게 어울리는 '자리'를 주었다. 민중은 사회적 계급 사다리에서 자기가 속한 신분 외에 다른 가능성은 생각해본 적 없기에 아무 의문을 제기하지 않았다. 창조주의 뜻을 거역할 수 없으니 불가피한 고난이라고 여겼다.

그러나 민주주의는 기대를 가로막는 모든 장벽을 철거해버렸다. 누구나 꿈을 이룰 수 있다는 생각은 환상적이지만 동시에 우리를 괴롭힌다. 내가 저커버그처럼 될 확률은 로또 1등 당첨만큼 가능성이 희박하기 때문이다.

1830년대 미국을 돌아본 프랑스 정치철학자이자 역사가 알렉시 드 토크빌은 저서 《미국의 민주주의Démocratie en Amérique》에서 왜 미국인은 번영 속에서도 그렇게 불안을 느끼는가를 예리하게 분석했다. "모든 게 대체로 평등해지면 약간의 차이도 눈에 띄고 만다. 그래서 풍요롭게 살아가는 민주 사회의 구성원이 종종 우울증에 시달리고 느긋한 환경에서도 삶을 혐오하게 되는 것이다."

현대인이 종종 경험하는 우울의 밑바닥을 약 200년 전에 꿰뚫어 본 셈이다. 그는 근대 서양의 주민이 중세 유럽의 낮은 계급보다 경제적으로 훨씬 나은 생활을 한다는 사실을 알았다. 그럼에도 중세의 궁핍한 계급은 근대의 후손이 좀처럼 경험하지 못할 정신적 평온을 누렸다.

　미국 진보주의자들은 최근에 프랑스 경제학자 토마 피케티가 쓴 책《21세기 자본》과 사랑에 빠졌다. 부富의 불평등은 19세기 산업혁명을 거치며 커졌고 자본주의가 고성장한 1945~1975년 사이에는 눈에 띄게 감소했다. 하지만 지난 30년 동안은 추세가 뒤집혀 다시 가파르게 불평등이 증가했다.《21세기 자본》이 인기를 끈 배경에는 누구나 노력하면 성공할 수 있다는 '아메리칸드림'의 붕괴가 있었다. 역사로 하여금 다시 경제학을 공부하게 했다는 점도 그 책의 미덕이다.

　하지만 피케티의 주장에 대한 반론도 있다. 불평등 문제의 핵심은 물려받은 재산의 차이가 아니라 여전히 능력 차이에 있다는 것이다. 에릭 홉스봄의 제자로《사회주의 100년》을 쓴 영국 역사학자 도널드 서순은 "19세기에 말과 마차를 소유한 사람과 그것이 없는 사람의 격차는 지금 롤스로이스를 타는 사람과 소형차를 타는 사람 사이의 불평등보다 훨씬 컸다"라며 "자본주의 아래 삶의 질은 지난 100년 사이에 엄청나게 개선되었다"라고 했다.

　미국 하버드대 교수였던 윌리엄 제임스1842~1910가 일찍이 짚었듯이 우리가 무엇을 정상이라고 생각하느냐에 따라 행복이 결정된다. 사회 구성원에게 무제한의 기대를 갖게 하는 사회에서 생기는 문제를 심리적인 각도로 살핀 그는 자존심과 가치관을 걸고 시작한 일을 이루지 못했을 경우에만 수모를 느낀다고 보았다. 시도가 없으면 실패도 없고, 실패가 없으면 수모도 없다.

　기대 수준이 높아지면 실패하고 괴로워할 위험도 덩달아 올라간다. 프랑스 철학자 장 자크 루소가 《인간 불평등 기원론》에서 "부는 절대적인 게 아니라 상대적"이라며 덧붙인 말은 오늘날에도 유효하다. "얻을 수 없는 뭔가를 가지려 할 때마다 우리는 가진 재산과 관계없이 가난해지고, 가진 것에 만족할 때마다 우리는 소유한 게 적어도 부자가 될 수 있다."

　지금 가진 것에 만족하는 사람이 정신적으로 평온하고 부자인 것만은 분명하다. 법정 스님도 "우리는 필요에 의해서 물건을 갖지만 그 물건 때문에 마음을 쓰게 된다. 삶은 소유물이 아니라 순간순간의 있음"이라며 무소유를 예찬했다. 《토지》의 작가 박경리는 말년에 "버리고 갈 것만 남아서 참 홀가분하다"라고 했다.

4

　　앉은자리가 꽃자리니라
　　네가 시방 가시방석처럼 여기는
　　너의 앉은 그 자리가
　　바로 꽃자리니라

　　　　　　　　　　　　_구상, '꽃자리'에서

1961년 공무원이 되어 세종문화회관 사장, 예술의전당 사장, 성남아트센터 사장 등을 거치며 '예술행정의 달인'으로 불리다 충무아트홀 사장을 끝으로 공직 생활을 마감한 이종덕 전 사장의 집무실 벽에 시 '꽃자리'가 걸려 있었다. 예술의전당 사장을 마치고 세종문화회관 사장으로 건너가며 좌천된다는 느낌을 받을 때 구상 시인이 선물한 글이다. "그때 깨달았어요. 어디로 가든 좌천이 아니라 꽃자리라고 생각하다 보니 공직 55년까지 왔습니다."

이종덕 전 사장은 평생을 '뒷광대'로 살았다. '예술 경영'이라는 말이 없던 시절부터 안숙선, 김성녀, 김덕수, 강수진 등을 일찌감치 알아보고 지원을 아끼지 않았다. 김수환 추기경의 "나는 바보야"라는 말을 이정표로 삼았다. 그는 "남을 배려하고 봉사하고 사랑으로 이끄는 게 좋은 인생"이라며 "공직 생활을 오래 하면 탈이 나기도 하고 구속되는 사람도 있는데 대과大過 없이 퇴임식을 할 수 있어 행복하다"라고 했다.

2015년 한국 영화 흥행 1~3위는 〈국제시장〉(1,426만 명) 〈베테랑〉(1,341만 명) 〈암살〉(1,270만 명)이었다. 배우 오달수는 세 편에 모두 출연했다. 〈암살〉을 만든 최동훈 감독은 오달수를 "세상살이가 팍팍하니까 위로 삼으라고 신이 지상에 내려보낸 '요정'"이라 부른다. 관객 1,000만 명 이상을 모은 한국 영화 열두 편 중 일곱 편에 출연했다.

오달수는 2016년 영화 〈대배우〉에서 데뷔 26년 만에 처음으로 주연을 맡았다. 만년 무명 배우지만 언젠가 유명해지겠다는 꿈을 잃지 않고 살아가는 인물을 연기했다. 아무도 인정해주지 않지만 그의 아내는 남편의 전화번호를 '대배우'로 저장해놓는다. 인생에서 우리는 누구나 주인공이다. 오달수는 "영화라는 게 장면과 장면의 연결인데 각 장면 속 주인공은 제각각"이라며 "어느 대목에서든 자기 몫을 제대로 해내면 모두가 주연"이라고 했다.

기대를 낮추면서 질투를 잘 관리하면 행복해질 수 있다. 질투는 사실 멋진 감정이다. 질투 없이는 우리가 무엇을 하고 싶은지 알 수 없을 테니까. 누군가를 보고 질투가 난다면 당신이 미래에 무엇을 해야 할지에 대한 힌트일지도 모른다.

그렇다면 질투심으로부터 도망치지 말고 쓸모 있는 뭔가를 끄집어내는 편이 낫다. 당신이 가고자 하는 방향을 찾는 가이드로 활용하는 것이다. 어쩌면 '기대'와 '절망'은 이야기하는 방식에 따라 얼굴을 달리하는 같은 대상인지도 모른다.

05

돈

1

맙소사. 2016년 8월에 217회 연금 복권에 당첨되었다. 1등 당첨금은 자그마치 3조 원. 인터뷰 기사도 나왔다.

페이스북은 '내가 신문 1면에 실린다면?'이라는 상상을 빅데이터와 알고리듬을 거쳐 그럴싸하게 빚어내 알려준다. 페친이 나를 인터뷰해 〈봉봉일보〉라는 매체에 사진과 함께 신기까지 했다. 나에게는 낯설기만 한 행운의 주인공 박돈규 씨는 "이제 여유롭고 행복하게 살고 싶다"라고 말했다고 한다. 허무맹랑한 이야기지만 하루 종일 기분이 좋았다.

내가 벼락부자가 되었다는 소식에 타임라인이 출렁거렸다. "ㅋㅋ쏘세요" "한턱 크게" "사랑합니다 박 기자" "형, 나야 막둥이!" 같은 댓글들이 주렁주렁 달렸다. "기분이다. 몇십 억씩 나눠

드릴게요"라고 응답했다. 뜨거운 반응이 밀물처럼 들어온다. "저도 부탁드려요" "최신식 극장 하나 지어줄텨?" "저는 전속 무용단 열 명 딸린 극장이요"……. 뜻하지 않게 〈봉봉일보〉에 가짜 기사를 쓴 페친은 "다음 생에 진짜로 꼭 써드릴게요"라며 웃었다.

실제로 복권 1등에 당첨된다면 내 인생이 어떻게 바뀔지 상상해본다. 먼저 비서를 채용할 것이다. 멋지고 똑똑하고 성실한 여비서를. 무라카미 하루키가 쓴 단편소설 〈드라이브 마이 카〉에서처럼 솜씨 좋고 과묵한 운전기사 역할까지 겸비한다면 더 좋다.

나는 달력을 보지 않아도 될 것이다. 그녀가 효율적으로 스케줄을 짜놓고 내 말에 귀 기울여줄 테니. 전화도 대신 받아주고 중요한 이메일만 걸러서 보고하겠지. 스파이크 존즈 감독의 영화 〈그녀〉(2013)에서 대필 작가 시어도어(호아킨 피닉스)에게 인공지능 운영 체계 서맨사(스칼렛 요한슨)가 그랬던 것처럼 말이다.

"하드 드라이브 좀 봐도 돼? 〈LA 위클리〉 기사가 많은데 이메일은 86건쯤 저장해두고 나머진 지워. 이번엔 연락처 정리해줄까?" 서맨사는 교정도 봐준다. "세상이라는 녀석 얼굴에 선빵을 날려서 피가 철철 나게 해줄게. 참, 5분 뒤 회의야!"

2

돈에 대한 이야기라면 세계적인 베스트셀러 《미 비포 유》를 쓴

조조 모예스가 떠오른다. 한국에서도 수십만 독자의 사랑을 받은 작가다. 그녀가 2014년 신작《원 플러스 원》을 펴냈을 때 영국으로 날아갔다. 비행기에서 읽은 이 소설은 마라톤에 빗대면 초반 다섯 쪽이 난코스였다.

하지만 곧 주파수를 맞췄고 책장이 바삐 넘어갔다. 런던에서 기차로 50분, 다시 택시로 20분쯤 들어가는 사프란월든Saffron Walden의 고요한 농장에서 작가를 만났다. 겨울 하늘은 납덩이처럼 무거웠다.

그녀의 집필실에는 샌드백이 매달려 있었다. 장식품이 아니었다. 모예스는 사진 촬영을 위해 글러브를 끼면서 "글이 막힐 때 샌드백을 두들긴다"라고 했다.

《원 플러스 원》은 돈에 대한 책이라고 그녀가 말했다. "부모님은 '네가 열심히 공부하고 괜찮은 사람이 되면 좋은 일이 일어난다'라고 가르쳤어요. 그런데 지금 영국은 그렇지 않아요. 바르고 부지런히 일해도 좋은 직업을 구하지 못합니다. 부의 양극화 때문이지요. 최악에 놓인 가족은 어떻게 살지 이 소설을 통해 묻고 싶었습니다."

부의 양극화는 한국도 겪고 있다. 오죽하면 '수저 계급론'이 횡행할까. 부모의 소득과 재산, 가정환경에 따라 금수저부터 흙수저까지 자신의 '인간 등급'을 매기는 이 현상은 그저 웃어넘기기엔 우리 사회의 불평등 심화와 젊은 세대의 반감이 투영되어 있어 뒷맛이 씁쓸하다.

《원 플러스 원》은 가난한 싱글맘 제스와 부유한 이혼남 에드가 가족이 되는 이야기다. 낮에는 청소부로, 밤엔 술집에서 웨이트리스로 일하는 제스는 학교에서 늘 맞고 다니는 아들 니키, 수학 천재인 딸 탠지와 하루 벌어 하루 살기 바쁘다. 딸의 인생을 바꿀지 모를 수학 경연 대회가 스코틀랜드에서 열리는데 기찻삯이 없다. 에드가 우연처럼 이들을 태우고 사흘간 900킬로미터를 달리는 동안 굽이굽이 여러 사건이 펼쳐진다.

외짝 부모라는 지위보다 더 외로운 자리가 또 있을까. 니키가 해코지당하면 어쩌나, 탠지를 위해 뭘 할 수 있나, 제스는 걱정한다. 엄마는 가장 불행한 자식만큼만 행복할 수 있다. 근심의 북소리가 "돈, 돈, 돈" 울려 퍼진다.

신문기자로 일하다 2002년 전업 작가가 된 모예스의 인생도 실제로 한동안 덜컹거렸다. 《미 비포 유》가 세계적으로 히트하기 전까지 전작 열 편은 좀처럼 팔리지 않았단다. 남편 급료로 2남 1녀의 자녀와 궁핍하게 생활했다. "제스와 달리 난 낙관적이지 않아요. 비행기를 타면 비상구부터 살피는 승객"이라고 그녀는 말했다. 베스트셀러가 되었다는 소식에 얼른 주택 융자금부터 갚았단다.

한 문장 다듬느라 반나절씩 보내진 않아요. 대신 팽팽한 긴장을 만듭니다. 독자들이 '새벽 네 시야! 이 멍청한 책에서 빠져나올 수가 없어'라고 불평할 때 난 환호해요.

사춘기 자녀를 둔 부모를 위한 팁을 요청하자 "마주 보고 얘기하지 말아요. 아이와 나란히 말馬을 타고 한 방향으로 가면 어느 순간 말문이 터집니다"라고 했다. 말이 세 마리나 있는 주인이 땅한 평 없는 손님에게 할 말은 아닌 것 같았다. 불평했더니 작가는 "조수석에 태워도 되고 함께 산책을 나가도 된다"라고 덧붙였다.

모예스는 차를 몰아 기차역까지 나를 배웅했다. 구불구불한 길에서 속도를 내면서 그녀가 말했다. "난 몸싸움도 입씨름도 싫어해요. 그런 사람에게도 내면에는 분노가 있습니다. 풀어야 건강해져요. 그래서 복싱이 좋아요."

3

뮤지컬 〈맘마미아!〉는 스웨덴 4인조 혼성그룹 아바ABBA의 히트곡을 등뼈로 삼고 그 위에 스토리를 쌓아올렸다. 영국, 미국에서처럼 한국에서도 흥행 불패 신화를 써내려가고 있다. 그래서 '머니 머신money machine'이라는 별명이 붙었다.

이 뮤지컬에서 미혼모 도나는 "난 자유롭고 독신이라서 정말좋다"라고 외치지만 절반은 거짓이다. 그녀가 부르는 '머니, 머니,

머니Money, Money, Money'에는 밥벌이에 지친 일상과 돈에 대한 환상이 포개져 있다. 밤낮없이 일을 해도 항상 쪼들리는 가계를 한탄하며 부유한 남자를 만나 빈둥거리며 노는 욕망을 담은 노래다. 도나는 《원 플러스 원》에서 제스가 그랬듯이 선망하는 "돈, 돈, 돈"을 외친다.

'돈이면 다 통한다Money talks'라는 말처럼 돈은 사람을 살리기도 하고 죽이기도 한다. 인문학자 김열규는 《한국인의 돈》에서 "누구나 돈방석에 앉고 싶어 한다. 마른하늘에서 된벼락을 맞더라도 그게 돈벼락이면 마다하지 않는다"라고 썼다. 옛말에 '돈만 있으면 개도 멍첨지'라고 했다. 돈이 많다면 개도 벼슬자리가 얻어걸린다는 뜻이다. '돈만 있으면 귀신도 부린다'라고 할 만큼 돈의 힘은 무섭다.

귀하면서 천하고, 값지면서 더럽고, 전지전능하면서 족쇄인 것. 돈이 그렇다. 김열규는 "돈은 수시로 둔갑하고 자주 변모한다. 변하는 몰골만 있고 정체는 없다. 돈의 연기력은 대단하다"라고 했다. 돈 자랑에 흥청대는 사람 곁에는 돈 가뭄에 시달리는 사람이 있다. 돈독이 오른 사람이 있는가 하면 돈복을 타고 가슴 울렁거리는 사람도 있기 마련이다.

돈은 실제로 행복을 가져다준다. 하지만 유발 하라리가 《사피엔스》에서 짚었듯이 어느 정도까지는 생존을 위해 돈이 요긴하지만 그 단계를 넘어서면 가치가 떨어진다. 연봉 2억 원을 받는 대기업 임원이 10억 원짜리 복권에 당첨된다고 해도 그로 인해 높아진 행복감은 몇 주밖에 지속되지 않는다. 장기적인 만족으로는 이어지지 않는다는 뜻이다.

우리가 돈을 좋아하는 이유는 의식주가 궁해서가 아니다. 지위를 드러내고 존경을 받고 싶어 더 많은 돈을 욕망할 뿐이다. 어쩌면 동창 중 누군가가 요트를 즐기고 비싼 외제차를 굴리며 서울 강남에서 널찍한 아파트에 살고 있기 때문일지도 모른다.

자본주의 사회에서 그런 지위의 상징들을 갈망하며 괴로워하는 사람들, 명품에 연연하고 유명인의 이름을 팔고 다니는 사람들을 조롱하기 전에 소비의 큰 맥락을 살피는 게 공정할지도 모른다. 프랑스 사회학자 에밀 뒤르켐1858~1917이 그랬듯이 사회에 책임을 묻는 것이다. 사치품을 구매하는 게 심리적으로 필요할 뿐더러 보람 있는 일이라고 느끼게끔 상황을 조성한 것이 그 사회이기 때문이다.

4

자본주의는 종종 우리를 불행에 빠뜨린다. 최악은 자살이다. 에밀 뒤르켐은 100여 년 전에 이 문제를 파헤쳤다. 그의 일생은 프랑스가 전통적인 농업 사회에서 도시화된 산업 경제로 빠르게 변화한 시기와 겹쳐져 있다. 국가가 부유해지는 것을 뒤르켐은 목

격했다. 자본주의는 생산성이 높았고 자유를 확대했으며 새로운 중산층을 만들어냈다.

하지만 정신적으로는 큰 대가를 치러야 했다. 뒤르켐은 1897년 발표한 《자살론》에서 자살이 사회학적 현상이라는 것을 통계적으로 밝혀냈다. 나라가 산업화될수록 자살이 급증했다. 당시 영국의 자살률은 이탈리아보다 두 배 높았다. 더 부유하고 산업화된 덴마크의 자살률은 영국의 네 배였다. 교육받은 사람들이나 중산층이 그렇지 않은 사람들보다 더 많이 스스로 목숨을 끊었다.

자본주의가 가져온 정신적 스트레스를 거대한 빙산이라고 치자. 뒤르켐에게 자살은 눈에 보이는 빙산의 일각일 뿐이었다. 기회와 물자가 풍족해진 현대사회에서 왜 사람들은 더 불행해지고 스스로 목숨까지 끊는 것일까. 뒤르켐은 핵심 요인 다섯 가지를 찾아냈다. 개인주의, 지나친 기대, 너무 많은 자유, 무신론, 가족과 국가의 약화 등이다.

전통 사회에서 사람들의 정체성은 부족이나 계급과 밀착되어 있었다. 직업, 종교, 결혼 등이 태어날 때부터 거의 정해져 있는 셈이었다. 하지만 자본주의 사회에서는 개인이 모든 것을 선택한다. 개인주의는 "각자 운명의 주인이 되라"라고 우리를 떠밀었다. 삶이 어떻게 펼쳐지느냐는 우리가 지닌 장점, 기술, 인내심의 결과였다. 잘 풀리면 모든 공을 차지할 수 있지만 잘못되면 결과는 전보다 훨씬 잔인했다. 실패는 불운이 아니라 내 탓이라는 생각이 우리를 짓누른다.

자본주의는 또 우리의 기대치를 높여놓았다. 누구나 충분히 노력하면 최고의 자리에 오를 수 있다. 과거에 얽매이지 않아도 된다. "당신은 삶을 자유롭게 리메이크할 수 있다"라고 자본주의는 노래한다. 기회가 많다는 것은 실망할 확률도 높다는 뜻이다. 질투가 만연한다. 손에 잡힐 듯 잡히지 않는 것들 때문에 괴롭다.

전통 사회에서는 '뭘 입어라', '일요일 오후엔 뭘 해라' 등 사회규범이 많았다. 자본주의는 그것들을 내다버렸다. 따라서 더 다양해지고 복잡해지고 익명성이 도드라졌다. 휴일은 어떻게 보내나? 결혼은 어때야 하나? 아이는 어떻게 양육하나? 과거 공동체는 이런 질문들에 대해 명확한 답을 줄 수 있었지만 자본주의 사회에선 응답이 점점 불분명해졌다. '넌 뭐든 해낼 거야'라는 말이 상냥하게 들릴지 모르지만 '사회는 네가 뭘 하든 별 관심 없어'라는 뜻이기도 하다.

카를 마르크스는 불평등을 받아들이게 만든다는 이유로 종교를 비판했다. 통증을 가라앉히고 의지를 약화하는 아편과 같다는 것이었다. 뒤르켐은 무신론자였지만 관점이 달랐다. 그가 보기에 종교는 사람들 사이에 깊은 유대감을 만들었다. 왕과 평민이 같은 신을 숭배했고 같은 성당에서 같은 말로 기도했다.

닳아서 해진 사회구조를 수선하려면 종교의 공동체적인 성격이 필요하다고 그는 생각했다. 자본주의는 종교를 대체할 만한 것을 가지고 있지 않았다. 과학은 강력한 소속감이나 집단적인 체험을 주지 못한다. 주기율표는 우아하지만 사회를 통합하는 능력은 없지 않은가. 뒤르켐은 종교의 공동체적인 위로가 가장 필요한 시대에 우리가 종교를 폐기한 건 비극이라고 했다.

19세기에는 국가 개념이 강력해져서 종교로부터 받던 소속감을 마치 대체할 수 있을 것 같았다. 나폴레옹과의 전쟁에서 프러시아 사람들은 그런 영웅적 순간들을 느꼈다. 하지만 전쟁이 끝나고 평화의 시기가 되면 국가가 주던 흥분도 사라졌다. 가족은 어떤가. 전통적인 의미의 가족은 사라졌다. 한 지붕 아래 살면서 아이 한두 명을 돌보는 것쯤으로 가족 개념도 축소되었다. 우리는 가족에 많은 것을 투자하지만 바라는 만큼 안정적이지는 않다. 아이들은 성장하면 부모 곁을 떠난다. 과거처럼 큰 소속감을 기대할 수는 없게 되었다.

뒤르켐은 우리 사회의 질병을 일찌감치 진단했다. 자살은 사회 전체가 짊어져야 하는 실패에 대해 개인이 지불하는 대가라고 그는 생각했다. 자본주의가 개인들에게 엄청난 짐을 떠안겨놓고는 지침이나 위로도 없이 위험하게 방치했다는 것을 부인하기 어렵다. 자살률을 보면 그 사회에 존재하는 절망의 수위를 가늠할 수 있다. 뾰족한 해법을 찾지 못하는 사이에 자살은 커다란 사회 문제가 되었다. 우리는 뒤르켐의 상속자들이다. 그가 남긴 과제가 여전히 우리 앞에 있다.

5

서양 사회는 15세기 말 콜럼버스가 신대륙을 발견하면서 파인애플과 만났다. 당시 파인애플은 재배도 수송도 어려웠다. 오랫동안 왕족만 맛볼 수 있는 과일이었다. 17세기 유럽에서 파인애플 하나는 지금 가치로 약 700만 원에 달했다고 한다. 파인애플의 지위는 19세기 들어 하와이에 대규모 농장이 지어지고 빠른 증기선이 개발되면서 추락하기 시작했다.

요즘 우리 동네 마트에서 필리핀산 파인애플은 개당 4,990원에 살 수 있다. 파인애플 맛은 500년 전이나 지금이나 그대로다. 하지만 가격은 바닥까지 떨어진 셈이다. 대중의 시선이 변했을 뿐 그 과일의 본질은 달라지지 않았다.

사물의 값은 시대와 장소에 따라 완전히 달라질 수 있다. 1912년 빙산과 충돌해 침몰한 타이태닉호에서 가장 비싼 선적 화물은 깃털이었다. 뉴욕의 모자 제조상에 배달될 최상급 깃털 40여 상자가 실려 있었는데 당시 단위 중량으로는 다이아몬드 다음으로 비쌌다고 한다.

우리가 돈과 맺고 있는 관계는 비극적이다. 비싼 물건을 향한 맹목적인 욕망 탓이다. 당장 그것을 살 수 없는 형편일 경우가 많다. 그럼 인생 자체가 미흡해 보이고 서글퍼진다. 이렇게 가난한 존재들을 위로한 철학자가 있다.

에피쿠로스에 따르면 행복은 심리적 재산에 좌우된다. 그가 행복에 필수적인 것으로 꼽은 우정과 자유와 사색은 물질적 재산과는 거의 관계가 없다. 최고급 외제차를 가졌다 한들 친구가 없다면, 초호화 별장을 소유했다 해도 자유를 누리지 못한다면, 과학을 실현한 침대가 있어도 고민이 많아 잠을 설친다면 당신은 결코 행복하지 못할 것이다.

자본주의 기업들은 필요한 것의 우선순위를 왜곡하고 행복의 물질적 환상을 드높인다. 아름답게 진열된 물건을 보면 우리는 소유를 욕망하고 그 물건이 흔해지거나 좋은 평가를 받지 못하게 되면 금방 관심을 거둔다. 파인애플과 깃털의 인기와 몰락이 그것을 증명한다.

06

걱정 말아요 그대

1

침대에 누웠는데 귓속이 시끄럽다. 이명耳鳴이다. 밤이 깊도록 잠
이 오지 않는다. 몸을 뒤척이고 자세를 바꿔도 소용이 없다. '잠 속
으로 빠진다, 빠진다……' 주문을 외워도 정신만 더 또렷해진다.

　　지독한 불면은 재앙과 같다. 왜 잠을 못 이루는지, 커피 탓인
지 술 때문인지 하루를 되짚어본다. 누구를 만났고 무슨 일이 있
었는지. 어떤 말을 듣고 불안해졌는지. 짐짓 무시한 상황은 없었
는지.

　　불면은 낮에 신경 쓰지 않으려고 애썼던 생각들에 대한 마음
　　의 복수다.

　　Insomnia: the mind's revenge for all the thoughts you

were careful not to have in the day.

알랭 드 보통이 2014년 11월 트위터에 올린 글이다. 불면이란 우리가 낮에 도망쳐 나온 생각들이 밤에 돌아와 앙갚음하는 것이란다. 바탕에는 근심이 똬리를 틀고 있다. 하지만 꼭 나쁘게만 볼 일은 아니다. 불면은 몰입하고 정리해야 하는 중요한 일이 우리 의식 속으로 들어올 기회를 엿보며 똑똑똑 노크를 하고 있다는 신호니까. 덕분에 '보다 큰 의무'로 돌아갈 수 있다. 우리 자신에 게로.

현대인에게 불안은 피할 수 없는 생의 조건이다. 신분이 대물림 되었던 과거와 달리 이제 우리는 인생의 항로를 선택하며 무엇이든 될 수 있다. 기대치는 한껏 높아졌다. 하지만 모든 게 가능한 것 같은 세상에서 대다수는 특별하지 않은 사람으로 평생을 살아야 한다. 불안할 수밖에 없다.

잠자리에 누우면 나와 이 세계뿐이다. 그제야 하루의 소용돌이에서 벗어난 내가 보인다. 밤의 적막한 엄호를 받으며 자못 근본적인 질문을 던지게 된다. '너, 잘살고 있는 거니'라고.

불행히도 다른 사람이 우리를 바라보는 시선이 우리가 스스로를 보는 방식을 결정한다. 타인의 판단이 내 정체성을 좌우하는 것이다. 칭찬 받으면 나에게 큰 장점이 있다고 생각하고 남들이 내 농담에 즐거워하면 자신감이 붙는다. 직업을 밝혔을 때 상대가 당황한 표정을 짓거나 엘리베이터에서 마주친 동료가 눈길을 피하면 멸시당한 것 같은 굴욕감에 시달린다.

우리는 남의 애정 덕분에 자신을 견디고 사는지도 모른다. 불안으로부터 도망칠 수 있는 사람은 거의 없다. 한국에서는 그토록 어렵다는 진학·취업·결혼 3종 세트를 해결해도 사회적으로는 여전히 '미생未生'이다. 언제 재앙이 닥칠지 모른다는 근심에 너나없이 괴롭다.

2

2015년 1월 서울에서 알랭 드 보통을 다시 만났다. 그는 "불안한 게 정상normal"이라며 이렇게 덧붙였다. "우리 몸에는 먼 옛날 사람들이 오늘도 변함없이 태양이 떠오를지 궁금해하면서 느꼈을 불안이 내재되어 있다. 불안하지 않다면 되레 그가 이상한 사람이다. 불교를 보아라. 수도승들은 불안으로부터 자유로워지려고 몇 십 년씩 도道를 닦는다."

이 작가가 그해 강연 전문 기업 마이크임팩트가 서울 광운대학교에서 주최한 〈그랜드 마스터 클래스〉에서 강연한 주제가 불안이었다. 기획자로 참여한 청주국제공예비엔날레 준비를 겸한 방한이었다. 서울 강남의 한 호텔에서 만난 알랭 드 보통에게 불안에 대한 해독제가 있는지 물었다. 그는 '이해understanding'라는 한 단어로 답했다. 자신에게 매몰되지 말고 전체 시스템을 이해해야 한다는 것이다.

> 폭풍우를 만났을 때 '폭풍우는 신神이며 신이 내게 화를 내고 있다'고 생각하는 사람이 있다. 진실은 그렇지 않다. 폭풍우는 자연의 일부다. 구름과 구름이 부딪치면서 소리와 빛이 발생한 것뿐이다. 우리 삶에도 같은 관점을 적용해야 한다. 당신이 직업을 잃더라도 그건 당신 문제가 아니다. 경쟁 기업이 중국에 공장을 세웠기 때문일 수도 있다. 그럼에도 어떤 사람은 재앙을 몹시 개인적인 일로 받아들이고 스스로 목숨을 끊기도 한다.

미래는 불투명하다. 하루 24시간, 주 7일 내내 잠들지 않는 '24/7 사회'에서 삶의 무서운 속도와 무한한 경쟁은 사람을 지치게 한다. 사회적 지위에 대한 불안 때문에 바이러스처럼 퍼지는 유행병도 있다. 그 몹쓸 질병의 이름은 '만성피로'다.

우리는 전원이 켜진 상태로 24시간을 보내는 노트북과 같다. 직장을 벗어나도 잠시 수면모드에 들어갈 뿐 스위치를 완전히 오프off로 돌려놓기는 어렵다. '최고의 부장은 휴가 간 부장'이라는 우스개가 있었다. 하지만 요즘 직장인은 그 싫은 상사마저도 없으면 불안해한다. 일을 점검해줄 사람이 없으니 진척이 더디고 그르칠 경우 혼자 책임져야 한다는 공포 때문이다. 내재된 근심이 늘 찰랑거린다.

도널드 트럼프는 미국 대통령이 되기 전 NBC 리얼리티 쇼 〈어프렌티스〉를 진행하면서 유명해졌다. 그가 매주 출전자 중 한 명을 떨어뜨리는 방식으로 진행한 이 쇼는 "당신은 해고야 You're fired!"라는 통보로도 기억된다. 끝까지 살아남는 한 명은 연봉 25만 달러를 받으며 트럼프의 회사를 1년간 운영할 기회를 얻었다.

〈K팝스타〉를 비롯해 우리나라 오디션 프로그램들도 승자를 뽑지 않는다. 탈락할 사람만 매주 가려낸다. 마지막까지 떨어지지 않아야 승자가 될 수 있다는 논리다. 심사위원은 각 후보의 실력과 이모저모를 저울질하면서 약자를 찾고 시청자는 그 모습을 게임처럼 감상한다. 그것이 이 세상을 말해준다. 패자가 되지 않으려면 더 치열해져야 한다.

남자 둘이 산에서 곰과 마주치면서 시작되는 농담을 들었다. 한 명이 신발끈을 단단히 묶는다. 옆에 있는 친구가 "죽어라 뛰어도 곰보다 빠를 수는 없어"라고 하자 그가 대꾸한다. "너보다만 빠르면 돼." 오디션의 흥행 문법처럼 '나만 안 망하면 된다'는 생각이 알게 모르게 퍼지고 있다.

3

한국보건사회연구원이 2016년에 발표한 「한국 사회의 사회 심리적 불안의 원인 분석과 대응 방안」 보고서에 따르면 성인 10명 중 9명이 평소 스트레스를 느끼고 있다. 설문 조사에서 7,000명 중 38퍼센트는 "스트레스를 많이 느낀다"라고 답했고 56퍼센트는 "조금 느끼는 편"이라고 했다. 연구진은 "취업을 준비하는 과정 또는 직장이나 가정에서 심리적 압박을 자주 경험하는 것으로 보인다"라고 풀이했다. 남자가 여자보다, 고소득자가 저소득자보다, 미혼자가 기혼자보다, 맞벌이 부부가 그렇지 않은 부부보다 더 심한 스트레스를 겪는 것으로 나타났다.

스트레스는 스트레스로 끝나지 않는다. 수면 부족(불면증)이나 만성피로, 우울증으로 이어질 수 있다. 평생직장은 사라진 지 오래다. 업무를 제대로 해내지 못하면 자리를 빼앗길 수 있다. 게다가 학자금 대출이 있다면, 아버지가 은퇴한 상태라면, 아파트 담보대출을 안고 있다면 마음이 더 오그라든다. '직장에서 실패하면 어쩌나' 걱정하고 무엇보다 이른바 '루저'로 비칠까 봐 두려워한다. 불안해할수록 노동시간은 더 길어진다.

역사가 길지 않은 인사 평가와 연봉제는 성과를 많이 올린 직원에게 더 큰 보상을 안기고 격려하는 제도다. 하지만 생산성이 부진한 직원에게는 경고장으로 다가온다. IMF 외환위기를 겪은 한국 사회에서 이 성적표는 불길한 예고편과 같다. 언제 닥칠지 모를 감원이나 정리해고와 무관하지 않기 때문이다. 조직 전체의 건강을 위해 누군가를 도려내는 외과 수술 말이다. 일을 잘못한다고 평가받는 직원, 성과에 비해 연봉이 높은 직원, 상사와의 관계도 좋지 않은 직원에게는 어느 날 이메일로 해고 통보가 날아들 수 있다.

공장은 생산비가 너무 오르면 라인 가동을 중단할 수 있다. 그래도 기계는 자신의 불행한 처지를 한탄하지 않는다. 석탄 대신 천연가스를 쓴다고 해서 도태된 에너지원이 처지를 비관해 절벽에서 뛰어내릴 일도 없다.

하지만 노동자는 다르다. 그는 자기 값어치나 존재감이 줄어들 때 고통을 느끼고 감정적으로 대응하는 습관이 있다. 고용자의 경제적 요구와 피고용자의 인간적 요구가 부딪쳐 하나를 선택해야 할 경우 언제나 경제적 요구가 이긴다. 임금노동자의 삶은 숙명적으로 불안과 동행할 수밖에 없다.

'널빤지 밑이 저승'이라고 뱃사람들은 말한다. 에베레스트에 오르는 등반가들도 발밑이 저승이다. 한국에서 직장인은 심리적으로 점점 그런 모습에 가까워지고 있다. 때로는 몸담은 배(회사)가 통째로 뒤집히고 때론 발을 헛디뎌 루저가 된다. 살아남으려면 동료보다 빨리 구명보트에 올라타거나 더 튼튼한 동아줄을 가지고 있어야 한다.

고성장 시대에 한 직장에서 30~40년 일하고 퇴직한 부모

세대는 이런 상황을 이해하기 어렵다. 산이 가파를수록 골이 깊다. 성장이 멈춘 시대를 사는 자식 세대는 취업 장벽을 넘어선다 해도 근속 20년을 채우기 버겁다. 전쟁을 겪은 세대는 "우리 시절의 고통에 비하면 아무것도 아니다"라고 말한다. 당시는 힘겨워도 적敵이 분명했고 사람들 사이에 정서적인 유대감이 있었다. 하지만 공동체가 무너진 요즘 일상의 위협은 모호하기 짝이 없다. 그만큼 다루기 어렵다.

4

제약 회사들은 '즉시 치료된다'는 약속을 판다. 정치도 다이어트도 그렇다. "내년까지 바로잡을 수 있다"라는 말보다는 "한 달 안에 고칠 수 있다"라는 말이 더 달콤하다. '서두름 바이러스'는 우리 사회 깊숙이 침투해 있다. 성직자도 피해 갈 수 없는 중독이다. 저명한 가톨릭 성직자이자 경제학자인 마르틴 슐라크Martin Schlag도 고백했다. "최근에 나도 기도를 너무 빨리하고 있어요."

영국 저널리스트 칼 오너리는 《느린 것이 아름답다》에서 현대사회의 속도 숭배에 제동을 걸었다. 그가 쓴 《슬로씽킹》은 속편과 같다. 비즈니스, 정치, 교육, 환경, 인간관계, 건강 등에서 우리가 의존하는 임시변통의 해결책 '퀵픽스quick fix'를 버리고 정반대 '슬로픽스slow fix'로 나아가야 한다며 열두 가지 방법을 일러준다. 핵심은 슬로씽킹, 즉 '천천히 생각하기'다.

우리는 빨리 걷고, 빨리 말하고, 빨리 먹고, 빨리 사랑하고, 빨리 생각한다. 더디면 불안해진다. "현대는 효과 빠른 요가와 1분 잠자리 동화의 시대"라고 오너리는 진단한다. 클릭이나 터치 한 번으로 작은 기적을 일으키는 기계에 길든 사람들은 세상만사가 소프트웨어의 속도로 흘러가기를 기대한다. 미국 교회는 차에 탄 채로 진행되는 드라이브스루drive-thru 장례식을 실험하고 있다. 바티칸은 스마트폰 앱을 통한 고백으로는 대속代贖을 받지 못한다고 경고해야 하는 상황에 이르렀다.

영국 공군, 노르웨이 교도소, 도미노피자, 페덱스 등이 '슬로씽킹'으로 난제를 푼 사례를 소개한다. 천천히 생각하기는 과오를 인정하는 데서 출발했다. 그들은 점들을 연결해 전체를 보는 접근법을 택했고 작은 디테일도 놓치지 않으려 애쓰면서 서로 협력했다. 창의성은 무엇보다 잠복기가 필요하다. 아이디어가 부글부글 솟아오르기까지 문제 속에 잠길 시간 말이다. "모든 일에 지름길이 있다고 믿는 이 시대에 우리가 배워야 할 가장 큰 교훈은 가장 어려운 길이 장기적으로 가장 쉬운 길이라는 것"이라는 문장이 뻐근하다.

빠른 것이 더 낫다는 통념에 저항하는 '슬로 무브먼트'는 달팽이처럼 살자는 뜻이 아니다. 모든 일을 느리든 빠르든 상관없이 걸맞은 속도(최상의 결과를 내는 속도)로 하는 것이다. 인내심 교육은 불안과 서두름 바이러스를 막는 예방접종이 될 수 있다. "내가 아주 똑똑해서가 아니라, 단지 문제들을 더 오래 붙들고 있기 때문"이라는 아인슈타인의 말에 밑줄을 쫙 그었다.

일본 신카이 마코토 감독은 애니메이션 〈초속 5센티미터〉에서 주인공의 입을 빌려 이렇게 말했다. "주고받은 문자는 1,000통이 넘지만 실제로 마음은 1센티미터밖에 가까워지지 않은 것 같아" "어느 정도의 속도로 살아야 너를 만날 수 있을까"라고. 초속 5센티미터는 벚꽃이 떨어지는 속도다.

5

알랭 드 보통은 2015년 1월 서울 인터뷰 자리에서 "부유한 나라들이 맞닥뜨린 문제에 끌린다"라고 말했다. 영국이나 한국은 경제적으로는 놀라운 성취를 이뤘지만 정신적으로는 그늘이 깊다는 것이다. 사람들은 굶주려서 자살하는 게 아니다. 그는 "우리는 정신적으로 건강하지 않다"라며 "이 상황을 개선하는 데 도움이 되는 글을 쓰고 싶다"라고 했다.

좋은 아이디어가 대중과 만나는 표면적이 넓어지면 더 나은 세상을 만들 수도 있다. 그가 2008년 영국 런던에 처음 문을 연 '인생학교The School of Life'는 성장을 거듭해 서울을 포함해 파리, 멜버른, 암스테르담, 이스탄불, 상파울루 등 세계 10여 곳에서 운영되고 있다.

케임브리지 대학을 졸업했지만 그곳에서 나는 정작 삶에서 중요한 것들에 대해서는 배우지 못했다. 일을 당하고 나서야 우연히 알게 된다면 얼마나 불행한 일인가. '인생학교'는 사랑, 일, 인간관계, 고독, 죽음 등 대학이 가르치지 않는 삶의 지혜를 다루는 프로젝트다.

'불안'도 강의 주제 중 하나다. 현대인은 크게 두 가지 부분에서 혼란을 겪는다. 인간관계와 직장 생활이다. 우리는 직장 생활에서 돈만을 바라지 않고 어떤 의미를 원한다. 사회적인 위치가 정서적으로도 여러 가지를 결정한다는 뜻이다. 얼마나 많은 사랑과 존중을 받을 수 있는지를. 자신을 좋아할 수 있는지를. 아니면 자신에 대한 신뢰를 잃을 수밖에 없는지를.

알랭 드 보통에게 '작가로서 당신의 가장 큰 불안은 무엇이냐'고 물었다. 그는 "내가 잘하고 있을까 하는 근심"이라고 답했다. 소박하고 정직해서 위안이 되었다. "나는 삶의 의미에 대해 거대한 질문을 던지고 거기에 제대로 답하려고 애쓴다. 가장 큰 불안은 한밤중에 일어나서 2년 전에 쓴 어느 책의 두 번째 장章에서 무슨 이야기를 했어야 했는데, 하고 후회하는 것이다. 돌아가서 바로잡고 싶지만 불가능하다. 슬프다."

나도 종종 불면에 시달린다. 일이나 사랑에 대해 바라는 게 더 많고 그래서 더 자주 실망한다. 내면 깊숙한 곳에 가라앉아 있던 근심은 잊을 만하면 떠올라 정신을 온통 헝클어 놓는다. 잠들지 못하고 뒤척이는 밤, 이적이 부른 '걱정 말아요 그대'를 재생한다. 그대여 아무 걱정하지 말아요. 그대여 아무 걱정하지 말아요.

07

혼자

1

'모스Morse부호'는 점(·)과 선(−)을 조합해 문자 기호를 나타낸다. 손가락도 열 개, 발가락도 열 개인 인간은 0부터 9까지 사용하는 십진법이 편안하고 아늑하다. 모스부호는 0과 1의 단순한 이진법과 같다. 단음과 장음으로 글자를 표현할 수 있는데 가령 A는 '· —', B는 '— · · ·', C는 '— · — ·'다. 외로운 사람끼리 벽을 사이에 두고도 의사소통을 나눌 수 있다.

2016년 예술의전당에서 공연한 연극 〈렛미인〉(연출 존 티파니)은 고독을 효과적으로 담아냈다. 정글짐 하나로 놀이터, 사물함 하나로 학교, 소파 하나로 집, 병상 하나로 병원이라고 눙친다. 가난하고 무성의하게 비칠 수도 있는 압축과 생략이지만 심리적 공간을 빚어내면서 상상의 부피를 키우는 연극적 힘을 발휘한다.

이 세계는 외로운 주인공들이 어떻게 사는지, 무엇과 투쟁하는지, 마음속 풍경은 어떠한지 관찰하기에 최적화되어 있다.

열두 살 소년 오스카(안승균)는 학교에서 왕따다. 오스카는 저항하지 못한다. 조난신호를 받아줄 친구도 없다. 사탕 가게 아저씨는 "누가 괴롭히니? 몸조심해"라고 말할 뿐 실질적인 도움은 주지 않는다. 이혼한 엄마는 제 앞가림도 벅차다. 오스카에게 위안이라곤 달달한 사탕뿐이다.

옆집으로 이사 온 소녀 일라이(박소담)만이 오스카의 SOS를 해독한다. 일라이는 그가 칼로 나무를 찌르는 모습을 지켜본다. 고독한 자가 고독한 자를 알아보는 법이다. 그녀는 다짜고짜 "난 너랑 친구가 될 수 없어"라고 말한다. 오스카는 "너한테서 이상한 냄새가 난다"라고 응수한다. 둘은 사뭇 닮아 있다. 오스카는 엄마와 함께 살지만 집과 학교에서 고립되어 있고, 일라이는 아빠와 사는 것처럼 보이지만 스스로를 격리시키면서 밤에만 밖으로 나온다.

〈렛미인〉은 스웨덴 작가 욘 아이비데 린드크비스트의 소설이 원작이다. 2008년 스웨덴과 2010년 미국 할리우드에서 영화도 각각 만들어졌다. 국내에서 개봉한 두 편 모두 관객을 10만여 명씩 모았다. 예술영화로는 흥행작이다. 연극은 뮤지컬 〈원스〉로 기억되는 연출가 존 티파니가 2013년 스코틀랜드 국립극단과 함께 초연한 작품을 그대로 가져왔다.

소년과 소녀는 점점 가까워진다. 일라이는 300년 넘도록 열두 살에 머물러 있다. 무수히 많은 삶과 죽음을 본 뱀파이어답게 그녀는 오스카에게 생존법을 가르친다. "너도 받아쳐! 여럿이면 더 세게 때려야지!" 충고하면서 "내가 도와줄게"라고 응원한다. 오스카는 이 대목에서 일라이에게 모스부호를 가르쳐준다. 마주하고 있을 때보다 더 깊은 감정을 나눌 수 있으니까. 고독한 인간 소년과 외로운 뱀파이어 소녀는 우리가 아주 친밀한 누군가와 비밀번호를 공유하듯이 둘만의 암호를 갖게 된다.

사랑은 공포와 동행한다. 어쩌면 사랑은 알면서도 위험을 무릅쓰는 것이다. 일라이는 오스카가 좋아하는 사탕을 먹고 힘겨워한다. 제목 〈렛미인〉은 "나 들어가도 돼?"라는 뜻. 초대를 받아야 인간의 방에 들어갈 수 있는 뱀파이어들만의 규칙이다. 일라이는 오스카에게 말한다. "난 아무것도 아냐. 아이도 노인도 여자애도 남자애도 아냐. 난 그냥 나야." 무대에 눈이 흩날린다.

정글짐이 회전하면서 수영장으로 바뀌고 차오른 물에 오스카가 잠기는 장면에선 정통으로 펀치를 맞은 듯했다. 가장 그윽한 대목을 꼽으라면 단연 엔딩이다. 오스카는 기차 안에 궤짝을 싣고 어딘가로 가고 있다. 지옥 같은 현실 밖으로의 탈출이기도 하고 고독이라는 결핍을 채우고 짝과 동행하는 여행이기도 하다. 궤짝에 누가 들어 있는지는 말하지 않아도 안다. 오스카가 모스부호처럼 궤짝을 두드린다. "딱딱 딱딱딱 딱딱." 마음에 진동을 일으키는 음악 같다. 궤짝이 응답한다. "딱딱 딱딱딱 딱딱."

2

'영화관에 마지막으로 누구와 함께 갔습니까?'라는 문항의 결과
를 보고 깜짝 놀랐다. 절반에 가까운 4650명(44.5퍼센트)이 '혼
자'라고 답했다. '연인'이 24.6퍼센트, '배우자'가 8.6퍼센트를 차
지했다. 2015년 관객 1만여 명을 대상으로 한 영화 소비 트렌드
를 조사한 결과다. 맥스무비 예매자 1만 447명(여성 66퍼센트)
이 설문에 응답했다. 20대(42퍼센트)가 가장 많았고 30대(33퍼
센트), 40대(17퍼센트) 순이었다.

관람 형태의 변화 중에서 '나 홀로 관객'의 증가가 가장 두드
러졌다. 혼자 밥 먹는 '혼밥', 혼자 술 마시는 '혼술'을 넘어 영화
도 혼자 보는 게 보통인 세상이 된 것이다. 멀티플렉스가 많아지
면서 직장이나 집 근처에서 오전이나 밤늦게 혼자 영화를 보는
사람이 늘어나고 있다.

알바몬이 2017년 대학생 1,099명을 대상으로 한 설문 조사
에 따르면 89.9퍼센트가 '평소 혼밥, 혼영 등 혼자서 해결하는 것
들이 있다'고 답했다. 혼밥이 78.4퍼센트로 1위를 차지했고 혼공
(혼자서 공부하기/72.1퍼센트), 혼영(54.3퍼센트), 혼강(혼자서
강의 수강/46.2퍼센트), 혼술(21퍼센트), 혼행(혼자서 여행하기

/19.3퍼센트) 등의 순이었다.

2016년 통계청이 발표한 '인구주택총조사'에서 '나 홀로 가구'는 처음으로 2인 가구를 제쳤다. 한국에서 1인 가구는 전체 가구(1,911만 1,000가구)의 27.2퍼센트인 520만 3,000가구로 나타났다. 1,985년(66만 1,000가구)이나 1990년(102만 1,000가구)과 비교하면 가파르게 치솟았다. 인구주택총조사는 정부가 5년마다 실시하는 전수 조사다. 취직이 늦어지는 바람에 결혼을 미루고 혼자 사는 기간도 길어지고 있다.

가구 구성비는 우리 사회의 변화를 단적으로 보여준다. 1975년 이전만 해도 5인 이상 가구가 보편적이었다가 1980~2005년에는 4인 가구가 세 집 중 한 집 꼴로 가장 많았다. 2010년에는 2인 가구가 네 집 중 한 집으로 1위에 올랐다. 하지만 2015년에는 1인 가구(27.2퍼센트)가 2인 가구(26.1퍼센트)를 제치고 가장 흔한 가구 형태가 되었다. 이어서 3인 가구(21.5퍼센트), 4인 가구(18.8퍼센트) 순으로 나타났다.

1인 가구는 자녀가 없는 부부 가구나 자녀가 있는 부부 가구와 같은 핵가족을 제치고 처음으로 가장 흔한 가족의 형태가 되었다. 《혼자 산다는 것에 대하여》를 쓴 노명우 아주대 교수의 말처럼 '혼자 사는 삶'은 사회적 사실social facts로 다가오고 있다. 2035년이 되면 1인 가구가 34.3퍼센트에 이를 것이라는 전망이다.

판타지의 대상인 싱글과 사회적 사실로서의 혼자 살기는 사못 다르다. 화려한 싱글에는 리얼리티가 없고 독거노인에게는 삶의 판타지가 없다. 자정 무렵의 편의점에서 수입 맥주를 꺼내들거나 서점에서 스페인 요리책을 사는 남자의 용모가 늙고 후줄근하다고 상상해보라. 1인 가구 시장은 화려하지만 혼자 살기는 철학의 문제이자 살림살이의 문제다.

고독은 새롭게 뜨는 비즈니스가 되었다. 편의점 매출은 점점 늘어나고 전자레인지로 데워 먹을 수 있는 간편식 시장도 성장세가 가파르다. 소형 세탁기, 1인용 전기밥솥, 미니 냉장고 등 1인 가구 맞춤형 상품도 앞다퉈 출시되고 있다. 2013년과 2015년을 비교하면 '나 홀로 휴가'를 즐기는 1인 여행객도 3배 가까이 늘었다.

앞으로는 외로운 사람들의 욕구를 깨닫고 친구가 되어주는 데서 더 큰 이익이 발생할 것이다. 마크 저커버그는 그래서 금시에 억만장자가 되었다. 10여 년 전만 해도 상상하기 어려웠던 아이템인 페이스북을 통해 21세기의 금맥이 어디에 있는지 증명했다. 페이스북은 온라인으로 물건을 팔지 않는다. 이 SNS 업체의 대표 상품은 바로 '우정friendship'이다. 저마다 혼자인 현대인의 결핍과 욕망에서 어마어마한 수익을 뽑아낸 것이다.

3

1인 가구의 증가로 불황 속에서도 드물게 성장하는 업종이 있다. 편의점이다. 음료수를 계산대로 가져가면 바코드 읽는 전자음이 들린다. 점원은 표정이 없다. 거스름돈을 줄 때까지 내 얼굴을 쳐다보지 않는다.

전상인 서울대 교수가 쓴 《편의점 사회학》에는 김애란 단편 소설 〈나는 편의점에 간다〉와 지강민의 웹툰 〈와라! 편의점〉이 자주 등장한다. 젊은 작가들에게 편의점은 도시적 삶의 패턴과 고독한 인간관계를 집약해 보여주는 장소다.

〈나는 편의점에 간다〉에서 주인공은 편의점이 드러내는 무관심을 즐긴다. 편의점 알바가 손님에게 사적인 대화를 건네지도 않지만 단골조차 기억 못 한다는 사실에 절망한다. 고독한 사회에서 익명성과 무관심은 폭력이 될 수도 있는 것이다.

《편의점 사회학》은 편의점을 사회학적으로 재발견한 책이다. 2017년 기준으로 전국에 편의점은 3만 개를 넘었다. 내부에 24시간 무인 세탁소까지 차려져 있을 만큼 일상에 성큼 들어와 있다. 전상인 교수는 열 평 안팎 편의점이라는 렌즈로 우리 사회를 살핀다. "우리는 편의점에 의해 소비하는 인간으로 길든다. 필요에 의해 편의점을 찾는 것이 아니라 편의점에 의해 필요가 생긴다."

편의점 통유리는 가까우면서 멀고 다 보여주면서 가둔다. 고객을 향한 '무관심의 배려', 쓰고 버리는 일회용품 문화, 밤을 개척하는 자본주의도 읽힌다. 전 교수는 "우리는 편의점에 감으로써 일상을 구매하고 편의점은 고객 정보와 CCTV로 우리를 감시한다"라며 불편한 진실을 짚어낸다.

하지만 고독은 편한 것일 수도 있다. 2016년 일본에서는 편의점 아르바이트하며 소설을 써온 젊은 작가가 편의점 직원의 삶을 들여다보는 중편소설을 지어 권위 있는 아쿠타가와 문학상을 받았다. 무라타 사야카가 쓴 《편의점 인간》이다.

대학 신입생 때부터 18년간 편의점에서 아르바이트해온 36세 독신 여성이 주인공이다. 편의점에서는 수많은 사람이 스쳐가지만 어느 누구도 다른 누구와 깊은 관계를 맺지 않고 모든 일은 매뉴얼에 따라 진행된다. 주인공은 그걸 숨 막혀 하기는커녕 그 속에서 안심한다. 요미우리신문은 "남들과 잘 소통하지 못하는 사람에겐 기계적 규칙이 되레 구원이 될 수 있다"라며 "삶을 꿰뚫어 보는 인간관이 들어 있다"라고 평했다.

소설을 쓴 무라타는 주 3일 새벽 2시에 일어나 아침까지 소설을 쓰고 오전 8시부터 오후 1시까지 편의점에서 일한 다음 남들이 일하는 시간에 자고, 남들이 자는 시간에 다시 일어나 소설을 쓰는 생활을 계속해왔다.

시상식 날에도 편의점 근무를 마치고 식장에 왔다. "아쿠타가와상을 타다니 기적 같아서 믿기지 않는다"라는 무라타에게 기자들이 물었다. "앞으로도 편의점 일을 계속할 겁니까?" 그가 이렇게 답하는 바람에 좌중에 폭소가 터졌다. "우선 점장과 상의하겠습니다!"

4

책을 읽다가 어느 대목에서 '아! 이 작가는 내가 언젠가 어렴풋이 느꼈지만 제대로 이해하지 못했던 감정을 정확히 묘사하고 있구나' 감탄할 때가 있다. 고독한 현대인에게 가장 큰 위안을 주는 건 예술과 사랑이다. 혼자가 아니라 것을 깨닫게 해준다.

얼굴도 모르는 사람이 만든 영화나 음악, 그림이 내가 누구인지 파악하도록 도와준다는 뜻이다. 마찬가지로 누군가가 건넨 말이나 감정을 접하고 나를 더 잘 이해하게 된다면 외로움을 덜 수 있다. 예술과 사랑은 제각각 다른 방식으로 고독을 치유해준다.

고독은 어쩌면 현대의 전염병과 같다. 낭만적인 관계만이 고독을 치료할 수 있다는 생각이 바이러스처럼 퍼져 있지만 진실은 정반대일 수도 있다. "사랑할 때는 외롭기 짝이 없었는데 혼자로 돌아오니 그렇게 행복할 수가 없다"라는 사람도 많다.

외로워서 무작정 연인을 만들려 애쓰고 낭만적인 관계를 기대했건만 웬걸, 더 깊은 외로움에 빠졌던 경험이 한두 번씩은 있기 마련이다. 그래서 종종 로맨스는 지옥이다. "차라리 혼자 있는 게 홀가분하고 행복하다"라는 말이 들려온다. 매우 낭만적인 관계 속으로도 외로움이 곧잘 파고든다.

'고독'을 뜻하는 영어 단어는 두 가지가 있다. 달갑지 않은 외로움oneliness과 즐거운 외로움solitude이다. 달갑지 않은 고독은 친구나 말할 사람이 없어서 느끼는 비애인 반면, 즐거운 고독은 혼자라서 더 평안한 고요다.

실존적으로 따지면 사람은 누구나 혼자다. 〈시민 케인〉을 만든 영화감독 오슨 웰스는 "우리는 홀로 태어나 홀로 살다 홀로 죽는다. 사랑과 우정을 통해 혼자가 아니라는 환상을 만들 뿐"이라고 말했다. 《월든》의 작가 헨리 데이비도 소로도 "고독만큼 다정한 친구를 본 적이 없다"라며 외로움을 예찬했다. 하지만 우리는 대체로 즐거운 외로움은 거의 누리지 못하고 달갑지 않은 외로움에 시달린다.

5

2015년 프랑스 칸 국제영화제에서 심사위원상을 받은 〈더 랍스터〉는 잘 빚은 농담 같다. 이야기는 결혼 11년 만에 아내에게 버림받은 데이비드(콜린 패럴)가 호텔에 도착하면서 시작된다. 그 세계에서 독신은 불법이고 죄악이다. 짝이 없는 사람은 호텔에 격리되어 완벽한 커플이 되는 재활 교육을 받아야 한다.

호텔 매니저: 짝을 못 찾게 될 경우 어떤 동물이 되고 싶은가
요?

데이비드: 랍스터요. 랍스터는 100년 넘게 살거든요. 제가 바
다를 좋아하기도 하고요.

주어진 시간은 45일. 그 안에 새로운 배우자를 구하지 못하면 체
크인할 때 지정한 동물로 변해버린다. 개가 되어버린 형과 함께
이곳에 온 데이비드는 사람으로 남기 위해 감정을 속인다. 어떤
여자에게 다가가 가까워지지만 진실이 금방 들통나버린다. 그는
독신주의자들이 숨어사는 숲으로 도망친다.

요르고스 란티모스 감독은 독신이 용납되지 않는 가까운 미
래를 상상하며 〈더 랍스터〉를 만들었다. 성인이 혼자 있으면 경
찰이 불심검문을 한다. 짝이 있느냐 없느냐로 사람을 판가름하는
1/0의 이분법, 우리가 정상normal이라고 부르는 것에 대한 통렬
한 풍자다.

영화는 허구의 세계를 레고 블록처럼 정교하게 쌓아올렸다.
외형은 블랙코미디인데 속을 들추면 가슴 아픈 이야기다. 모든
용품을 제공한다면서 신발 사이즈 255는 없으니 250과 260 중
에 하나를 고르라는 식이다.

취향이 비슷한 남녀라야 커플로 맺어진다. 서로 다퉈서 사이
가 위태로워지면 "도움이 될 것"이라며 아이를 대준다. 이 또한

부분적으로 진실일지 모른다. 호텔 투숙객들은 매일 마취총을 들고 숲으로 들어가 외톨이들을 사냥한다. 한 명을 잡으면 체류가 하루 더 연장된다. 독신주의자는 아니지만 호텔의 강제된 짝짓기를 거부하고 숲으로 달아난 데이비드는 '죽을 때까지 혼자여야 한다'는 지도자(레아 세이두)의 엄명을 어기고 자신처럼 근시近視인 여인(레이철 와이즈)과 위험한 사랑에 빠진다.

카프카 소설《변신》이 떠오르는 영화다. 벌레로 변한 것은 그레고르일까 그의 가족일까. 〈더 랍스터〉가 그린 세계는 괴물 같다. 시스템에 순응하기를 거부한 인물을 클로즈업해 보여준다. 고독과 사랑에 대한 아이러니에 섬뜩해진다.

우리는 처음에는 저마다 혼자다. 고독으로부터 탈출하고 싶어 한다. 하지만 감정은 억지로 만드는 게 감추는 것보다 훨씬 더 어렵다. 〈더 랍스터〉는 세상을 거꾸로 비추어서 바로 보게 하는 거울이다. 사랑에 시스템이 끼어들면 어떤 코미디가 벌어지는지 냉소적으로 보여준다. 별난 전제를 진지한 드라마로 뭉치는 솜씨, 그리스 비극을 연상케 하는 엔딩을 향해 나아가는 맹렬한 속도를 경험하게 된다.

6

독신 여성은 해마다 2월 14일 밸런타인데이를 짐짓 무시하느라 애쓴다. 연인들이 지정된 날짜에 일제히 선물을 한다는 게 얼마나 어리석은 짓인지 잘 안다. 하지만 가장 단호한 싱글 중에도 내년엔 상황이 달라지기를 기도하는 사람이 있다. 그러나 마음 속 구멍을 누군가가 채워주길 바라는 대신에 우리가 먼저 일구는 건 어떨까. 아니면 더 능동적으로 찾아내는 것은 어떨까.

우리 모두 독신이어야 한다고 말하는 게 아니다. 단지 당신 삶에서 당신으로 존재하는 그 시간에 더 집중해야 한다는 생각이다. 스스로를 사랑할 수 있다면 타인도 더 깊이 사랑할 수 있을 테니까.

우리 대부분은 사랑에 대한 그 숱한 생각과 대화에도 불구하고 무엇이 우릴 행복하게 하는지에 대해 실마리조차 찾기 어렵다. 결국 뭔가 부족한 채로 이 관계에서 저 관계로 표류하고 만다. 혼자 있기 두렵다는 이유만으로. 그 과정에서 우리를 정말 움직이게 하는 것을 찾을 여러 기회를 놓치고 만다.

고독이 좋은 측면이 있다. 한 파트너를 깊이 사랑하며 여생을 함께한다는 것, 이 낭만적인 사랑은 긴 인류 역사에 비추어 매우 새롭고 야심차며 이상한 생각이다. 250년밖에 안 된 발명품이다. 높은 곳에서 외줄을 타는 것과 같다. 많은 이들이 바닥으로 떨어지는 게 당연하다.

우리는 필사적으로 짝을 찾아 헤매고 두려움에 떨며 서로에게 매달리는 사회에 살고 있다. 어쩌면 싱글로 머무는 게 가장 낭만적인 결론일 수도 있다. 그(그녀)는 평범한 관계로 끝나는 걸 바라지 않으면서 매우 조심하는 사람이기 때문이다. 엉뚱한 사람을 사랑하고 함께 살며 괴로워하기보다는 정신적으로 감당할 수 없는 것을 알아채고 회피하는 게 성숙의 징표일지도 모른다.

사랑하는 사이에서는 현재의 삶이 버거울 수 있다. 자꾸만 싱글 시절의 추억을 되새긴다. 어쩌면 미래를 설계하는 게 더 나을 수도 있다. '혼자가 행복할 것 같다'는 생각을 몰래, 가끔 한다.

08

사랑 / 결혼

1

문정희 시인은 "모든 사랑은 첫사랑"이라고 노래했다. 영화 〈건축학 개론〉 포스터에도 "우리 모두는 누군가의 첫사랑이었다"라고 쓰여 있다. 낭만적인 기대일 뿐 현실에서는 낙폭이 크다. 연인이나 배우자에게 그렇게 말했다가는 찬바람이 쌩 불어올 것이다. 그래도 어떤 영화에는 첫사랑이 공룡 화석처럼 잘 보존되어 있다. 〈러브레터〉(감독 이와이 슌지)를 다시 보면서 마음을 뒤흔드는 사랑의 진앙이 어디쯤에 있는지 새삼 체감했다.

영화는 산에서 조난당해 숨진 후지이 이쓰키의 2주기 추모식으로 열린다. 눈이 펑펑 쏟아지는 겨울날이다. 연인이었던 와타나베 히로코는 설산에 누워 있다가 숨을 탁 터뜨리면서 눈을 뜬다. 사람들은 뜨끈한 정종을 나눠 마신다. 추모식과 기도, 술은 모두 죽은 자를 기억하면서 산 자를 위로하는 장치다. 히로코는 이쓰키의 중학교 졸업 앨범에서 찾아낸 주소를 손목에 옮겨 적는다. 국도를 만드느라 집을 헐어서 지금은 없는 주소라는 걸 알면서도 안부 편지를 부친다. 거짓말처럼 답장이 온다. "히로코님, 저도 잘 지내요."

사랑은 '있다'는 확신과 '없다'는 의심 사이의 투쟁이다. 히로코는 비현실적인 감정에 점점 휩쓸린다. 답장을 보낸 이쓰키가 중학교 3년 내내 같은 반이었던 동명이인, 더욱이 여자라는 사실을 알고도 그녀는 이렇게 부탁한다(편의상 '여자 이쓰키' '남자 이쓰키'로 구분한다). "당신 기억 속 이쓰키는 제가 모르는 모습입니다. 그래도 그인 건 틀림없어요. 제가 모르는 그의 세계가 더 많겠지요? 당신의 추억을 나눠주세요."

영화는 편지와 회상 장면을 통해 중학교 시절 '여자 이쓰키'가 기억하는 '남자 이쓰키'를 아련하게 불러낸다. 한편 히로코의 새 남자친구는 과거에 붙잡혀 있는 그녀를 이쓰키가 조난당한 산으로 데려간다. 히로코가 눈 덮인 산을 향해 "오겡키데스카(잘 지내고 있나요)?"라고 외치는 명장면은 이 대목에서 나온다. "오겡키데스카?"가 메아리로 되돌아온다.

히로코와 '여자 이쓰키'는 다른 세계에서 살아왔지만 점점 겹쳐진다. 고독에서 벗어나 서로에게 '소속'되는 사랑의 감정과도 닮아 있다. 편지를 주고받으면서 히로코가 죽은 연인(남자 이쓰키)의 과거에 다가가는 동안 '여자 이스키'는 까맣게 몰랐던 첫사랑을 알아간다. 책 한 권이 등장하면서 영화는 큰 소용돌이에 휘말린다. 그 매개체는 중학교 때 '남자 이쓰키'가 도서관에서 빌렸다가 반납한 소설 《잃어버린 시간을 찾아서》다. 대출 카드 뒷면에 '여자 이쓰키'가 그려져 있었던 것이다. 사랑의 증거를 본 그녀는 마지막에 이렇게 쓴다. "히로코님, 가슴이 아파서 이 편지는 부치지 못하겠습니다."

〈러브레터〉는 봉인되어 있던 첫사랑의 비밀을 발견하는 드라마다. 연인의 죽음이라는 비극이 없었다면 이토록 아름다운 무늬를 빚어낼 수 없었을 것이다. 장 밥티스트 르뇨가 그린 '회화의 기원: 양치기의 그림자를 더듬어가는 디부타데스'(1785)는 사랑에 빠진 남녀가 헤어지는 순간에 여자가 남자의 그림자 윤곽을 그리는 모습을 보여준다. 떠난 뒤에도 그를 붙잡아두기 위해서다. 기억은 불확실하고 믿을 만한 게 못 되니까. 예술은 어쩌면 그래서 존재한다. 기억을 압축적으로 담아 나른다. 〈러브레터〉를 보고 극장을 나오면서 입속말로 중얼거리게 되는 것이다. "오겡키데스카?" "잘 지내고 있나요?"

2

상상과 현실은 하늘과 땅 차이일 수 있다. 사랑은 달콤하기만 한

꿀단지는 결코 아니다. 누구나 사랑에 빠지는 과정은 대체로 비슷하다. 어떤 사람에게 매료되어 넋을 잃게 된다. 그런데 그(그녀)를 알면 알수록 나에게는 부적절한 사람이구나 싶다. 결국 헤어진다. 얼마 지나지 않아 우리는 사랑과 후회, 이별이라는 사이클을 다시 겪는다. 같은 실수를 거듭하는 것이다.

> 오스트리아 잘츠부르크에 버려진 소금 광산이 있었다. 사람들은 잔가지를 주워서 그 광산의 환기갱換氣坑에 던지는 걸 즐겼다. 두세 달 뒤에 다시 돌아와 보면 잔가지는 몰라보게 달라져 있었다. 반짝이는 크리스털로 뒤덮여 있었던 것이다. 환상적이었다. 어떤 잔가지를 던져 넣느냐는 중요하지 않았다. 결과는 매번 똑같았다.

《적과 흑》을 쓴 프랑스 소설가 스탕달이 1822년 발표한 에세이에 등장하는 사랑에 대한 비유다. 우리는 잔가지의 진실을 알고 있다. 광산의 습한 공기에는 미세한 소금 입자가 꽉 들어차 있었다. 오랫동안 이 상태가 지속되면 소금 입자가 사람들이 던진 잔가지에 들러붙어 반짝이는 결정으로 바뀌는 것이다. 스탕달은 사랑에 빠질 때 이와 비슷한 결정화crystallization가 일어난다고 생각했다.

누군가에게 홀려 넋이 나갈 때 우리는 기대와 희망, 이상이라는 외피로 그(그녀)를 휘감는다. 그(그녀)는 상상 속에서 놀라울 정도로 우아하고 착하고 완벽한 사람으로 변신한다. 사랑하며 우리가 겪게 되는 문제의 답이 바로 그것이다. 평범한 잔가지가 소금 광산 속에서 아름다운 크리스털로 뒤덮이듯이, 그(그녀)는 우리의 머릿속에서 일어난 '결정화'로 별안간 훨씬 더 나은 사람으로 포장된다.

하지만 상대와 가까이 지내며 알아갈수록 역반응이 나타난다. 판타지가 걷히면서 그(그녀)의 실제 모습이 드러나는 것이다. 이 과정은 대체로 실망스럽다. 마법은 점점 사라진다. 우리는 다시 볼품없는 상태로 되돌아온 그 '잔가지'를 아무렇게나 던져버린다.

얼마 후, 다시 흥미로운 잔가지가 눈에 들어온다. 스탕달은 이 비유에서 "사랑에 빠지지 말라"라고 역설하는 게 아니다. 사랑에 종종 상상과 판타지가 개입된다는 사실을 파악하라는 뜻이다. 그래야 다음 발걸음을 더 잘 준비할 수 있을 테니까.

3

사랑은 고정되어 있을 것 같지만 그렇지 않다. 시간이 흐르면서 변해간다. 결혼은 그래서 인기 없는 주제다. 소설이나 영화나 대중가요는 사랑이 시작되는 순간에 집중한다. 인생을 24시간이라고 가정하면 그것은 첫 1초 동안의 사랑에 불과하다. 끌리는 누군가를 만나는 최초의 순간은 짜릿하다. 하지만 이내 긴 침묵이 흐른다. 결혼에서 사랑의 지속성에 대해 탐사하는 일은 그래서 고통스럽다.

어느 날 외화번역가 이미도씨로부터 문자메시지가 날아왔다. 영어로 된 그 문자의 제목은 'After 20 years(20년 후)'였다.

"After 20 years of marriage, a wife asked her husband to describe her(결혼 20년 후 아내가 남편에게 자기를 묘사해 달라고 했다). He looked at her slowly and without blinking an eye, said: ABCDEFGH & IJK(남편은 천천히 그녀를 바라보곤 눈도 깜빡 안 하고 'ABCDEFGH & IJK'라고 말했다)."

'What does that mean?' she asked(무슨 뜻이냐고 아내가 물었다). 'Adorable, Beautiful, Cute, Delightful, Elegant, Fashionable, Gorgeous and Hot' he replied(남편은 '사랑스럽고, 아름답고, 귀엽고, 유쾌하고, 우아하고, 패션 감각 있고, 멋지고, 흥분시키지'라고 답했다). Smiling, she asked: What about IJK?(아내는 방긋 웃으며 '그럼 IJK는?'이라고 물었다). He replied: I'm Just Kidding!(남편의 대답. '농담이야!')"

한참 웃고 있는데 휴대전화가 다시 부르르 몸을 떨었다. 이미도씨가 보내온 또 하나의 문자메시지. 이번엔 제목이 'Then his wife(그러자 아내는)'이다.

"Then his wife looked at his dumb face and coldly said LMNOPQRS & TUV(그러자 아내는 남편의 멍청한 얼굴을 보며 차갑게 'LMNOPQRS & TUV'라고 말했다). 'What does that mean?' he asked blankly(무슨 뜻이냐고 그가 멍하니 물었다). 'Lazy, Mean, Nasty, Obnoxious, Pathetic, Quarrelsome, Rude, Stupid' and 'That's Undoubtly Valid!', she smirked at him('게으르고, 짓궂고, 저속하고, 불쾌하고, 한심하고, 싸우려 들고, 무례하고, 멍청하지' 그리고 '틀림없이 타당해!'라며 그녀는 능글맞게 웃었다)."

재미있어서 두 메시지를 모두 아내에게 날려 보냈다. 곧바로 'TIT'라는 답장이 도착했다. 불안했다. 우는 얼굴처럼 보이는 이게 무슨 뜻이냐고 캐물었다. 부르르 휴대전화가 다시 울었다. 이렇게 적혀 있었다. 'That Is True(사실이네).' TIT.

4

어느 해 가족 여행을 떠나는 날 손가락 걸고 아내와 맹세했다. "이번에는 절대 다투지 말자." 피해야 할 부부싸움 중 으뜸은 휴가지 싸움이다. 길을 헤매거나 식사 메뉴를 선정하는 사소한 일이 불씨가 되기도 한다. 초기에 진압이 안 되면 큰 불길로 번진다. 일찌감치 예약을 하고 기다려온 단란한 휴식은 엉망진창이 된다. 어스름 녘의 바닷가나 이국적인 정원 풍경도 와르르 무너진다.

한마디로 입맛이 뚝 떨어진다. 모처럼 다 같이 놀러 와서 이게 웬 봉변이란 말인가. 부부라는 이름의 야자수가 베어져 바닥으로 쿵 쓰러지는 충격과 같다. 특히 해외여행이라면 도망치고 싶어도 마땅히 숨을 곳이 없다.

2014년 프랑스 칸영화제에서 주목할 만한 시선 부문 심사위원상을 차지한 영화 〈포스 마쥬어〉는 그 막막한 관계의 눈사태를 유머러스하게 포착했다. 제목은 '불가항력'이라는 뜻이다. 관객은 "바쁜 남편이 마침내 시간을 내주어서" 알프스로 스키 휴가를 온 스웨덴 4인 가족의 닷새를 따라간다. 여행은 달콤하게 시작되지만 〈미션 임파서블〉처럼 험난해진다.

찰칵! 다정하게 가족사진을 찍는 장면으로 열릴 때부터 불안하긴 했다. 두 번째 날 재앙이 닥친다. 부드럽게 스키를 타고 나서 알프스를 배경으로 점심식사를 하는데 "펑" 하는 소음에 이어 눈사태가 일어나 정면으로 돌진해 온다. 당신이 영화 속 아빠 토마스(요하네스 바 쿤게)라면 어떻게 행동했을까.

①방패가 된다.

②가족을 다 데리고 재빨리 피신한다.

③먼저 피한 다음 가족을 구출한다.

토마스 입장에서 이 영화는 비극이다. 그는 방패가 되지도 못했고 가족을 구하지도 못했다. 눈사태는 겉보기엔 무시무시했지만 그들에게 들이닥친 건 눈먼지일 뿐이었다. 토마스는 아내 에바(리사 로벤 콩슬리)와 아이들을 남겨둔 채 스마트폰만 챙겨 혼자 도망가는 바람에 곤경에 처한다. 남편이자 가장에 대한 신뢰에 큰 균열이 생긴 것이다. 토마스는 자신의 행동 자체를 부인하면서 더 큰 위기를 자초한다.

음악은 어떤 상황에서 듣느냐에 따라 전혀 다른 정서를 만든다. 이 영화는 비발디의 '사계' 중 여름 3악장을 반복 재생한다. 도입부의 짧은 음표들이 얼음송곳처럼 차갑고 날카롭게 관객을 쿡쿡 찌른다. 눈사태를 겪은 아빠와 엄마, 아들과 딸이 큰 거울 앞에서 굳은 표정으로 이를 닦을 때 들리는 전동 칫솔 소리는 가족 관계의 파열음 같다.

눈사태는 이 가족의 몸이 아니라 마음을 덮쳤다. 겉으론 아무도 다치지 않았지만 무사한 사람은 아무도 없다. 무겁고 냉랭한 침묵이 이어진다. 모든 걸 다 아는 듯한 설산은 엄숙하게 서 있을 뿐이다. 부부싸움은 이튿날 더 커지고 아이들은 엄마 아빠가 이혼할까 봐 근심하며 숨죽여 운다. 스키장에 도착한 친구 커플은 이 난국에 출구를 만들어주기는커녕 덩달아 전염되어 감정이 상한다.

영화는 가느다란 줄에 매달려 정상으로 올라가는 장면과 스키를 타고 구불구불 내려오는 장면을 여러 차례 보여준다. 충전하기 위해 온 휴가에서 가족 모두 방전되어 휘청거리는 풍경에 웃다가 문득 안쓰러워진다. 남편은 아내에게 결국 실수를 인정하고 리조트가 떠나가라 울음을 토해낸다. "난 구제불능 인간이야. 그 눈사태의 희생자는 당신만이 아냐. 나도 본능 때문에 피해를 입은 희생자라고."

결혼은 어쩌면 이렇게 사고를 치고 실망하고 싸우고 후회하고 용서를 구하는 일들의 연속이다. 〈포스 마쥬어〉는 여기까지가 1막이고 이 갈등을 봉합하는 후반부가 2막이다. 남편보다 아내가 현명하구나 싶다가도 그래 봐야 도긴개긴이라서 다행이다. 남편이 아내를, 아내가 남편을 고를 때 우리는 '살고 싶은 세계'를 선택하는 것이다. 이 영화는 부부란 서로 싸우고 위로하면서도 측은해하는 사이라는 진실을 정갈하게 담아냈다.

5

몇 해 전 서울가정법원에서 지인의 결혼식이 열렸다. 쿨했다. 남들이 결혼을 끝장낼 때나 찾는 공간에서 혼례를 올렸으니 얼마나 발랄한 액땜인가.

결혼은 남녀가 공식적으로 새로운 가족을 만드는 행위다. 그런데 가족이라는 게 때로는 힘이 되지만 때론 짐이 되기도 한다.

복福이자 '웬수'다. 톨스토이는 "행복한 가정은 모두 비슷한 이유로 행복하고, 불행한 가정은 제각각 다른 이유로 불행하다"(소설 《안나 카레니나》)라고 썼다. 어쩌면 불행의 시작일 수 있는데, 결혼식이라는 의례는 왜 살아남았을까.

결혼식의 핵심은 우리의 손을 묶고 의지를 꺾는 것이라고 할수 있다. 장차 쉽게 갈라서지 못하게끔 높이 세운 비싼 장애물이라는 뜻이다. 식장에서 신神을 들먹이지 않는 오늘날에도 결혼은 무르기 어렵다. 신중하게 하객을 초대해 그들이 지켜보는 가운데 잘살 것이라고 약속했기 때문이다. 물론 이혼이 흉은 아니다. 하지만 우리는 가능하면 이혼을 피하고 싶어 한다.

미국 스탠포드 대학의 심리학자 월터 미셸이 1966년 네 살배기 아동 643명을 데리고 흥미로운 실험을 했다. 한 명씩 각각 다른 방에 앉히고 마시멜로 한 개를 준 다음 "나는 15분간 나가 있겠다"면서 "마시멜로를 안 먹고 참으면 돌아와서 상으로 마시멜로 하나를 더 주겠다"라고 약속했다. 네 살짜리 아이에게 15분은 꽤 긴 시간이다. 성인으로 치면 생맥주를 주고 1시간 동안은 마시지 마라고 한 것과 같다. 실험 대상이 된 아동 중 3분의 2는 유혹에 무너져 마시멜로를 먹고 말았다.

미셸 박사는 15년 뒤 그들을 추적했다. 마시멜로를 먹지 않고 견딘 아이들은 학업 성취도가 높고 인간관계도 원만했다. 마시멜로를 먹은 아이들은 대부분 대학에 진학하지 못했고 급여가 낮은 일을 하고 있었다. 《마시멜로 이야기》에도 담긴 이 마시멜로 테스트는 만족과 보상을 지연시킬 줄 아는 능력이 성공 열쇠라고 주장한다. 눈앞에 놓인 마시멜로를 당장 먹지 말고 기다리면 장기적으로 더 큰 보상을 받을 수 있다는 것이다.

인간관계에도 이 테스트를 적용할 수 있다. 결혼에서 마시멜로란 뭘까. 당장 문을 박차고 나가 자유를 찾는 것, 즉 이혼을 뜻한다. 우리는 종종 배우자에게 화를 내고 그 관계에서 탈출하고 싶어 한다. 새로운 남자(여자)에게 끌려 배우자를 포기하고 싶어질 때도 있다. 하지만 이혼 과정은 매우 혼란스럽고 큰 비용이 들며 상처가 아무는 시간도 오래 걸릴 것이다.

결혼은 우리의 육욕과 낙관, 욕정을 억누르기 위해 양심이 만든 거대한 충동 억제장치다. 크든 작든 결혼식은 우리가 온갖 충동으로부터 스스로를 격리할 구조가 필요하다는 사실을 인정하는 것이다. 결혼의 장기적인 혜택에 동의하기 때문에 그 제도에 자신을 기꺼이 감금하는 것이다. 그러니까 결혼은 다른 이성에게 관심을 끊겠다는 서약이 아니다. 그 관심을 어떻게 제어하느냐와 더 연관되어 있다.

6

어느 해 봄에 후배가 건넨 청첩장에 이렇게 적혀 있었다. "완벽하다고 할 수 있는 방법은 없지, 그가 말했어요. 하지만 완벽한 건 그다지 매력이 없잖아. 우리가 사랑하는 건 결점들이지."

존 버거가 편지로 쓴 소설 《A가 X에게》에 등장하는 문장이었다. 그래, 살아보니 결코 완벽해지지 않더라. 결점은 계속 결점으로 남고 그나마 더 발견되지나 않으면 다행이더라. 결혼을 태권도에 빗대자면 신랑 신부 모두 생초보, 하얀 띠인데 청첩 문구에서는 검은 띠 유단자의 기운이 감돌고 있었다.

"첫 만남부터 좌충우돌이었던 두 사람이 서로의 결점을 사랑하기로 결심했습니다. 이제 우리는 결혼이 사랑의 끝이 아니라, 시작이라고 믿습니다."

결혼은 사랑의 끝이 아니라 시작이다. 영화 〈러브레터〉의 후지이 이쓰키와 와타나베 히로코가 사랑의 결실을 맺었다면 어떻게 살았을지 문득 궁금해진다.

09

스마트폰

1

잠결에 알람이 울린다. 머리맡을 휘저어 스마트폰을 찾아 종료
버튼을 누른다. 충전이 완료된 상태다. 침대에 드러누운 채 들여
다보던 스마트폰이 얼굴로 떨어진 게 어젯밤 마지막 기억이다.
이 디바이스로 하루가 닫히고 다시 하루가 열리는 셈이다.

몸을 뒤척이며 밤중에 일어난 뉴스를 체크하고 그날의 일정,
날씨를 살핀다. 화장실행에도 스마트폰이 동행한다. 신문을 가져
와 펼치고 커피를 마시는 동안에도 눈을 떼지 못한다. 페이스북,
트위터, 유튜브에서 흥미를 끄는 아이템을 찾고 쓸모없는 이메일
은 삭제한다. 우리는 습관의 동물이다. 어쩌면 당신에게도 낯익
은 아침 풍경일 것이다.

스마트폰이라 불리는 21세기의 발명품은 1999년에는 존재

하지도 않았다. 자문해볼 일이다. 이 디바이스가 어떻게 내 아침 루틴의 상당 부분을 점유하게 되었는지를. 왜 잘 때도 스마트폰을 머리맡에 두고 충전하는지를.

〈로이터〉 수석기자 데이비드 랜들이 쓴 《잠의 사생활》에 따르면 인류는 아주 오랫동안 낮과 밤, 해와 달의 리듬 속에 있었다. 16세기까지도 유럽인은 밤에 잠을 두 번 잤다. 해가 지고 나서 첫 번째 잠자리에 들었고 자정 넘어 한 시간 남짓 깨어 있다가 아침까지 두 번째 잠을 잤다. 두 잠 사이에는 기도하거나 독서를 하거나 꿈에 대해 생각하거나 섹스를 했다. 수백만 년 이어진 이 수면 습관이 무너진 것은 인공조명 때문이다.

인류학자들은 가족 3대의 수면 패턴에서 생존에 유리한 특징을 발견했다. 야생에서 살던 원시시대에는 식구들이 번갈아 파수꾼 노릇을 했다. 대체로 십 대는 자정까지 잠들지 않는다. 그들이 잠에 빠질 때면 부모가 깨어나 한두 시간 활동하고 새벽 4시면 조부모가 눈을 뜬다. 이제 일반 가정에서 하루 24시간 깨어 있는 것은 냉장고와 스마트폰뿐이다.

귀가 어두운 노인들은 보청기를 꽂는 순간 이 세상에 새롭게 '소속'된다. 스마트폰도 같은 역할을 한다. 나와 세상을 연결하는 동아줄이다. 알게 모르게 그 접속의 강도가 세졌고 유혹이 많다는 게 문제다. 출퇴근길과 식사 시간, 침대에 들어갈 때도 스마트폰을 끼고 있다. 중독이라 할 만하다.

의심스럽다면 실험해볼 일이다. 잘 때 스마트폰을 다른 방에서 충전하는 것이다. 아마도 불안해질 것이다. 벨소리와 진동을 듣지 못할 수도 있으니까. '보이지 않으면 잊혀진다'는 말은 이 경우에는 통하지 않는다. 스마트폰은 눈에 보이지 않아도 마음을 떠나지 않는다. 거꾸로 우리는 더 안달이 난다. 일과가 끝나지 않았는데 배터리가 15퍼센트 이하로 떨어졌을 때의 기분과 비슷하다. 스마트폰을 잃어버리고 나서 몇 시간 동안 어땠는지 떠올려보라.

2

1965년 이스라엘에서 태어난 에란 카츠는 세계가 인정한 기억력 천재다. 숫자 500개를 순서대로, 또 역순으로 기억하는 능력을 인정받아 기네스북에 올라 있다. 2013년 내한 기자회견 자리에서 그 놀라운 기억력의 한 조각을 똑똑히 보았다. 카츠는 0부터 9까지 기자들이 아무렇게나 부른 숫자 9971205387146954127452889를 차례로 그리고 거꾸로 단박에 암송했다.

질의응답 시간에 그에게 대뜸 물었다. "혹시 스마트폰에 전화번호를 저장하고 있나?" 혹시나 해서 던진 질문이었다. 그런데 '기억의 달인memory master'은 잠깐 난처한 표정을 지었다. 고개를 끄덕이면서 그가 입을 열었다.

"사실 정신적 게으름mental laziness과 벌이는 싸움이다. 나는 전화번호를 대부분 외우는데, 문제는 단축키 때문에 발생한다. 어느 날 딸에게 전화해야 하는데 번호가 기억나지 않아 단축키 1번을 누른 것이다. 기술 발전이 암기 능력을 떨어뜨리지 않도록 뇌를 부지런히 사용해야 한다."

카츠는 현대인이 겪는 기억력 감퇴에 대해 "집중을 방해하는 게 너무 많아졌기 때문"이라고 진단했다. "보지만 관찰하지 않고, 듣지만 귀 기울이지 않고, 집중하기도 어려운 환경에 처해 있다"는 것이다. 그는 "공부를 하다가 스마트폰을 40초만 보아도 다시 공부에 몰입하기까지 무려 20분이 걸린다"라면서 "스마트폰이 똑똑해질수록 사람은 더 멍청해진다"라고 했다.

2016년 발표된 '국민 독서실태 조사'에 따르면 책은 스마트폰에 점점 밀리고 있다. 성인의 하루 평균 독서 시간은 23분으로 스마트폰 사용 시간(3시간)과 비교하면 13퍼센트에 그쳤다. 연평균 독서율은 2013년보다 6.1퍼센트 포인트 떨어진 65.3퍼센트로 나타났다. 1년에 책을 한 권이라도 읽은 성인이 10명 중 6.5명밖에 안 된다는 뜻이다. 물론 역대 최저치다. 대중은 스마트폰이나 인터넷으로 지식을 단편적으로 흡수하고 있다. 책값 외에 지불해야 할 시간도 중요한데 그것을 다 합친 비용 대비 효과 측면에서 독서의 가치가 점점 떨어지고 있는 것이다.

포스트페이퍼post-paper 시대에 책이 살아남을 수 있을까. 문학평론가 장은수는 "책은 종이에서 화면으로 옮겨가는 기나긴 이주의 행렬에 들어섰다"라고 말한다. 스마트폰은 '손에 쥐고 다니는 컴퓨터'다. 읽는 데 집중시키기보다는 보고 듣고 누르고 밀고 당기는 행동을 유발한다. 사용자는 점점 산만해진다.

3

우리를 안달나게 하는 것은 애인이 아니다. 스마트폰이다. 누군가 보낼지 모르는 문자나 카톡, 이메일을 당장 확인하고 싶어 전전긍긍한다. 인내심도 배려도 점점 오그라들고 있다. 어떤 망網에 늘 연결되어 있다는 것은 축복인 동시에 재앙이다.

타인의 스마트폰보다 더 흥미롭다는 것을 증명하기. 이것은 책을 덜 읽는다거나 기억력 감퇴 못지않게 위중한 문제다. 현대적인 관계의 시험대일 수 있다. 일종의 유체이탈이랄까. 우리는 스마트폰 때문에 '몸은 이곳에 있지만 정신은 이곳에 없는' 상황에 빠지거나 그런 상대방을 목격한다.

습관이 되어 의식하지 못할 수도 있다. 집이든 직장이든 식당이든 장소를 가리지 않는다. 불현듯 따분해져 스마트폰을 들여다보게 된다. 그(그녀) 앞에서는 스마트폰을 체크하고 싶은 욕망이 싹 사라진다면 그것이야말로 진정한 사랑의 증거일 것이다.

스마트폰 중독이 심각해져서일까. 미국에서는 '폰 스택 게임 phone stack game'이 유행하고 있다. 식당에서 각자 스마트폰을 꺼내 식탁 한복판에 쌓아놓고 있다가 먼저 스마트폰을 만지거나 들여다보는 사람이 밥값을 지불하는 게임이다.

애물단지인 것만은 분명하다. 스마트폰은 그만큼 우리 삶 깊숙이 파고들어 왔고, 혹사당한 사용자들은 이런 놀이까지 고안해 맞서고 있다. '폰 쌓아놓기' 게임에서는 밥 먹는 동안만이라도 스마트폰일랑 잊고 '지금 여기, 앞에 있는 사람'에 집중하자는 안간힘이 읽힌다. 작가 레슬리 블럼은 뉴욕타임스와의 인터뷰에서 이렇게 말했다.

"(온라인으로부터의) 단절이야말로 우리 모두에게 필요한 사치다Disconnecting is a luxury that we all need."

스마트폰 보급률 세계 1위는 한국이다. 우리는 그만큼 혹독한 대가를 치르고 있다. 스마트폰을 보며 걷다가 사고를 당하기도 한다. 독서는 시간 잡기 패권 싸움에서 스마트폰에 패퇴하는 중이다. 100년 전이나 지금이나 1년은 52만 5,600분인데 스마트폰은 그 시간의 상당 부분을 집어삼키면서 최상위 포식자가 되었다. 가정이나 직장에서 일상적인 대화도 얼굴을 마주하기보다 카톡으로 하는 게 더 편하다는 사람들이 늘고 있다.

폰 쌓아놓기 게임은 그 늪에서 벗어나려는 놀이 문화다. '밥 먹을 때 스마트폰을 만지는 막돼먹은 행동은 하지 말자'는 다짐

이기도 하다. 사실 요즘은 전화 연락이 바로 닿지 않는 게 지위의 상징이다. '전화를 안 받아도 되는 위치'를 확인시켜주기 때문이다. 평범한 직장인은 '스마트폰 때문에 야만인이 되지는 말아야지' 다짐하지만 쉽지 않다. 즉시 응답해야 한다는 강박이 더 세지고 있다.

4

영화 〈포스 마쥬어〉에서 가족이 눈사태를 만났을 때 스마트폰만 챙겨 혼자 도망가는 바람에 곤경에 빠진 가장 토마스가 남 같지 않다. 나도 그런 신세다. 스마트폰에 넋이 빠져 아내나 아이가 말을 거는데도 못 알아들은 적이 많다. 하루 24시간 중 스마트폰과 접촉하는 시간이 가족과의 대화 시간보다 훨씬 더 길다.

스마트폰 안에 뉴스와 사진, 책과 영화, 음악과 취향이 다 있다. 그것이 우리 일상을 쥐락펴락한다. 통신 기술자에게 커뮤니케이션이란 더 성능 좋은 스마트폰을 의미할 테지만 그것이 꼭 행복을 약속하지는 않는다. 미국 뉴욕에 전화하는 방법은 알지만 우리는 마주보고 대화하는 법은 좀처럼 알지 못한다.

아내나 남편에게 불만을 이야기해야 할 때 막막해진다는 사람이 많다. 그런 대화는 엇나가기 일쑤다. 부모나 아이, 상사와 소통하는 법도 제대로 알지 못한다. 커뮤니케이션 산업에 가장 시급한 과제는 더 빠르고 저렴하고 작은 스마트폰을 만드는 게 아니라 심리적으로 더 효과적인 소통법을 찾는 것일지도 모른다.

반대로 불필요한 기술도 있다. 우리는 어디를 가든지 정보의 홍수 속에 살고 있다. 과거에는 정보에 대한 접근이 문제였다면 이젠 무엇이 중요하고 무엇이 중요하지 않은지 구분하기 어려울 만큼 정보가 범람한다. 타인의 생각들로 둘러싸여 있다면 자기만의 생각을 가질 수 없다. '혼자만의 시간'을 방해하는 기술은 필요가 없다는 뜻이다.

사람이 진정으로 고독할 수 있었던 마지막 시즌은 2000년 여름이었다. 스마트폰이 등장한 그때부터는 사회의 역학이 근본적으로 변해버렸기 때문이다. 21세기에 우리는 가두고 있어야 좋을 감정을 SNS에 엎지르는 바람에 괴로워하는 일이 잦아졌다.

스마트폰과 SNS 덕에 인맥은 더 넓어졌다. 하지만 깊이는 그만큼 얕아졌다. 쉽고 빠르게 유통되지만 질이 낮은 '패스트푸드 정보'에 정신을 팔다 또 하루가 지나간다.

10

자연

1

딸이 TV에 텐트가 등장할 때마다 "캠핑 가고 싶다"며 은근히 압력을 넣기는 했다. 대학 시절 시커먼 사내 다섯이서 강원 해수욕장을 돌며 마지막 야영을 한 게 자그마치 20년 전이다. 텐트를 어떻게 세우는지조차 가물가물. 주말 캠핑은 "기말시험이 코앞"이라는 마눌님의 지엄한 반대에 좌초되었다. 그래? 그럼 평일에 떠나지 뭐.

목적지는 경기도 김포의 오토캠핑장이다. 마음속에선 파도가 일렁였지만 이튿날 출근하고 등교하려면 멀지 않은 곳에서 기분이나 내는 수밖에. 캠핑장은 집에서 17.8킬로미터, 33분 거리였다. 일산대교를 넘어갈 때 오디오에서 로이킴의 '봄봄봄'이 흘러나왔다. 온 가족이 휘파람까지 불면서 따라 불렀다. 뒤를 돌아보니 딸내미는 화로에 구워 먹으려고 산 마시멜로 봉지를 벌써 뜯고 있었다. 그래, 달달한 캠핑이 될 거야.

하늘이 뿌옇다. 스마트폰으로 날씨 앱을 보니 자정부터 오전 6시까지 비 올 확률 60~65퍼센트. 초보 캠퍼가 우중 캠핑까지 속성으로 경험하는구나, 하는데 운전대 잡은 마눌님이 툭 던지는 말. "캠핑 갔다 온 사람들이 그러는데 텐트 칠 때, 불붙일 때 많이 싸운대." 졌다 졌어. "그럼 텐트 다 칠 때까지 차 안에 있어."

주말에는 예약 필수라는 이 캠핑장에 손님이라곤 우리 가족뿐이다. 관리소에서 참나무 장작을 한 단 산 뒤 풍광이 괜찮은 자리에 차를 댔다. 텐트는 4~5인용(3.5미터×6미터×2미터). 바닥에 팩으로 빌딩 테이프를 고정한 뒤 3개의 X자형 폴을 먼저 세웠다. 망치질을 하는데 뒤통수로 모녀의 불안한 시선이 느껴졌다. 텐트를 땅에 고정하느라 텐트 주변에 팩을 박고 끈으로 폴과 팽팽히 연결하는 동안 진땀이 났다. 매듭은 아무렇게나 감아 맸다.

집을 지을 때는 기초를 잡고, 거푸집을 세우고, 망치로 못을 박고, 시멘트 바닥이 마르기를 기다린다. 텐트는 그 과정을 단순화한 '움직이는 집'이다. 폴은 항공기 날개와 같은 소재(탄소섬유)라고 했다. 들락날락하며 생글거리는 딸을 보니 역시 오길 잘했다.

화롯대에 장작을 넣었다. 솔가지나 마른 나뭇잎, 종이만으로 장작에 성냥불을 붙이려면 10분은 걸린다고 한다. 날은 어두워지지, 옆 텐트에서는 벌써 지글지글 고기 냄새 풍기지, 애는 보채지…… 상상만 해도 열통 터질 일이다. 착화제(불쏘시개)와 가스 토치를 준비하지 않았다면 우리도 고생깨나 했을 것이다. 곧장 장작이 타기 시작해 중간중간 땔감을 넣는 수고만 해주면 되었다. 당연히 싸울 일도 없었다.

수렵시대 가장은 그날 사냥해온 짐승이 익어가는 것을 기다리면서 무용담을 늘어놓았을 것이다. 21세기에 잠깐 짬을 내 도시 밖 자연으로 도피해온 직장인은 소시지부터 불에 올리고 싶어하는 딸 앞에서 아뿔싸, 꼬챙이를 깜박했다는 것을 깨닫는다. 이날 메인 메뉴는 두툼한 한우 등심. 석쇠에 올리고 뒤집고 자르고 먹고, 올리고 뒤집고 자르고 먹고…… 텐트에 떨어지기 시작한 빗방울 소리도 입맛을 돋웠다.

캠핑의 매력 중 으뜸은 전자기기로부터 단절disconnect된다는 것이었다. 집에서라면 의지로 막을 수 있는 일이 아니었다. 모녀는 드라마에 넋이 빠지고 나는 게임을 하느라 손가락이 바빴을 것이다. 주말 캠핑장에서는 만끽할 수 없는 고요가 평일 그곳엔 있었다. 산만하고 광포한 도시에서 약간 떨어져 나왔을 뿐인데도 특별한 평온을 느꼈다.

딸은 금방 곯아떨어진다. 빗속에 길 잃은 모기 몇 마리가 텐트 천장에 붙어 있는 게 보인다. 모기향은? 마늘님이 눈을 흘긴다. 초보 캠퍼의 구멍은 또 있었다. 텐트를 때리는 빗소리를 듣다 세상 모르고 잠들었는데, 자정 무렵 굶주린 고양이들이 텐트 안으로 침입해 휘저어 놓았단다. 추워서 침낭을 덮었다. 땅심이 닿지 않는 18층 아파트에서의 잠에 비하면 땅을 베고 자는 잠은 꿀잠이었다.

다시 눈을 떴을 땐 새벽 4시 53분. 만물이 깨어나는 시각이다. 풀벌레 소리와 새소리가 겹쳐 들렸다. 비는 그쳤구나. 찌르르르 삐오삐오 뻐꾹뻐꾹. 가만히 누워 인간의 언어로 옮길 수 없는 주파수의 소리, '자연의 교향곡'을 감상했다. 집에서는 들을 수 없어도 언제든 내 자아와 공명할 수 있는 소리라는 점, 불편을 감수할 만한 가치가 있다는 점에서 캠핑은 집 밖에 또 다른 안식처를 짓는 행위와 같았다. 밖으로 나가보니 동이 트고 있었다.

"방학하면 우리 또 캠핑 가자." 차가 캠핑장을 빠져나오는데 딸이 말했다. 이정표에 올림픽대로가 보인다. 내비게이션이 불쑥 끼어들었다. "전방에 과속 방지턱이 있습니다." 일상으로 진입하니 각오하라는 경고 같았다.

2

전북 무주에 사과나무 두 그루가 있다. 해마다 전세 계약처럼 빌린 것이다. 몇 년 전부터 10월 말이나 11월 초가 되면 가족이 내려가 사과를 딴다. 한 그루에서 사과 30~40킬로그램을 수확한다.

서울에서 멀다는 불편이 있지만 손해랄 것은 없다. 사과나무

는 농장에서 1년간 관리해준다. 열매를 따는 날만 일하는 셈인데 노동이랄 것도 없다. 핑계 삼아 1박 2일 바깥바람 쐬며 자연을 만나는 기회다. 사과를 주변에 나누어주는 기쁨은 덤이다.

전에는 집에서 가까운 주말농장에서 땅을 몇 평 빌려도 보았다. 한 달에 두어 번은 가서 땀을 흘려야 한다. 파종하고 거름 주고 김매고……. 비가 뜸해도 근심, 너무 잦아도 걱정이다. 농사를 망치고 낙심하지 않으려면 부지런해야 한다. 그래서 포기했다.

내가 경험한 가장 아름다운 극장도 무주에 있다. 덕유산(1,614미터) 아래 골짜기에 자리잡은 특별한 상영관이다. 아무 때나 관객을 받지는 않는다. 해마다 6월 초에 열리는 무주산골영화제를 찾는 손님에게만 진면목을 보여준다.

무주 덕유대 야영장에 있는 '숲 상영장'은 아늑했다. 사방에 켜켜이 쌓인 산자락이 시야를 가득 채웠다. 하늘이 지붕이었다. 해가 저물어가면서 산그늘이 점점 짙어졌다. 대형 스크린에서 35밀리미터 필름으로 영화가 흐르기 시작했다. 20분쯤 지나자 완전히 어두워졌고 찬 공기가 쳐들어왔다. 담요를 더 바짝 움켜쥐며 위를 올려다보는데 맙소사, 북두칠성이 선명했다. 도시에선 좀처럼 볼 수 없는 별들이 총총히 빛났다.

사랑의 흐름에 대한 리처드 링클레이터 감독의 삼부작 〈비포 선라이즈〉(1995) 〈비포 선셋〉(2004) 〈비포 미드나잇〉(2013)

을 이곳에서 눈에 담았다. 〈비포 선라이즈〉는 헝가리 부다페스트에서 프랑스 파리로 가는 열차 안에서 우연히 만난 미국 청년 제시(에단 호크)와 프랑스 대학생 셀린(줄리 델피)을 따라간다. 제시는 이튿날 오스트리아 빈에서 귀국 비행기를 타야 한다. 둘이 함께 빈에서 내려 하루를 보내면서 사랑에 빠진다.

이 멜로는 이별이 예고되어 있는 셈이다. 〈비포 선셋〉은 9년 만에 프랑스에서, 〈비포 미드나잇〉은 거기서 다시 9년이 흘러 그리스에서 재회한 이 남녀의 이야기다. 〈비포 선라이즈〉에서 "당신들은 '별의 먼지star dust'예요"라는 점성술사의 말이 무엇보다 위안이 되었다. 어차피 우리는 죽은 별들의 유물이다. 피에 든 철, 뼛속의 칼슘, 폐를 채우는 산소는 별들이 늙어 소멸할 때 우주 공간으로 흩어진 것이다.

숲 상영장에는 티켓도 객석도 비상구도 없었다. 돗자리 깔고 앉으면 그만이었다. 드러누워 밤하늘만 바라보아도 서울에서 3시간 30분 남짓 달려온 기름값은 뽑고도 남았다. 일상에서 멀리 빠져나와 특별한 순간을 만끽했다. 숲과 별 같은 자연에 스며드는 체험 말이다. 뒤를 돌아보니 소형 트럭 짐칸에 아날로그 영사기가 실려 있었다. 영화가 고요해지는 대목에서는 릴 돌아가는 소리가 그윽하게 들렸다.

3

영화 〈곡성〉(감독 나홍진)을 보고 "겁나게 용한 무당이랴~"라는 대사가 목구멍에 걸렸다. 사람이 궁지에 몰리면 평소엔 귓등으로 흘려보낼 말에도 뿌리째 흔들린다. 〈곡성〉에서 경찰관 종구(곽도원)는 동네에서 자꾸 사람이 죽어나가자 "해괴한 일은 모두 외지인인 일본 남자(구니무라 준)가 나타난 다음부터 벌어졌다"는 뜬소문에 휩쓸린다. 딸 효진(김환희)이까지 괴질怪疾 증상을 보이자 눈이 뒤집힌다.

겁나게 용하다는 무당 일광(황정민)은 단정적으로 말한다. "고놈은 그냥 미끼를 던져분 것이고 자네 딸내미는 고것을 확 물어분 것이여." 집안에 든 귀신이 악질 중의 악질이란다. 일광은 "굿을 할 테니 부정 타는 짓은 하지 마라"라고 단단히 이른다.

우리 사회는 사실 자신 말고는 아무것도 섬기지 않는다. 인간을 달에 보낸 과학기술은 인공지능으로 인간 바둑 최강자까지 꺾을 만큼 첨단을 질주한다. 하지만 〈곡성〉은 우리가 내적으론 얼마나 취약한지 소름 끼치게 보여준다. 근거 없는 소문과 의심에 공포가 더해지면 '겁나게 용한 무당'이 비집고 들어올 만큼 구멍투성이인 것이다.

〈곡성〉을 만든 나홍진 감독은 스릴러 〈추격자〉, 〈황해〉에 이어 한국 사회의 어두운 구석을 내시경처럼 들여다본다. "모든 살인은 신의 발밑에서 벌어진다"라고 말하는 그는 피해자 종구의 입장에서 불분명한 악惡의 근원을 파헤친다. 진실을 추적하는 과정은 참담하고 허탈하다. 종구가 "증거 있냐?"라고 추궁하자 건강원 사장이 보여주는 업소용 냉장고처럼 텅 비어 있다.

팬티만 입고 고라니를 날로 파먹는 일본 남자부터 살인 사건 현장에서 종구를 물어뜯으려고 달려드는 생존자까지 스크린에는 피가 흥건하다. 낯선 외지인에 대한 소문과 의심, 공포가 마을 전체를 잔인하게 파괴한다. 경찰은 무능하기 짝이 없다. 나중에는 쟁기를 머리에 꽂은 좀비까지 등장한다. 좀비가 무엇인가. 죽은 것도 아니고 산 것도 아니다.

이 영화에서 멀쩡한 건 자연뿐이다. 나홍진 감독은 끔찍한 사건과 사건 사이에 아름다운 풍광(전남 곡성)을 원경으로 잡아 삽입했다. 질척거리는 세상사를 시치미 뚝 떼고 내려다보는 듯한 재봉술이다. 관객 눈앞에서는 사람이 죽어나가고 종구는 점점 낭떠러지로 몰리지만 자연自然은 한자 그대로 '스스로 있는 존재'다. 신과 믿음이 사라진 세상에서 가장 초월적인 존재는 자연뿐이라고 말하는 것 같다.

700만 명 가까운 관객을 모은 〈곡성〉은 배우의 영화가 아니라 감독의 영화다. 사람의 심리를 읽어낸 무당은 황정민이 아니라 나홍진이다. 그는 결말까지 찝찝한 핏빛 세계를 설계해 놓고 미끼를 던졌다. 우리가 덥석 물어버린 그 미끼의 이름은 '의심'이다. 의심 때문에 추락하는 종구에게 감정 이입할수록 관객도 덩달아 굴러떨어진다. "직접 보지도 않고 어떻게 확신하느냐?"라는 질문을 던지는 셈이다.

SNS 시대에 소문은 영화 흥행을 쥐락펴락한다. '소문 지수指數'라는 공식도 있다. 소문 지수=(추천 고객 수−비추천 고객 수)/전체 고객 수×100퍼센트. 관객 10명 중 6명이 추천하고 4명이 비추천한 영화라면 소문 지수는 20퍼센트가 된다. 2013~2014년 한국 영화 개봉작 가운데 소문 지수 1~5위는 〈변호인〉(67퍼센트) 〈7번방의 선물〉(56퍼센트) 〈국제시장〉(56퍼센트) 〈명량〉(51퍼센트) 〈수상한 그녀〉(50퍼센트)였다. 저마다 1,000만 명 안팎을 모았다. 점집에서 흥행 여부를 물을 게 아니다. 다 속여도 관객은 못 속인다. '겁나게 용한 무당'은 없다.

4

산업혁명 이후 진보에 대한 믿음이 세상을 지배했다. 경제는 빠른 속도로 성장했고 과학도 놀라운 성취를 거뒀다. 우주인을 달에 보냈고 인공지능AI으로 세계 바둑 최강자를 꺾었다. 하지만 우리 삶이 19세기보다 더 행복해졌다고는 말하기 어렵다. 낙관주의가 얼마나 이상한지, 어떤 역효과와 고통을 낳는지 점검해야 할 때다.

우리는 신神을 포함해 초월적인 존재를 숭배하는 습관을 잃어버렸다. 그래서 자연에 더 끌리는 것 같다. 흔히 둘러대듯이 건강을 위해서가 아니다. 경쟁으로부터 도피하기 위해서다.

더 이상 신이나 정령, 미지의 세계를 섬기지 않는다. 하지만 험한 세상으로부터의 탈출구는 필요하다. 그래서 빙하나 바다를 보는 것을 좋아하고 우주에서 바라보는 지구 풍경에도 끌린다. 인간보다 훨씬 더 거대한 것, 인간이 아닌 무언가에서 위로를 받고 싶어 한다.

인간과 자연의 관계는 사뭇 달라졌다. 과거에는 자연 앞에서 얼마나 미약한 존재인지를 느꼈다. 하지만 최근에는 북극 빙하나 킬리만자로의 만년설이 얼마나 빨리 녹고 있는지, 아마존이 얼마나 헐벗고 있는지 뉴스로 접하게 된다.

세계기상기구WMO는 2017년 3월 남극 반도의 최고기온이 2년 전 섭씨 17.5도에 달해 41년 만에 역대 최고 기록을 경신했다고 밝혔다. 다양한 기록을 정밀하게 분석하느라 공식 발표에 2년이 걸렸다. 화석연료 사용으로 지구는 급격히 더워지고 있다. 인간이 이 행성에 얼마나 깊은 상처를 입혔는지에 대한 징후가 나타나고 있다.

한국에서 봄의 전령이자 보은의 상징인 제비가 사라지고 있다는 사실조차 모르는 이들이 많다. 아이들에겐 정서적으로 불행한 일이다. 초등학교 교사들은 《흥부전》을 가르칠 때마다 애를 먹는다. 흔했던 제비가 귀해진 까닭은 논밭이 줄고 농약 사용량은 급증해 곤충이 크게 줄었기 때문이다. 둥지를 틀기 쉬운 처마를 가진 재래식 가옥도 별로 남아 있지 않다.

지진과 쓰나미 말고도 당장 큰 문제를 일으키는 자연재해가 있다. 2010년 4월에 일어난 아이슬란드 에이야프얄라요쿨 화산 폭발은 하늘길을 막으며 큰 혼란을 불러왔다. 화산재와 연기는 6~11킬로미터 상공까지 치솟았고 기류를 타고 화산재가 인근 유럽 국가들로 퍼지면서 항공기 이착륙이 금지되었다. 주요 공항들은 폐쇄되었다.

2차 세계대전 이후 처음 겪는 일이었다. 유럽 전역에서 항공기 수천 편이 결항되고 수십만 명의 발이 묶였다. 유럽으로 출장을 간 후배는 비행 중단 사태가 길어지면서 무작정 기다려야 하는 신세가 되었다. '기다림'이 인간의 가장 오래된 행동이라는 사실을 실감했을 것이다.

세상에는 불편해서 오히려 우리를 근원적인 세계와 밀착시켜주는 것들이 있다. 연필을 예찬하는 책 《소중한 것이 말을 건다》를 쓴 작가 정희재는 "몸을 움직일수록 마음은 분주한 잡념을 멈추고 고요해진다"라며 "연필의 나뭇결을 깎고 다듬으면서, 손끝에 주의를 집중하는 동안 엉켰던 생각의 실타래가 풀리기도 한다"라고 썼다.

근년 들어 시작된 성인 컬러링북의 인기도 그런 맥락으로 보인다. 색칠을 하는 동안 스트레스가 사라지고 성취감을 얻기 때

문이다. 완성한 그림을 페이스북에 올려 가족·친구와 '공유'하기
도 한다. 우리는 실체 없는 디지털 세상에서 사람을 만나고 뭔가
를 구입하면서 빠르고 편하게 살고 있는 것 같지만 한편으론 공
허함이 있다. 색칠 열풍에는 구체성을 가지고 내 손으로 만지는
것에 대한 갈망이 읽힌다.

하루를 마감할 때 만신창이가 되는 날이 있다. 세상은 너덜
너덜해진 내 꼬락서니 따위는 아랑곳하지 않는다. 너무도 멀쩡하
다. 그런데 그 변함없는 무덤덤이 이상한 위로를 주기도 한다. 지
속적이면서도 규칙적인 속도로 움직이는 어떤 힘에 대해 말해준
다. 자연은 그렇게 굽어보며 말없이 우리를 어루만진다.

11

여행

1

'플라이트레이더24flightradar24'라는 스마트폰 앱이 있다. 일상이 권태로울 때 접속한다. 지금 비행 중인 민간 항공기의 수와 기종, 위치와 진행 방향 같은 정보가 지도처럼 펼쳐진다. 대체로 1만 대 안팎이 하늘에 떠 있다. 노란색으로 표시되는 민항기들은 정해진 항로가 있고 줄지어 어디론가 이동하는 개미떼처럼 분주하다.

지구 주위의 외로운 항로를 여행하는 건 짐을 실은 화물기도 마찬가지다. 출발과 도착을 알리는 화면에는 모습을 드러내지 않지만 이 앱에서는 위치를 실시간으로 파악할 수 있다. 플라이트레이더24로 성층권 하단의 풍경을 볼 때마다 두 가지 감정이 겹쳐진다. '다른 곳으로 여행하고 싶다'가 하나, '땅에서처럼 하늘도 혼잡하구나'가 다른 하나다.

우리나라가 얼마나 좁은지는 떠나보면 알 수 있다. 공군 전투기를 타고 4만 5,000피트(13.5킬로미터) 상공에 올라가면 서해·동해·남해가 한눈에 들어온다고 한다. 이런 나라의 국민이 여객기에 앉아 보내는 열 시간은 미국이나 중국, 러시아 사람이 경험하는 장거리 비행과는 사뭇 다를 것이다. 뿌리박고 살아온 땅에서 익숙해진 거리 감각과 시간 감각 탓이다.

여행은 판에 박힌 습관으로부터의 탈출이다. 우리는 이따금 일상에서 벗어나고 싶어 한다. 특히 비행기는 기차, 자동차, 선박 등 다른 교통수단에 비해 빠를뿐더러 수직적으로도 판이한 높이와 시야를 선물한다.

유럽이나 미국으로 날아갈 때 우리는 지상 10~12킬로미터 높이에서 시속 800~900킬로미터로 나아간다. 히말라야가 8848미터이니 '세계의 지붕'보다 훨씬 높은 곳에서 이 행성을 내려다보는 셈이다. 그곳에는 근심과 공포, 비애가 얽혀 있다. 하지만 구름 아래로 보이는 세상은 잠든 것처럼 고요하다. 이륙하거나 착륙하는 비행기 안에서 우리는 원근법을 속성으로 체득한다. 복잡한 세상사로부터 매우 빠른 속도로 멀어지거나 가까워진다.

2

미국에서 연수하던 시절 가족과 함께 그랜드캐니언으로 여행
을 갔다. 렌터카를 반납할 때 영수증을 보니 나흘간 주행 거리가
1,527마일, 약 2,500킬로미터였다. 서울~부산(400킬로미터)을
세 번 왕복한 셈이다. 캘리포니아의 로스앤젤레스LA에서 출발해
네바다의 라스베이거스를 거쳐 애리조나의 그랜드캐니언까지
미국 서부의 3개 주를 가로질렀다.

넓은 마당 옆에 국수집이 있다고 내가 말했던가 우리 이모네
집이다 저녁이면 어머니는 나를 그리로 마실 보내곤 했다 우
리는 국수보다 삼양라면이 좋았는데 이를테면 꼬불꼬불한 면
발을 다 먹고 나서야 아버지는 상을 엎었던 것인데 국수 뽑는
기계는 쉴 새 없이 국수를 뽑았다 동어반복을 거기서 배웠다
목포는 항구고 흥남은 부두지만 국수는 국수다……

_권혁웅, '국수'에서

그랜드캐니언으로 가는 길 위에서 이 시(《마징가 계보학》, 창비
수록)를 떠올렸다. 도로는 도시나 산을 지날 때 구부러지고 제법
급하게 꺾이기도 했지만 대부분은 단조로웠다. 국숫발처럼 동어
반복이었다. 길 양옆으로 펼쳐지는 풍경도 덤불과 선인장뿐인 황
무지의 릴레이. 자동차 핸들을 잡고 졸음에 빠지지 않으려면 계

속 지껄이거나 뭔가 우물거리거나 골똘히 정신을 집중해야 한다.

모하브 사막을 뚫고 도착한 라스베이거스는 외형부터 내용
까지 여느 도시와는 달랐다. 여행 책자는 "그랜드캐니언이 경이
로운 자연을 담고 있다면 라스베이거스는 놀라운 인공 도시"라
고 요약했다. 라스베이거스가 가까워지면서 길옆으로 띄엄띄엄
카지노들이 나타났다. 오로지 도박이 목적이라면 여기서 멈춰도
무방하다. 하지만 '쇼 비즈니스의 수도'로 차를 더 몰았다. 지구
어디에서도 보기 드문 야경이 기다리고 있었다.

라스베이거스에서 1박을 하고 그랜드캐니언의 사우스 림으
로 들어갔다. 2월의 도로는 빙판이었다. LA에 비하면 섭씨 15도
쯤 기온이 낮았다. 마더 포인트에서 본 그랜드캐니언은 말 그대
로 크고 광대한 협곡이었다. 지진과 강, 시간의 침식이 만든 풍경
이 시야를 압도했다. 저 밑으로 푸른 빛, 콜로라도 강이 보였다.
엄숙해지려는 순간 "떡시루를 엎어놓은 것 같네"라고 어머니가
품평했다. 허기가 몰려왔지만 모하브 포인트와 호피 포인트로 차
를 몰아 일몰을 감상했다. 뉘엿뉘엿 넘어가는 해를 따라 협곡의
무늬도 시시각각 달라졌다.

그랜드캐니언은 넓고 깊어서 나 자신이 한없이 작아졌다. 사
막으로 들어간 여행자도 비슷한 느낌을 받았을 것이다. 그랜드캐
니언의 밤은 더 황홀했다. 골짜기가 깊으면 어둠이 깊고 별은 더
밝게 빛난다. 수천 개의 별을 시야 가득 담을 수 있었다. 눈은 서

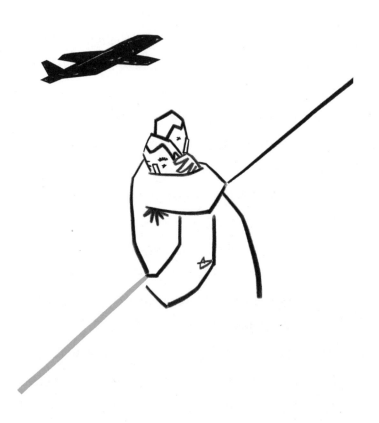

늘한데 마음은 따뜻해졌다. 압도적인 풍경 앞에 작아지면서 다시 태어난 듯한 기분이었다.

《사피엔스》를 쓴 유발 하라리는 "인류가 진보된 과학기술 등 많은 업적을 이루었지만 안타깝게도 한 가지에 집중하는 능력을 잃어가고 있다"라고 말한다. 비행기를 타고 15시간을 날아 원하는 곳으로 여행할 수는 있지만 정신이 계속 분산되어 그 장소를 진정으로 볼 수 없게 되었다는 것이다. 어떤 것을 하는 사이 다른 어떤 것을 놓칠 수 있다는 불안감이 퍼지고 있다.

여행길에서 이국적인 아름다움과 마주칠 때면 그것을 붙잡아 고정하고 싶어진다. 부리나케 카메라나 스마트폰을 꺼내 찍는다. 아름다움을 저장하고 소유하려는 욕망이다. 다시 보기 어려운 귀중한 장면을 영영 잃어버릴지도 모른다는 불안은 셔터를 누를 때마다 줄어드는 것 같다.

하지만 일찍이 영국 미술평론가 존 러스킨이 간파했듯이 다 부질없는 짓이다. 그는 카메라나 사진으로는 어떤 대상을 진정으로 소유할 수 없다고 믿었다. "아름다운 풍경을 가지는 유일한 방법은 그것을 이해하는 것the only way to possess it is by understanding it"이라고 러스킨은 말했다.

스마트폰으로 뭔가를 촬영하면서 할 일을 다 했다고 안도하겠지만 천만의 말씀이다. 스케치를 통해 대상을 살피고 글로 심리를 묘사해야만 어떤 장소가 왜 마음을 흔드는가에 대한 답에 구체적으로 다가갈 수 있다. 사랑하는 대상을 더 잘 파악할 수 있다.

여행은 시작한 곳에서 끝이 난다. 그랜드캐니언의 일출과 사우스 림 동쪽의 데저트 포인트 등을 둘러본 뒤 온 길을 되짚어 나왔다. 라스베이거스에서 쇼핑을 하고 단조롭고 괴로운 길을 견디며 LA 집으로 돌아왔다.

그날 밤 TV를 켰는데 84회 아카데미 시상식이 생중계되고 있었다. 영화 〈철의 여인〉으로 여우주연상을 차지한 메릴 스트리프가 트로피를 받고 객석에 앉아 있는 동료 배우와 스태프를 향해 "지금 내 눈앞에 내 인생이 있다"라고 말한 대목이 오래 기억에 남는다. 그녀에게는 영화와 연기가 일상에 더 가까울지도 모른다. 때로는 환호하고 때론 숙연해지지만 삶은 대부분은 동어반복이다. 그래서 우리는 여행에 끌린다.

3

2015년 전미극장주협회NATO가 주최한 영화산업 박람회 '시네마콘CinemaCon'을 취재하러 다시 라스베이거스에 갔다. 장거리 비행은 전자항공권을 챙기고 여행 가방을 싸는 일에서부터 시작된다. 이곳이 아닌 다른 곳을 향한 기대가 끓어 넘치지 않는 것은 '집 떠나면 고생'이라는 마음이 뚜껑처럼 짓누르고 있기 때문이다.

공항으로 가는 당일 아침에 여행 가방에 짐을 넣으면서 저곳으로 데려가야 할 물건 중에 이곳에 두고 가는 게 없는지 다시 살핀다. 시카고행 비행기가 이륙하고 10킬로미터 상공에 도달한 다음에야 카메라를 빠뜨렸다는 사실을 깨닫고 황망했던 경험이 있어서다. 스마트폰 카메라로 사진은 찍었지만 신문에 실을 인터뷰 컷으로는 어림없는 결과물이 나오고 말았다.

영종대교를 지나 좀 더 달리자 멀리 은빛의 거대한 둥지가 보이기 시작한다. 땅에 내려앉은 외계의 우주선 같다. 공항은 터미널과 활주로, 널찍한 몸통의 비행기로 이루어져 있다.

출국장은 혼잡하다. 체크인을 하고 짐을 부치고 출국 심사대로 향하거나 동행자를 기다리는 표정은 24시간 전에 비하면 몇 뼘쯤 달라져 있는 것 같다. 공항은 다른 세계로 가는 입구니까. 그 세계는 내국인이라면 사뭇 낯선 곳일 테고 외국인이라면 더없이 익숙한 곳일 것이다. 집을 떠나는 마음, 집으로 돌아가는 마음이 맑은 호수처럼 얼굴에 일렁인다. 누가 시키지 않아도 공항에서 우리는 좀 더 솔직해진다.

과거 어느 시대보다 여행을 많이 하지만 왜 여행하는지는 좀처럼 자문하지 않는다. '바깥 여행travel outside'에 대한 우리의 욕망에는 '내면 여행travel inside'을 향한 갈망이 숨어 있다. "밖으로 나가야 안이 더 잘 보인다" "집을 떠나서야 무엇을 잃고 살았는지 알게 되었다"는 말을 종종 듣는다.

낯선 길이 좋은 건 겸손해지기 때문이다. 습관에서 벗어나 선입견을 버릴 수 있고, 익숙해서 무뎌졌던 감각이 다시 예민하게 돌아온다. 미국 소설가 헨리 밀러의 말처럼 "여행에서 목적지는 어떤 장소가 아니라 사물을 보는 새로운 방식"이 될 수도 있다.

공항 서점에서 책을 고르는 심리도 비슷한 맥락일 수 있다. 몇 년 전 인천공항에서 책을 사거나 읽는 사람들을 만났을 때도 그런 실존적인 문제가 어렴풋이 보였다. 그날 터키로 떠난 20대 회사원은 고이케 류노스케 스님의 《못난 자신 버리기》와 김학중의 《부부라는 이름으로 행복하게 살기》를 샀다. "요즘 인간관계가 고민이라서요"라고 했다. 그 출장이 마음을 다스릴 기회라는 그녀는 10킬로미터 상공에서 읽을 이야기가 필요했다.

50대의 사업가는 재레드 다이아몬드가 쓴 《총, 균, 쇠》를 집어 들었다. 이 묵직한 책은 각 대륙의 문명이 인종·민족의 차이가 아닌 환경 요소 때문에 다른 길을 걸었다고 설파한다. 일본으로 가는 그는 "서울대 도서관 대출 1위라는 신문기사를 보았다"라면서 "평소엔 온전히 독서에 집중하기 어려워 《스티브 잡스》도 출장길에 읽었다"라고 했다.

하루 약 1,000대의 항공기가 뜨고 내리는 인천공항은 혼잡하다. 모니터는 줄기차게 비행편과 목적지를 토해낸다. 뉴욕, 런던, 파리, 도쿄, 암스테르담, 이스탄불, 프라하, 시애틀, 카이로······. 이 모니터는 무한하고 직접적인 가능성을 내포하고 있다. 비행기는 몇 시간 뒤에 아무런 기억이 없는 장소, 아무도 우리 이름을 모르는 장소에 우리를 내려놓을 것이다. 여행은 더없이 반가운 '경로 이탈'이다.

4

장거리 비행에서 기내식과 기내식 사이 시간에는 객실 등이 꺼진다. 하늘도 어두워지면 저 아래 지상의 불빛이 눈에 들어온다. 수직적으로는 같은 공간에 있지만 실제로는 전혀 다른 세계다. 하늘을 가로지르는 알루미늄 비행기의 존재를 그들은 알지 못한다.

이코노미석에서 지겨워지면 좌석 모니터의 운항 정보를 들여다보곤 한다. 여객기는 지구 위의 한 점에서 다른 한 점을 향해 날아간다. 출발지와 행선지의 시차, 비행 속도와 고도, 더 날아가야 할 거리와 도착 예정 시간도 친절하게 알려준다. 이것에 비하면 인생의 항로는 불투명하고 불친절하다. 얼마나 더 방황해야 목적지에 닿는지, 얼마나 더 어둠과 고독을 견뎌야 하는지 우리는 알지 못한다.

나를 태운 널찍한 몸통의 비행기는 열한 시간 만에 라스베이거스 상공에서 다시 바퀴를 펴고 하강했다. 사막 위에 세운 이 도시는 잭팟의 욕망을 판다. 모래를 금으로 바꾸는 연금술이다. 세번째 방문이지만 기억은 늘 불완전하다. 몇 년 전에 짧게 다녀간 기억이라면 더더욱 믿을 게 못 된다. 더듬어 보면 MGM호텔 카지노에서 30분 만에 털린 200달러, 불을 테마로 한 '카KA'와 물을 테마로 한 '오O' 같은 〈태양의 서커스〉 쇼들, 밤에 모노레일을 타면서 본 불야성, 푸짐하고 맛있으면서도 저렴한 뷔페 같은 게 떠오른다.

영화산업 박람회 '시네마콘'은 에어쇼 같았다. 에어쇼가 여러 항공사와 공군 앞에서 바퀴, 레이더, 미사일을 이용해 재주를 부린다면 시네마콘은 영화 장비 관련 업체들이 혁신적인 기술로 영화 관계자들의 관심을 끄는 자리다. 극장주와 할리우드 메이저 스튜디오의 눈길을 사로잡는 순간 매끄러운 활주로가 펼쳐지는 셈이다. 이 박람회에서 가장 많이 튀어나온 단어는 '몰입감immersion'이었다. 관객들에게 영화관만의 특별한 경험을 주지 않는다면 경쟁력을 잃어버릴지 모른다는 근심이 읽혔다.

사람들은 툭하면 비행기를 '새bird'라고 부른다. 조류학과 항공 문화는 서로 얽혀 있다. 눈부신 날개에 알루미늄 폐를 가진 비행기는 새로, 공항은 새집으로 여겨진다. 이 금속 새는 인간의 비행을 보호해주는 존재지만 거꾸로 심각한 사고를 부르기도 한다. 2009년 1월 새떼와 충돌해 양쪽 엔진을 잃고도 허드슨 강에 기적적으로 착륙한 US항공 1549편의 실화는 영화 〈설리: 허드슨강의 기적〉으로도 다루어졌다.

인간은 오랫동안 새를 동경했다. 100년 전만 해도 비행은 죽음을 무릅쓰는 일이었다. 오늘날 비행기 사고 사망자는 해마다 1,000만 명당 1명 정도로 위험도가 낮아졌다. 낙뢰로 죽을 확률과 비슷하다. 인류는 이카로스 신화로만 존재했던 비행의 꿈을 마침내 현실로 이루어냈다. 문학은 그때부터 '새의 관점'을 얻은 셈이다. 하지만 공항들은 정기적으로 새떼 소탕 작전을 벌인다. 우리가 날 수 있게 이끌어준 새가 비행기를 추락하게 하는 위험 요소라는 것은 아이러니다.

시네마콘에서 본 배우 아널드 슈워제네거는 선글라스에 가죽점퍼 차림으로 무대에 올라 "돌아온다I will be back고 했잖아요"하고 외쳤다. 그해 여름에 개봉할 블록버스터 영화 〈터미네이터: 제네시스〉를 홍보하는 자리였다. 같은 말을 해도 영화와 현실 사이에는 격차가 크다. 쓸쓸하지만 우리 또한 떠난 공항으로 다시 돌아가야 한다.

5

수하물 찾는 곳에서 본 공항은 흥미로운 피난처가 아니다. 고무판을 이어붙인 컨베이어로 짐이 쏟아져 나온다. 더 이상 승객이 아닌 사람들은 혹시라도 자기 소유물이 나오지 않을까 봐 불안한 표정이다.

영화 〈졸업〉에서 더스틴 호프만이 비행기에서 내려 짐을 찾을 때까지 흘러나오던 사이먼 앤 가펑클의 '사운드 오브 사일런스'를 떠올려 보라. 쉼 없이 빙글빙글 돌아가는 회전 벨트 앞에서 수하물을 찾으면서, 내 존재를 말해주는 물질적이고 버거운 짐을 끌어내리면서, 출발한 곳으로 돌아왔다는 감정에 휩싸인다.

수하물을 끌고 터벅터벅 출구를 향해 걷는다. 여행의 끝에서 조금 쓸쓸해진다.

12

집

1

폐곡선은 한 점에서 어떤 방향으로든 움직일 수 있지만 반드시 출발점으로 되돌아온다. 시작은 열려 있고 끝은 닫혀 있는 셈이다. 여행은 이 폐곡선을 닮았다. 우리는 결국 집으로 돌아온다.

알랭 드 보통은 2008년 영국 일간지 〈인디펜던트〉에 기고한 글 「집에 대한 생각」에서 "흔히 '제 집보다 나은 곳은 없다'라고 말하지만 집은 모순과 역설투성이"라고 썼다. "우리가 그곳에 있을 때는 좀처럼 감사하지 않는 공간이다. 누구에게나 있고 어디에나 있다는 사실이 집을 눈에 띄지 않게 만든다. 진정한 가치는 한동안 그것을 빼앗겨야 알 수 있다."

새로운 장소로 접근할 때 우리는 겸허해진다. 낯선 외국에 도착해 입국 심사를 마치고 공항 바깥으로 나왔다고 상상해보라.

우리는 흥미로운 것과 흥미롭지 않은 것에 대한 판단 기준을 비롯해 고국에서 가졌던 경직된 생각들을 내려놓는다. 외국 식당에서는 메뉴판 생김새까지 뜯어본다. 스마트폰에 담고 SNS으로 올리고 메모를 남기기도 한다.

하지만 집은 정반대다. 친숙하고 안정되어 있다. 그 공간에 오래 살았다는 이유만으로 더는 흥미로운 게 없다고 우리는 확신한다. 익숙함에 눈이 멀었달까. 집을 떠나 생소한 곳에 몸을 밀어넣으면 그제야 집이 그리워진다. 집을 제대로 보고 진가를 인식하는 유일한 순간은 우리가 그곳에 없을 때다. 오래된 배우자가 이별 또는 사망으로 곁을 떠날 때 느끼게 될 감정과 비슷할지도 모른다.

무언가에 감사할 줄 알려면 그것의 상실을 정기적으로 연습하는 게 도움이 된다. 우주비행사들은 두려움을 넘어서는 법을 훈련한 사람들이다. 하지만 우주비행사 중에 아슬아슬한 스릴을 즐기는 사람은 거의 없다고 한다. 지구가 집이라면 우주는 위험한 여행지다. 그들과 직계가족은 만일을 대비해 '죽음 시뮬레이션'까지 거친다. 죽음을 예습한 덕에 삶에, 또 벗어나 볼 수 있기에 지구에 더 감사하게 되는 것이다.

우주비행사가 지구를 떠나는 과정은 출산과 닮아 있다. 발사 전날 밤 관장약을 먹고 기저귀를 찬다. 소유스Soyuz호를 탈 때는 행운을 비는 러시아 전통에 따라 꽁무니를 살짝 걷어챘다. 갓 태

어난 아기 엉덩이를 철썩 때리는 것과 같다. 발사 30초 전, 로켓
은 생명체처럼 살아 으르렁댄다. 발사 6초 전, 엔진이 불꽃을 내
뿜기 시작하고 우주비행사는 곧 수직으로 공중에 던져진다. 우주
선이 이륙할 때 발생하는 강한 진동은 "큰 트럭이 전속력으로 옆
구리를 들이받는 느낌"이라고 한다. 8분 42초 만에 그는 무중력
우주 공간에 닿는다.

　　우주비행사 경력 20년에 지구라는 행성 밖에서 4,000시간
체류한 크리스 해드필드는 2013년 은퇴했다.《우주비행사의 지
구생활 안내서*An Astronaut's Guide to Life on Earth*》라는 책에서
그는 "우주정거장에서 인생을 배웠다"라고 썼다. 해드필드의 트
위터 프로필은 '전직 우주인, 지구로 돌아와 따라잡는 중이라오'
였다. 지구는 다시 적응해야만 하는 행성이다. 그는 "진정한 우주
비행사로 거듭나기 위해 배우러 갈 곳은 바로 지구"라고 썼다.

2

사람이나 동물이 추위, 더위, 비바람을 막고 그 속에 들어가 살
기 위하여 지은 건물이 '집'이다. 자궁은 '아기집'으로 불린다. 어
머니 몸속에서부터 집을 짓는 셈이다. '집 떠나면 고생'이라는 걸
알면서도 우리는 아득바득 세상에 나오고, 방황의 계절을 지날
땐 '집도 절도 없이' 떠돈다.

인간은 오래전부터 집을 짓고 살았다. 바둑처럼 집을 만들고 영토를 넓혀야 이기는 게임도 있다. 아무리 덩치 큰 대마大馬도 두 집을 못 내면 죽는다. 직장인 이야기를 바둑에 빗대 푼 드라마 〈미생〉이 인기를 끌 때는 술집에서 이런 질문을 종종 들었다. "넌 미생이냐 완생이냐?"

명사 뒤에 '–집'을 붙인 낱말들도 있다. '몸집', '살집'에서는 크기나 부피의 뜻을 더하는 접미사다. '물집' '홈집' '칼집'에서는 무엇이 생긴 자리 또는 무엇의 흔적을 뜻한다. 나는 '맷집'이라는 단어에 끌린다. 매를 견뎌내는 힘이라는 뜻이다. 1977년 '지옥에서 온 사자' 카라스키야를 때려눕히고 세계 챔피언이 된 홍수환은 어느 인터뷰에서 이렇게 말했다.

"난 펀치력이 약해요. 50전 41승 14KO란 성적이 말해주지요. 그런데 주먹이 센 놈은 턱이 약해. 주먹이 약한 놈은 맷집이 좋고. 그게 인생과 비슷해요."

권투 선수 홍수환은 2라운드에서만 네 번 다운되고도 3라운드서 상대를 KO로 눕히고 챔피언벨트를 차지했다. 이 날짜로 한국에선 고사성어 '7전8기七顚八起'가 '4전5기'로 대체되었다. 홍수환은 "누구나 통뼈는 아니지만 누구나 한 방은 갖고 있다"라며 "다만 자기가 진짜 좋아하는 일을 해야지, 싫은데 억지로 해서는 한 방이 나올 수 없다"라고 했다.

극작가 겸 연출가 최진아는 독특한 이력의 소유자다. 치과

의사라는 본업을 접어두고 연극에 입문해 성공했다. 대표작은 〈1동 28번지 차숙이네〉. 이 연극의 주인공은 '집' 자체였다. 배우들이 집을 짓는 과정을 100분 동안 무대에 그대로 재현하면서 집에 대한 철학과 역사를 논했다. 대산문학상 희곡상, 동아연극상 작품상을 받은 최진아는 "시골에 사는 어머니 동네에서 집을 건축하는 모습에 감동해 아이디어를 얻었다"라고 했다.

줄거리는 이렇다. 60대 어머니 차숙이네가 옛날 집을 허물고 그 자리에 새 집을 짓고 있다. 기초공사가 마무리될 무렵 차숙이의 큰아들이 기초가 비뚤어진 것을 발견한다. 공사는 중단된다. 차숙이네 삼남매는 옛집이 택지가 아닌 농지에 불법으로 지은 집이었으며 돌아가신 아버지가 군청 몰래 집을 늘려 짓고 살았다는 이야기를 듣는다. 땅을 바로잡아 다시 새 집을 지으려는데 셋째 딸이 이의를 제기한다. "새 집을 비뚤게 짓자"는 것이다.

〈1동 28번지 차숙이네〉는 장난감 포클레인이 종이로 만든 집을 허물면서 시작된다. 땅에 선을 긋고 밑그림을 그리고 거푸집을 얹고 콘크리트를 채우고 거푸집을 떼어내고……. 공연이 끝날 때쯤이면 집 한 채가 그럴 듯하게 무대에 세워진다. "당신에게 집이란 무엇이냐"라고 묻는 것 같다.

무대 앞엔 큰 돌과 자갈, 모래가 놓여 있다. 배우들은 침식과 풍화, 땅과 집의 관계를 설명하면서 이야기의 지평을 넓혀나간다. 옥신각신하며 기초를 잡고 거푸집을 세우고 망치로 못을 박고 시멘트 바닥이 마르기를 기다리는 과정 자체가 이 연극이다.

불려나오는 역사도 재미있다. 국내에 최초의 아파트가 지어진 때는 1957년이었고, 화장실이 아파트 안으로 들어온 건 1961년부터였다. 철근만 있으면 5년 만에 녹이 슬어버리지만 콘크리트가 감싸주면 100년은 너끈히 넘길 수 있다는 등 건축 정보도 알차다. 관객은 집이 만들어지기까지의 시간을 압축적으로 목격하는 셈이다.

사람과 공간에 대한 철학적 사유도 담겨 있다. 배우들은 바닥이 단단해지라고 물을 뿌리다가도 비가 오면 비닐을 깐다. 이연극은 "젊은이는 집을 견디지 못해 떠나고 남자들은 집을 짊어지고 다닌다" "날림으로 집을 짓고 날림으로 살았다" 같은 대사를 통해 개인적이면서도 사회적인 화법을 들려준다.

3

행복과 불행 모두의 원인 중 하나로 중요하지만 거의 언급되지 않는 게 있다. 사람을 둘러싼 환경의 질이다. 벽, 의자, 건물, 거리…… 우리는 어떤 생각이나 기분을 구체화할 때 주변에 의존한다. 시각적 취향과 내적 자아와의 관계를 포착한 19세기 프랑스 작가 스탕달은 "아름다움은 행복의 약속"이라고 했다.

사람은 정체성이 무르다. '나'라는 존재의 변하지 않는 본질이 무엇인지는 정확히 파악하기 어렵다. 집에 대한 필요는 그런 취약성과 얽혀 있다. 인류의 먼 조상은 집 없이 주위 환경에 예민하게 반응하면서 살았다.

우리는 내부에 수많은 자아를 품고 있다. 알랭 드 보통은 기고문 「집에 대한 생각」에서 "불행히도 우리가 놓치곤 하는 자아는 자유자재로 소환할 수 있는 우리 것이 아니다"라고 썼다. 우리가 우연히 딛고 서 있는 장소가 자아로의 접근 여부를 결정한다는 것이다.

우리가 그리워하는 자아, 즉 우리 인격의 가장 진정하고 창의적이고 자발적인 면은 손에 잘 잡히지 않는다. 마음대로 불러낼 수도 없다. 우리가 우연히 머물게 된 장소, 벽돌의 색깔, 천장의 높이, 거리의 배치에 따라 그런 자아에 접근할 수도 있고 못할 수도 있다.

어느 장소의 전망이 우리의 전망과 부합되고 또 그것을 정당화해준다면, 그곳을 '집'이라는 단어로 뭉뚱그릴 수 있다. 우리가 영구히 거주하거나 우리 옷을 보관해주어야만 집이라고 이름 붙이는 것은 아니다. 어떤 사람에게는 집이 공항이나 도서관, 정원이나 호텔이 될 수도 있다. 집을 향한 애정은 결국 우리 정체성이 스스로 결정되는 게 아니라는 고백과 같다.

우리는 비바람을 막을 구조물로서의 집뿐만 아니라 심리적인 의미에서도 집이 필요하다. 우리의 취약점을 보완하기 위해서.
We need a home in the psychological sense as much as
we need one in the physical: to compensate for a vulner-
ability.

우리에겐 좋아하는 자아를 깨어 있게 하고 마음 상태를 강화해줄
피난처가 필요하다. 세상은 결코 너그럽지 않다. 알랭 드 보통 말
마따나 우리에겐 저마다 바람직한 모습을 바라보게 해주고, 중요
하면서도 쉽게 사라지는 측면들이 살아 있도록 유지해줄 '집'이
있어야 한다.

위대한 종교들은 환경이 얼마나 중요한 역할을 하는지 알고
있었다. 종교 건축의 제1원칙은 '우리가 어디에 있느냐가 우리가
무엇을 믿을지 상당 부분 결정한다'는 생각에 뿌리를 두고 있다.
우리에게는 바깥의 가치들이 우리를 북돋우고 내부에 있는 열망
들을 강화시켜주는 장소들이 있어야 한다.

불교를 섬기지는 않지만 경북 영주 부석사 무량수전에서 그
런 감정을 경험했다. 일이 계획대로 잘 풀리지 않을 때였다. 고려
중기의 이 목조 건축물은 멀리서 보아도 의젓하고 너그러웠다.
배흘림기둥의 높이와 굵기, 지붕 추녀와의 어울림도 아름다웠다.
그곳에서 바라보면 곱게 겹쳐진 소백산 자락이 시원시원하다. 건
축물과 자연의 균형과 조화가 마음을 위로했다.

종교 건축물이 아니어도 집은 그런 역할을 상당 부분 맡고 있다. 하루 일과를 마치고 집으로 돌아온다고 상상해보라. 직장의 일상은 정신없이 바쁘다. 마음에도 없는 악수를 나누고 누군가와 만난다. 쓸데없는 잡담을 하다 마지못해 타협할 때도 있다. 사무실은 이른바 '성과주의'로 자욱하다. 퇴근할 무렵이면 파김치가 된다.

집에 돌아와서야 우리는 가면을 벗고 '진짜 나'를 마주한다. 내적인 해방감을 맛볼 수 있다. 깊은 의미에서, 고향으로 돌아갈 수 있다.

4

《당신의 이름을 지어다가 며칠은 먹었다》(문학동네)는 시인 박준이 펴낸 첫 번째 시집이다. 그는 낮에는 편집자, 밤에는 시인으로 살고 있다. 내가 산 이 시집은 1판 20쇄라고 적혀 있다. 1판 1쇄도 좀처럼 팔기 어려운 시대에 주문이 들어와 인쇄소에서 스무 번째 찍었다는 뜻이다.

2012년 말 세상에 처음 나온 이 시집은 2015년 〈비밀독서단〉으로 방송을 타면서 판매량이 수직 상승했다. 이 북토크쇼에서 배우 예지원은 "사랑이 어려운 사람들을 위한 시집"이라며 "내 마음 밭에 씨앗이 심어졌다. 마음이 활짝 열렸다"라고 소개했다. 시집 제목이 된 시의 일부를 옮겨본다.

> 얼굴 한번 본 적 없는 이의 자서전을 쓰는 일은 그리 어렵지
> 않았지만 익숙한 문장들이 손목을 잡고 내 일기로 데려가는
> 것은 어쩌지 못했다
>
> '찬비는 자란 물이끼를 더 자라게 하고 얻어 입은 외투의 색
> 을 흰 속옷에 묻히기도 했다'라고 그 사람의 자서전에 쓰고
> 나서 '아픈 내가 당신의 이름을 지어다가 며칠은 먹었다'는
> 문장을 내 일기장에 이어 적었다
>
> 우리는 그러지 못했지만 모든 글의 만남은 언제나 아름다워
> 야 한다는 마음이었다
>
>   _박준, '당신의 이름을 지어다가 며칠은 먹었다'에서

화자는 대필代筆 작가다. 일면식도 없는 사람의 일생을 글로 풀어
놓는 것은 어렵지 않다. 그런데 남의 삶과 자기 삶이 겹쳐지면서
어떤 소용돌이가 생겨난다. 마치 배우라는 직업을 닮았다. 배우
는 이런저런 작품을 지나면서 남의 인생에 세들어 산다. 자신의
몸에서 벗어나 다른 인물이 되었다가 연기가 끝나면 자신으로 되
돌아온다.

저 시 안에서도 남과 나의 경계가 허물어지고 삼투한다. 그 만남이 마치 '잘 지은 밥' 같아서 며칠을 먹었다는 고백이다. 예지원의 감상대로라면 글과 글이 아니라 시작하는 연인 사이로 옮겨도 퍽 잘 어울린다. 이 시집에서 또 하나 눈길을 끈 시편은 '별의 평야'다. 짧아서 전문을 소개한다.

> 군장을 메고 금학산을 넘다보면 평야를 걷고 싶고 평야를 걷다보면 잠시 앉아 쉬고 싶고 앉아 쉬다보면 드러눕고 싶었다 철모를 베고 풀밭에 누우면 밤하늘이 반겼다 그제야 우리 어머니 잘하는 짠지 무 같은 별들이, 울먹울먹 오열종대로 콱 쏟아져내렸다
>
> _박준, '별의 평야'

금학산金鶴山(947미터)은 강원도 철원에 있다. 학이 막 내려앉은 형상을 하고 있다고 해서 붙여진 이름이다. 하지만 누가 풍광을 보러 입대하나. 금학산은 자식을 군대 보내는 부모라면 반갑지 않을 만큼 높은 데다 최전방이다. 무거운 군장을 메고 산을 넘으니 지칠 테고 평야가 그립고 주저앉고 싶을 것이다. 기어이 풀밭에 드러누웠다. 몸을 멈춘 다음에야 풍경이 일어선다. DMZ 근처의 밤하늘이니 별이 가득하다. 그제야 어머니, 정확히 말하면 어머니가 만든 짠지 무가 어른거린다. 울컥하면서 눈물이 솟고 시

야가 흐려진다. 그 감정을 '별들이 오열종대로 꽉 쏟아져내렸다'라고 시인은 노래했다.

박준 시인은 창비 출판사에서 편집자로 일하고 있다. "출근할 때는 시인이라는 정체성을 집에 두고 현관문을 잠근다"라고 한다. 편집자 박준은 일터에서 쓰는 가면인 셈이다. 퇴근 후 집에 돌아와서야 그는 자아와 공명하며 시를 길어낼 것이다.

5

이탈리아 출신인 라인홀트 메스너는 '산악계의 전설'이다. 1978년 세계 최초로 에베레스트(8,848미터)를 산소 없이 등정했다. 1986년 로체(8,516미터)까지 히말라야 8,000급 14좌를 모두 산소 없이 완등하며 신화적인 산악인이 되었다.

2016년 제1회 울주세계산악영화제로 한국 땅을 처음 밟은 그를 인터뷰하면서 귀에 꽂힌 말이 있다. 등반에서 가장 어려운 기술이 뭔지 물었을 때였다. "무사히 집으로 돌아오는 것이다."

메스너는 혼자 장비를 최소화한 채 어렵고 위험한 루트를 택했던 등반가다. 왜 안전한 집을 두고 사지死地로 떠난 것일까. 그는 "안전하게 쉬운 길로 간다면 그건 더 이상 산이 아니다. 죽을 수도 있는 위험 앞에서 깨어 있어야 산을 제대로 느낄 수 있다"라고 답했다.

그의 고향인 알프스 자락 볼차노에는 '메스너 마운틴 뮤지엄MMM'이 있다. 메스너는 박물관장이자 산악 전문 작가로 인생 2막을 살고 있다. 단독 등반의 장점을 묻자 "이 세상에서 혼자 뚝 떨어져나와 한계를 체험하고 내 목소리를 들을 수 있다"며 "산을 정복하려고 오르지 않았다. 탐구해야 할 것은 나 자신"이라고 했다. 자신에 대해 가장 많은 이야기를 들려주는 공간은 아늑한 집이 아니라 위험한 산인 셈이다.

그해 울주세계산악영화제에서 〈운명의 산: 낭가 파르밧〉이 상영되었다. 1970년 메스너와 친동생 귄터가 낭가 파르밧(8,125미터)을 등정한 실화가 담겨 있다. 그들은 하산 도중 눈사태를 만났고 귄터는 살아서 집으로 돌아오지 못했다. 시신은 실종 35년 만인 2005년에 발견되었다. 메스너가 말했다.

"내 인생에서 지워지지 않는 비극이다. 지금 내가 아는 등반 지식은 대부분 실수에서 배웠다. 성공할 때는 성공의 이유가 불분명하지만 실패할 땐 뭘 잘못했는지 알 수 있다. 배우면서 실수를 바로잡을 수 있다."

흔한 질문을 던졌다. 왜 위험한 산에 가느냐고. 이 고산등반가는 "위험하니까 집에만 있었다면 지금의 나는 없었을 것"이라며 말을 이었다. "위험은 어디에나 있다. 대도시에 사는 게 에베레스트 정상보다 더 위험할지도 모른다. 나는 준비가 되었다고 느낄 때만 산에 올랐다. 문명사회로 돌아올 때 다시 태어난 것 같은 기분을 느꼈다."

채워지지 않은 무엇이 있었는지 메스너는 정치에 몸담기도 했다. 1999년부터 5년간 유럽의회 의원(녹색당)을 지냈다. 등반과 정치의 가장 큰 차이는 뭘까. "정치는 많은 사람을 내 생각으로 설득해야 한다. 수시로 타협한다. 하지만 산에서 그렇게 했다가는 앞으로 나아갈 수 없다."

메스너는 '산에 대한 이야기꾼storyteller'으로 기억되고 싶다고 했다. 그에게 심리적인 피난처는 도시나 집이 아니라 산인 셈이다. 우리 마음속에도 에베레스트가 있다면 누구를 길잡이 삼아 그곳으로 가야 하나. 답은 저마다 다를 것이다.

6

알랭 드 보통이 사는 영국 런던 북부 벨사이즈 파크는 고즈넉했다. 서울로 치면 평창동쯤 되는 동네. 흥미롭게도 그는 매일 아침 '옆집'으로 출근했다. 하얗고 모던한 자택과 집필실이 있는 벽돌 건물(서섹스 하우스)이 나란히 붙어 있기 때문이다. 집필실을 따로 얻을 형편이 되면 가능한 한 집에서 떨어뜨려 일과 가정을 분리하려고 애쓰는 한국 작가들과는 사뭇 달랐다.

2013년 1월 서섹스 하우스 1층에 있는 집필실에서 알랭 드 보통을 만났다. 작은 벽난로가 있는 열 평쯤 되는 공간에 탁자와

의자, 침대가 놓여 있었다. 서가에 꽂힌 책들은 헤겔, 니체, 플라톤을 비롯한 철학서부터 역사책, 미술책, 여행서 등으로 질서 정연하게 분류되어 있었다. 책장 상단에는 당시 여덟 살 된 큰아들 사진이 걸려 있었고 그 아래쪽으로는 비행기 미니어처가 보였다.

서쪽으로 창이 나 있었다. 창문 너머 잔디가 깔린 안뜰은 고요하고 아늑했다. 잔디 뒤에 긴 야외용 테이블이 하나 놓여 있었다. 인터뷰가 끝나고 침대 쪽을 바라보는데 작가가 말했다. "이런저런 생각을 하고 메모하느라 늦게 잠드는 편이에요. 부족한 잠은 여기서 낮잠으로 보충합니다."

알랭 드 보통은 그곳에서 행복해 보였다. 그는 "어떤 장소를 보며 '아름답다'고 부를 때 우리는 '거기서는 행복해질 수 있겠구나'라는 상상을 한다"라며 스탕달의 문장을 인용했다. 물론 그곳이 꼭 집이라는 물리적 공간일 필요는 없다. 2014년 5월 트위터에 그는 이런 글을 올렸다.

정신 건강: 머릿속에 생각이 머물 수 있는 충분히 안전한 장소들을 가지고 있는 것.

Mental health: having enough safe places in your mind for your thoughts to settle.

13

음식이라는 심리학

1

수십만 부 팔린 베스트셀러나 1,000만 관객이 본 흥행 영화를 선택하기 꺼려질 때가 있다. 히트 상품을 회피하고 싶어지는 것이다. '대박'이 난 책이나 영화라면 내가 그것을 읽거나 보는 행위의 가치가 훼손되는 것 같아서다.

한국인은 '대세추종주의'가 강하다. 남들이 많이 소비하는 것, 많은 팔리는 것이라면 질세라 장바구니에 담는다. 다수의 생각이나 행동에 지배를 받는 것이다. 성공작이라는 대중의 인증 앞에서는 주관이나 취향이 맥없이 흔들린다. 애당초 뿌리가 없었던 사람마냥 대세를 따른다. 그 선택에 만족할 때도 있지만 실망하고 후회하는 경우도 적지 않다. '이건 이래서, 저건 저래서 엉망'이라고 말하고 싶지만 남들 앞에서는 참는다. 시장에서 거둔 인기에 비하면 소수 의견에 불과하니까.

홍행작을 향한 이중적인 감정은 그런 방식으로 축적된다. 실제로 무더기로 선택하는 상품은 퇴짜도 무더기로 맞는다. 베스트셀러일수록 반품이 많다. 대세를 따르고 싶어 책을 사고 영화를 보지만 그 이상의 의미를 부여하지는 말자고 스스로를 다독인다. 잠시나마 그것을 소유하고 경험했다고 자위할 뿐이다. 히트 상품도 '일회용 소비재'가 된 느낌이랄까. 그것이 정말로 필요해서 구매하는 게 아니다.

음식도 마찬가지다. 식당이 너무 인기 있으면 그곳에 있는 이유가 손상되기 시작한다. 친구들은 음식에 점점 까다로워진다. "여기 들어가자" 하면 "아냐, 거긴 수준 미달이야" 가로막는 사람들, 식당이나 음식에 집착하는 세태는 작은 질병처럼 보인다.

나와 음식이 일대일로 만나는 혼밥이나 혼술이 아니라면 무엇을 먹느냐는 덜 중요하다. 사람과의 만남이 성공적이었는지 아닌지를 중심에 놓고 보면 식당이며 셰프도 대수롭지 않다. 어떤 사람에게 요리는 사랑에서 비롯된 행동이 될 수 있다는 점은 수긍한다. 다만 그 감정이 음식을 통해 간접적으로 오기보다 직접적으로 표현되는 게 더 낫다는 뜻이다.

우리는 음식을 어떤 은유metaphor로 바라보는 데 길들어 있다. B라는 뜻을 전하기 위해 A를 먹는 식이다. 하지만 음식은 그저 음식, A는 그냥 A일 뿐이다. 음식을 어떤 경험으로 만드는 건

동석한 사람이 자신의 중요한 무언가를 털어놓을 때다.

2

〈심야식당〉(감독 마쓰오카 조지)은 음식에 심리학을 담은 영화다. 음식과 잘 어울리는 이야기로 관객을 쓰다듬고 위로한다. 일본 도쿄의 번화가 뒷골목에 자정부터 아침 7시까지 문을 여는 조용한 밥집 '심야식당'이 있다. 메뉴라곤 돼지고기 된장국 정식, 맥주, 사케, 소주뿐이다. 하지만 주인장 마스터(고바야시 가오루)는 가능한 한 손님이 원하는 요리를 만들어준다. 허기와 마음을 달래주는 음식과 더불어 단골손님들의 이야기가 풀려나온다.

일본에서 250만 부 팔렸다는 아베 야로의 만화가 원작이다. 과거를 알 수 없는 마스터가 운영하는 작은 식당을 배경으로 각양각색의 손님들이 등장한다. 일을 마친 샐러리맨, 경찰, 스트리퍼, 건달, 동성애자……. "보통 만화에서 주인공이 될 수 없는 사람들이지만 오히려 주인공이 아닌 삶을 살아가기에 더욱 특별하다"라고 작가는 말한다. 마스터가 만든 음식을 중심으로 굴러가는 이 서정적인 만화는 2012~2013년에 뮤지컬로 먼저 한국 관객을 만났다. 공연은 경쾌하지만 좀 겉도는 느낌이었다. 덜 굽거나 덜 삶은 인생의 맛이랄까.

영화 〈심야식당〉은 뮤지컬보다는 장점이 많다. 무엇보다 스크린으로 요리 과정과 함께 음식을 눈에 담을 수 있다. 이국적인 음식에 휘감겨 있는 맛과 정서는 우리 배우의 연기로는 좁힐 수 없는 틈새가 존재하는 것 같다. 마밥에 얽힌 에피소드는 그 요리와 한 입 먹을 때 번지는 표정을 세세하게 보아야 간접 체험의 밀도가 높아진다. 영화 〈심야식당〉은 그 지점에서 뮤지컬 〈심야식당〉보다 훨씬 효과적이다.

영화는 퇴근길 자동차들을 음악과 엇박자로 보여주며 출발한다. 모두들 귀가할 무렵 시작되는 심야식당의 하루. 문어 소시지, 두부조림, 계란말이, 호박 국수…… 등장한 메뉴를 나열하는 것만으로 입안에 군침이 돈다. 고단한 하루를 보낸 손님은 심야식당에서 이렇게 주문한다. "마스터, 계란말이 평소보다 달콤하게!" 요리 한 접시로 잠시 근심을 지우고 슬픔을 잊는 것이다.

'우리에게 음식이란 무엇인가'라는 질문을 던지는 영화다. 기아와의 투쟁은 끝났다. 음식은 이제 허기를 채우는 게 아니라 다른 기능을 한다. 〈심야식당〉은 크게 세 가지 요리, 즉 나폴리탄, 마밥, 카레로 이야기를 구성하고 이들은 각각 사랑, 향수, 감사의 감정을 실어 보낸다. 영원할 줄 알았던 사랑에 두 번이나 실패한 다마코(다카오카 사키)와 순수한 청년의 사랑은 나폴리탄에, 미치루(다베 미카코)의 힘겨운 도시 생활을 위로하는 고향의 맛은 마밥에, 동일본 대지진으로 아내를 잃은 남자를 구원해준 자원봉사자 아케미(기쿠치 아키코)에 대한 감사는 카레에 각각 담겨 있다.

현대인은 고독을 달래기 위해 심야식당을 찾는다. 일본의 국민 배우 고바야시 가오루는 인터뷰에서 "심야식당은 어쩌면 30~40대 여성을 위한 공간"이라며 "그들은 아이의 어머니로, 남편의 아내로, 부모님의 딸로 자신만의 공간이 없다. 마음에 있는 말을 쏟아낼 공간이 필요하다"라고 말했다. 음식으로 감동받은 적 있느냐는 물음에는 "중년에 접어들면 부모나 친구를 잃는 경험이 많아진다"라며 "그들과 먹었던 음식을, 허름해 보이는 식당에서 맛볼 때 느끼는 감정이 이 영화가 전하고 싶어 하는 주제"라고 답했다.

〈심야식당〉은 담백하고 뜨끈하다. 미치루가 떠나는 날 마스터는 그녀가 방에 달아놓았던 풍경風磬을 가리키며 "내가 가져도 될까? 이 소리 안 들으면 허전해"라고 말한다. 미치루는 고개를 끄덕인다. 아끼는 물건을 남에게 주는 것, 떠난 이의 물건을 간직하는 모습이 관객에게도 위안이 된다. 마스터에게는 그 풍경 소리가 그리움을 담아 나르는 그릇일 수도 있다.

3

스타벅스 본사는 미국 시애틀에 있다. 언론인을 대상으로 단기간 '커피 칼리지coffee college'를 열곤 한다. 2010년 봄 그곳에 다녀왔다. 본사 건물 복도에 주문呪文처럼 적혀 있던 문구가 잊히지 않는다. '당신과 스타벅스는 커피보다 크다You and Starbucks, It's bigger than coffee.'

스타벅스는 단순히 커피만 판매하지 않는다. 그곳에 들어간 고객은 '커피 이상의 무엇'을 기대한다. 멜빌의 소설 《모비딕》에서 따온 이름, 그리스신화에서 가져온 로고(세이렌)부터 상품, 매장 환경에 이르기까지 스토리텔링에 공을 들인 이 대기업은 원두 말고도 음악, 책, 미술, 공연, 영화 등을 접목하며 새로운 경험과 부가가치를 만들고 있다.

커피는 원두 산지와 수송·보관 상태, 로스팅과 블렌딩 등에 따라 향, 무게감, 산도가 천차만별이다. 스타벅스 커피 칼리지에서 두 가지 이상의 커피를 혼합하는 블렌딩을 배우고 있는데 누군가 불쑥 문을 열고 들어왔다. 하워드 슐츠 회장이었다. 그는 "소비자들의 인생과 동행하는 '라이프 스타일 브랜드'가 되는 게 스타벅스의 목표"라고 말했다.

스타벅스 매장에서 판매하는 원두 패키지(250그램)에 실린 디자인은 원산지 화가들의 작품에서 모티브를 가져온 것이다. 지역 작가들을 지원하는 프로그램인 셈이다. 커피 교육을 담당한 앤마리 커츠는 "스타벅스 직원들은 DJ, 큐레이터, 프로듀서, 연출가 같은 직함만 없을 뿐 사실상 그런 역할을 하고 있다"라고 했다. 보일 듯 말 듯 한 크기로 '스타벅스에서 영감을 받은inspired by Starbucks'라고 밝혔을 뿐, 스타벅스와 무관해 보이는 시애틀의 '로이 스트리트 커피&티'에서는 정기적으로 영화를 상영하고 연주회도 연다.

사진 촬영이 유일하게 금지된 곳은 본사 9층의 디자인 부서들이었다. 당시 스타벅스는 친환경 재활용품을 사용하면서 예술적인 감각을 장착한 새로운 매장 디자인을 준비 중이었다. 프랑스 파리에 문을 열 매장은 와인의 오크통에서 착안했다. 오크통을 잘라서 매장 전면을 장식하고 탁자와 의자 재료로도 썼다. 캄비 헤마티 디자인 담당 디렉터는 "과거에는 모든 매장이 복제한 듯 비슷한 느낌이었다면 최근엔 지역 문화와 예술을 반영하고 있다"라고 말했다.

평소에 누구를 만날 때 스타벅스 매장을 찾는다. 혼자서 일을 해야 할 경우에도 그곳에서 그란데 사이즈 아메리카노를 주문하고 노트북을 꺼낸다. 스타벅스에서 내가 섭취하는 것은 커피만이 아니다. 그 공간과 디자인, 조명과 분위기, 직원들의 태도와 말하는 방식도 마음에 든다. 음악도 어디서 듣느냐에 따라 달라지는 법이다. 같은 원두로도 완전히 다른 비즈니스가 가능하다는 것을 스타벅스는 증명했다. 무엇보다 고객의 심리적인 갈망에 응답했다.

4

라면은 평등하다. 이 음식 앞에서는 남녀노소 막론하고, 빈부 차이가 없다. 아이들은 라면을 끓이면서 불과 물, 음식의 관계를 이해하기 시작한다. 갑부도 가끔 이 B급 먹거리를 먹지 않곤 못 배길 것이다. 라면이 국내에서 생산(1963년 9월 삼양라면이 최초)된 지 50년이 넘었다. 박찬일 셰프는 "라면은 하나의 음식 혁명이었고 우리 삶이라는 드라마에 꼭 필요한 조역助役이었다"라고 말했다.

한국인과 라면의 '열애熱愛'는 수치로 증명된다. 1인당 라면 소비량이 73봉지로, 원산지 일본(1인당 43봉지)을 멀찌감치 따돌리고 세계 1위다. 라면사史에 헌정하는 책 《라면이 없었더라면》에서는 소설가 정이현·박성원·이기호, 출판 평론가 표정훈 등 여덟 사람이 돌아가며 라면에 얽힌 기억을 한 젓가락씩 건져 올린다. 이 책은 "라면은 대체로 절친한 벗이며, 강렬한 추억을 나눠 가진 동지이자, 남몰래 즐기는 '길티 플레저guilty pleasure'"라면서 묻는다. 당신에게 라면은 무엇이냐고.

박성원은 라면을 안주로 술을 마시던 스물아홉 자취방 시절로 간다. 함께 지내던 시인 함민복은 "라면 국물이 지닌 넉넉함에 우리 모두 배부를 수 있다"라고 했다. 마음에 두고 있던 여인은 떠나고 친구들도 스키장으로 놀러 가 혼자 라면으로 버티던 크리스마스 연휴. 특선 영화 〈나 홀로 집에2〉 마지막 장면에서 주르륵 눈물이 쏟아져 라면 안으로 떨어졌다. "태어나 처음으로 눈물을 흘렸고 그렇게 내 이십 대는 끝났다"라고 박성원은 썼다.

이기호의 어머니는 라면을 불량 식품으로 취급했다. 주택 담보대출을 갚으려고 어머니와 동네 아주머니들이 모여 스웨터나 목도리를 짜느라 바빴을 때만 그 '특식'을 먹을 수 있었다. 그런데 지난봄, 아버지와 단둘이 라면을 먹으면서 아버지도 라면을 좋아했다는 사실을 알게 된다. 아버지는 "네 엄마가 일평생 내 끼니 챙겨줬다는 자부심이 꽤 큰 사람이거든"이라고 말한다. 어머니가 서운해할까 봐 밖에서만 몰래 사먹었다는 것이다. 이기호는 "생의 조건은 어쩌면 우리 곁에 다 준비돼 있는 것인지 모른다"라면서 라면에 찬밥을 만다.

> 뽀글뽀글 뽀글뽀글 맛 좋은 라면/ 라면이 있기에 세상 살맛 나/ 하루에 열 개라도 먹을 수 있어/ 후루룩짭짭 후루룩짭짭 맛 좋은 라면……

TV만화 〈아기공룡 둘리〉에서 마이콜이 부른 '라면과 구공탄'에서는 라면을 먹을 때 나는 소리도 라면 맛의 일부다. 표정훈은 "이 노래가 아직도 회자되는 까닭은 '후루룩짭짭 후루룩짭짭' 때문"이라면서 "라면을 어지간히 좋아하는 사람들의 전폭적 공감을 불러일으키기 충분한 노랫말"이라고 했다.

라면을 향한 우리의 감정은 이중적이다. 라면에 첨가된 나트

룸이 중죄인 취급을 받는다. '가급적 건강을 생각해 국물까지 드시지는 마세요'라는 경고문이 붙은 라면까지 나왔다. 라면은 짜장면보다 주기週期가 빨리 돌아오는 중독성 식품이다. 서양의 초콜릿 같은 길티 플레저인데, 손에 닿는 곳에 있고 빨리 먹을 수 있다는 게 문제다.

박찬일은 라면에 들씌워진 혐의를 강력히 부인했다. "짜기로 말하면 찌개가 더 심각하다. 밀가루야 어디 라면뿐인가. 단돈 육칠백 원에 한 끼를 해결할 수 있는 이 식품의 미덕을 무시하는 건 솔직하지 못한 태도다. 누가 뭐래도 우리는 인스턴트 라면으로 퍽퍽한 세상을 견뎌오지 않았는가."

5

우리는 음식과 일생 동안 관계를 맺는다. 100년 전 조상들은 상상도 하지 못할 만큼 무엇을 어떻게 먹을지에 대한 선택의 폭이 넓어졌다. 현대인은 주방을 포기하고 식사 준비의 거의 모든 과정을 식품 산업에게 넘겨주었다. 그런데 음식과 요리에 대한 대중적 관심은 갈수록 커지고 있다. '요리의 역설'이다.

우리는 유명한 셰프와 맛집, 요리 프로그램과 '먹방'에 집단적으로 사로잡혀 있다. 하지만 음식으로부터 진짜 구하는 게 무엇인지, 육체를 지탱하는 것 말고 다른 목적이 있는지에 대한 질문이 들어설 자리는 거의 없다.

유명한 인류학자 클로드 레비스트로스는 "요리라는 활동에서 문화가 시작됐다"라고 말했다. 우리가 먹방에 빠지는 까닭은 요리에 그리워하는 뭔가가 있기 때문일지도 모른다. 진화 과정에서 요리하는 법을 익힌 인류는 뇌가 커졌고 내장은 작아졌다. 씹고 소화하느라 들이던 에너지와 시간을 다른 데 쓸 수 있게 되었다.

《잡식동물의 딜레마》를 쓴 미국 작가 마이클 폴란은 "요즘 우리는 스크린 앞에서 삶을 낭비하고 있다"라면서 이렇게 덧붙였다. "요리는 그 산만한 삶에 해독제antidote와 같다. 왜냐고? 요리는 일과 여가 활동에서조차 사용하지 않는 감각에 우리를 연결한다. 만지고 냄새 맡고 맛보고. 요리를 하는 동안 손은 바쁘고 하루의 근심은 사라진다."

문제는 순수 요리할 때 걸리는 시간이다. 하지만 폴란은 "식당까지 가서 주문하고 기다리는 시간, 또는 전자레인지로 해동하는 시간을 따져보라"라면서 "직접 요리한 음식을 가족이 나눠 먹는 게 외식이나 냉동식품 섭취보다 여러모로 낫다"라고 강조한다.

영화 〈심야식당〉이 보여주듯이 음식은 단순히 '연료'가 아니다. 어떤 심리적 수요에 대한 응답이고 기울어진 영혼의 균형을 회복하려는 행위일 수 있다. 음식에 치유의 잠재력이 있다는 뜻이다. 모든 종류의 음식은 라벨에 적힌 영양적 가치뿐만 아니라 심리적 가치라고 부를 만한 성격을 지니고 있기 때문이다.

식품이 심리학의 한 분야일 수 있다는 증거를 오리온 초코파이에서 보았다. 37그램 중량의 이 과자는 1989년부터 정(情)이라는 감성 마케팅으로 누군가와 나눠 먹는 것, 과자 이상의 따뜻함, 상대를 향한 위로의 메세지를 지속적으로 불어넣었다. 밀가루 반죽과 달달한 초콜릿, 폭신폭신한 마시멜로로 소비자의 심리적인 갈망에 응답하겠다는 계획을 실행에 옮겼다. 그 결과 "말하지 않아도 알아요~"로 흐르는 CM송과 함께 마음에 새겨졌다. 소설의 주인공처럼 미묘한 느낌의 인격을 가지게 된 셈이다.

2011년 로스앤젤레스로 연수 가기 전에는 연둣빛 아보카도를 거의 먹어본 적이 없다. 캘리포니아롤에 얹어진 것을 어쩌다 맛보았을 뿐이다. 멕시코가 원산지인 아보카도는 몇 해 전부터 한국에서 각광받는 웰빙 음식이다. 입안에서 버터처럼 감도는 식감과 더불어 몸에 좋은 불포화지방산, 항산화 성분, 비타민 E 등이 풍부해 '가장 영양가 높은 과일'로 기네스북에 등재되었다. 나는 아보카도를 먹을 때마다 캘리포니아의 청명한 하늘과 햇볕, 바람을 떠올린다. 이곳에는 없는 그곳의 상쾌한 날씨와 여유가 그리워진다.

위키피디아에 따르면 레몬은 영양학적으로 100그램당 열량이 29킬로칼로리다. 식이 섬유 2.8그램, 당분 2.5그램, 단백질 1.1그램 등을 포함하고 있다고 한다. 하지만 심리적으로는 다른 재료들을 품고 있다. '남쪽' '태양' '희망' '아침' '간소함' 같은 낱말과 잘 어울린다. 어떤 행동을 촉구하면서 감상주의를 밀어낸다. 우리는 레몬을 먹을 때 이 과일의 심리적 영양소까지 빨아들이는 셈이다.

음식은 저마다 이렇게 성격과 지향, 세계를 이해하는 방식을 드러낸다. 사람에 빗대면 어떤 모습일지 상상해볼 수도 있다. 음식은 우리 삶에서 '먹는 철학'을 담고 있다. 사물을 이해하는 가장 직접적인 행위인 먹기를 통해 우리는 그것에 다가간다. 신체적으로 섭취하면서 동시에 심리적인 영양분을 직관적으로 흡수한다.

자동차 정기 점검에서 틀어진 타이어의 정렬 상태를 바로잡는 것을 '휠 얼라인먼트'라고 부른다. 우리 대부분은 어떤 측면에서 평형을 잃고 기울어진 상태다. 너무 지적이거나 너무 감정적이고, 너무 남성적이거나 너무 여성적이고, 너무 차분하거나 너무 흥분을 잘한다. 우리가 좋아하는 음식은 종종 그 부족분을 메워 균형을 잡아준다. 당신이 '맛있다'라고 부르는 음식은 당신의 정신이 놓치고 있는 결핍에 대한 단서도 제공하는 셈이다.

음식은 또 의사소통 행위일 수도 있다. 우리는 대체로 달변이 아니라서 뭔가 말하고 싶지만 더듬거린다. 감사를 표현하고 싶을 수도 있고 복잡한 속내를 내보이고 싶어 할 수도 있다. 그렇게 단어로 옮기기 어려운 것을 식탁에서 음식으로 드러낼 수 있다. 음악처럼 음식은 매우 직접적이다. 따분한 언어를 통하지 않고도 중요한 것을 이야기할 수 있다.

14

나는 누구?

1

우리 모두가 가지고 있는 감성적인 짐, 이제는 그것을 잘 운반
하는 법을 배워야 한다.

Emotional Baggage, we all have it, we must now learn to
carry it well.

2016년 3월 '인생학교' 트위터 계정에 이런 글이 올라왔다. 인생
학교는 강의 콘텐츠뿐 아니라 책, 게임, 문구 같은 상품도 판매한
다. 그중에서 'Emotional Baggage'라고 적힌 쇼퍼백과 파우치,
수하물 이름표를 물끄러미 바라보다가 안내문에 눈길이 붙잡혔
다. "우리는 모두 다양하고 완고하고 흥미로운 방식으로 손상되

어 있다."

'Emotional Baggage'란 눈에 잘 띄지 않지만 우리를 평생
따라다니는 무거운 짐과 같다. 누군가 오래전에 우리를 농락했거
나, 어릴 적 부모의 격한 언쟁을 목격했거나, 잘나가는 형제와 비
교당해 주눅이 들었거나, 사업이 재앙으로 끝났거나, 남과 함께
살기 어려운 강박이 있거나, 십 대의 반항 기질을 여태 가지고 있
거나……

마음에 응어리로 맺힌 이런 종류의 짐 하나 없이 살기란 불
가능에 가깝다. 우리는 저마다 내면에 크고 작은 상처를 지니고
산다. 이 감성적인 짐을 인정하고 이해하느냐가 커다란 차이를
만들 수 있다고 저 쇼퍼백과 파우치는 조언한다. 숨길 게 아니라
'Emotional Baggage'라고 거리낌 없이 드러낼 수 있다면, 자신
의 흠집에 대해 명랑하게 고백할 수 있다면, 평생 지고 가야 할
그 짐이 한결 가벼워질 것이라는 말이다.

누구나 자신을 투명하게 알기는 어렵다. 뇌 MRI(자기공명영
상)로 전자기파를 측정해도 파악알 수 없고 점쟁이의 그럴 듯한
말로도 종잡기 어렵다. 그러다 우리는 진실을 꿰뚫어 본 듯한 예
술 작품과 우연히 마주치게 된다. 자주 생각하면서도 한 번도 제
대로 표현한 적이 없는 것, 다시 말해 나 자신의 생각, 나 자신의
경험이면서도 이내 사라져버리는 부분이 거기에 담겨 있다. 자주
생각하면서도 한 번도 제대로 붙잡아 본 적이 없는 것을 잘 다듬

어 돌려주는 책이나 그림, 음악을 접할 때 자신을 더 명확히 파악하게 되었다고 느낀다.

2

우리는 예수나 부처가 아니다. 장소나 지위에 따라 다른 얼굴이 나온다. 일상에서 '일인이역'은 낯설지 않다. 직장에서의 당신과 집에서의 당신은 사뭇 다를 것이다. 사무실의 하루는 명랑함이라는 가면 뒤에서 흘러가고, 피로한 몸으로 집에 돌아와서야 보다 온전한 나를 만난다.

SNS는 직장도 집도 아닌 제3의 세계다. 부정적인 모습은 지우고 매력적인 면만 드러낼 수 있는 페이스북에서의 당신과 현실에서의 당신 사이에도 틈이 존재한다. SNS에는 과장되고 포장된 자아가 넘쳐난다. 나를 잘 드러내는 것 같지만 나와 가장 멀리 있는 내가 그곳에 살고 있다.

어떤 영화를 볼지 결정할 때 관객은 종종 '도박'을 한다. 줄거리나 장르는 꺼림칙하지만 배우나 감독의 이름값에 끌릴 수도 있다. 예매율이 높고 남들이 많이 본다는 이유로, 또는 기다리지 않고 바로 볼 수 있어서 그 티켓을 사기도 한다. 야구선수가 타석에서 눈 감고 배트를 휘두르는 것과 같다. 기대가 무너지면 대체로 자책하기보다는 총구를 밖으로 돌린다. 형편없는 영화가 내 시간을 축냈다고. 극장의 스크린 배분이 엉망이라고. 예매율이라는 빅데이터가 사람을 돕기는커녕 속였다고.

배우는 직업적으로 남의 인생에 세 들어 사는 존재다. 그런데 조진웅은 실제 삶에서도 아버지의 이름을 빌려 살고 있다. 본명이 조원준인 그는 부산에서 연극 무대에 서다가 2004년 〈말죽거리 잔혹사〉에서 단역(야생마 패거리2)으로 스크린에 데뷔하며 조진웅이 되었다. 우레 진震에 수컷 웅雄, 강해 보이는 이름 좀 빌려달라 했을 때 아버지는 이렇게 대꾸했다고 한다.

"니 뭐라카노? 집에서 가져갈 게 없으니까 인자 아부지 이름까지 가져가나!"

드라마 〈시그널〉과 영화 〈아가씨〉로도 호평 받은 조진웅은 충무로 대표 배우 중 한 명으로 성장했다. 〈시그널〉에서는 정의로운 경찰이었지만 〈사냥〉에선 부패한 경찰로 건너갔고 일인이역으로 자신을 쪼갰다. 이름 때문에 늘 아버지와 동행하는 셈인 조진웅은 "욕을 먹으면 기분이 갑절로 나쁘다"라며 "욕먹기 싫으니 더 열심히 할 수밖에 없다"라고 했다.

페이스북은 권태와 고독이라는 대중의 심리적 문제에 응답하며 초대형 비즈니스를 일구었다. 나와 공생하면서 영향을 주고받는 또 다른 나를 보여주기 때문이다. 하루에도 수십 번씩 그 아름답고 친절한 세계를 기웃거리며 내가 몰랐던 나, 정돈되고 매력적인 나를 만난다.

3

우리는 어떤 부분에서는 영 허술하다. 그 약점을 숨기려고 애쓴다. 강해야 한다는 것을 어릴 적 골목길이나 운동장에서부터 배웠다. 하지만 남자도 무쇠가 아닌 한 부서질 수 있다.

베네치아유리를 생각해보라. 쉽게 깨질 수 있다는 사실을 누구나 알기에 조심스럽게 다룬다. 베네치아유리는 제작 과정의 실수나 결함 때문에 쉽게 부서지는 게 아니다. 햇빛과 촛불을 깊이 품으려는 욕망, 투명성과 우아함을 추구하느라 충격에 취약해진 것이다.

사람도 별반 다르지 않다. 인간의 활동이 더 섬세한 형태로 번성하게끔 하는 게 문명의 의무라면, 서로 약점을 드러내는 게 문제가 되진 않아야 한다. 조심스럽게 다루어야 할 것은 유리잔이 아니라 인간이다. 절제와 온화함이 필요하다. 성숙해진다는 것, 교양을 갖춘다는 것은 자신의 힘이 남에게 미치는 영향을 알고 있다는 뜻이다.

일과 인간관계에서 겪는 문제들 중 상당수는 감정과 담을 쌓았기 때문에 일어난다. 내가 내 감정과 동떨어져 있다니, 이상하게 들릴지도 모른다. 누구나 밖에서 보면 몸도 하나, 이름도 하나다. 그런데 사람의 마음속에는 두 가지 자아가 있다고 한다. '느끼는 자아'와 '관찰하는 자아'다. 점심 메뉴를 고를 때처럼 두 자아가 완전히 일치한다면 아무 문제도 없을 것이다.

하지만 이런 경우를 상상해보자. 일터에서 긴 하루를 보내고 퇴근해 소파에 앉아 숨을 돌리고 있다가 아내(남편)이 던진 사소한 말에 화가 치밀어 오를 때가 있다. 이를테면 "아침에 왜 이렇게 어질러놓고 출근했어?"라거나 "세탁한 빨래를 널어놓고 나갔어야지"라거나. 대수롭지 않은 일이 큰 입씨름을 부르기도 한다.

저런 종류의 책망 앞에서 난해한 감정이 나타나려고 할 때, '관찰하는 자아'는 깜짝 놀라서 얼굴을 돌려버린다. '느끼는 자아'와는 정반대로 움직이는 것이다. 감정을 정직하게 드러내지 않는다. 우리는 그것을 무디게 만들거나 그럴싸하게 둘러댈 궁리를 한다. "날 실망시키지 마" 대신에 "너무 피곤해"로, "화가 난다" 대신에 "우울해"로, "정말 역겹군" 대신에 "이상하게 흥미로운데"로 눙친다. 그렇게 진짜 감정에서 멀어진다.

소설 읽기는 그 상실을 회복하는 길 중 하나가 될 수 있다. 훌륭한 작가는 허구의 인물이 독자의 의식 속으로 걸어 들어가 무뎌지고 잃어버린 감정을 발견하게끔 만든다. 문학에서 중요한 작품은 인류의 '감정 사전'에서 새로운 항목과 같다. 우리가 알던 것보다 우리 자신을 더 잘 아는 듯한 기이하고 아름다운 기분을 선물하는 셈이다.

4

비행기가 추락하면 사고조사팀은 블랙박스부터 찾는다. 고도, 엔진 상태, 교신 등 사고 당시의 정황이 기록돼 있기 때문이다. 블랙박스를 꺼내 봉인을 뜯어내야 문제를 파악할 수 있다.

불면증은 삶의 정상 궤도에서 벗어난 사람에게 자아가 보내는 조난신호SOS일 수도 있다. 그날 잊어버린 굉장히 중요한 어떤 것, 해야 하는데 하지 못한 어떤 생각으로 돌아가라는 긴급한 요청 말이다. 왜 잠을 가로막고 나를 깨어 있게 하는지, 어떤 말을 걸려고 애쓰는지 파악해야 한다.

하지만 우리 사회는 불면증을 질병으로 보고 약을 처방한다. 의식을 굴복시킬 만큼 전투력 강한 알약들 말이다. 아무리 뒤척이고 애를 써도 잠이 오지 않을 때는 약물을 찾아 서랍장을 열 게 아니라 그 조난신호에 귀를 기울일 필요가 있다.

출근부터 퇴근까지 하루는 빡빡하다. 일터를 떠나 집에 돌아오면 가사가 기다리고 있다. 아이나 배우자와 대화를 나눌 시간도 부족하다. 날마다 숨 가쁘게 반복되는 일과는 삶의 방향이나 목적, 가치에 대한 깊은 질문을 가로막는다.

우리는 홀로 생각할 시간을 빼앗기고 있다. 그렇다고 긴 노동 시간과 피로, 스마트폰만 탓할 수는 없다. 보통 사람에게도 철학이나 명상은 물이나 운동만큼 중요하다. 무엇보다 자기 자신에 대해 규칙적으로 깊은 질문을 던지는 시간이 필요하다. 내가 누구인지 잘 모른다면 큰 대가를 치러야 할 수도 있다.

불면증은 자신을 돌아보고 이해할 기회일 수 있다. 따라서 수면제나 특별한 차, 뜨거운 목욕으로는 그 문제를 풀 수 없다. 불면증은 자아가 보내는 불분명하고 괴롭지만 궁극적으로는 건강한 애원이다. 제발 좀 시간을 내어 당신이 오랫동안 미루어둔 문제와 마주하라는 간청이다. 주기적으로 '정신의 봄맞이 대청소'가 필요하다.

> 우리는 길을 잃고서야 비로소 스스로를 이해하기 시작한다.
>
> Not until we are lost do we begin to find ourselves.

헨리 데이비드 소로는 《월든》에서 이렇게 썼다. 숲속에서 길을 잃은 게 얼마나 놀랍고 소중한 경험인지 설명하는 대목에서다. 우리는 길을 잃고 나서야, 즉 세상을 상실하고 난 뒤에야 자신을 발견하게 된다. 실직, 이혼, 가족의 죽음…… 인생의 커다란 기둥 하나가 무너져 사라질 때 우리는 지도를 잃어버린 여행자처럼 주변을 두리번거린다. 자신이 어디에 있는지 그제야 알게 된다.

15

정상正常

1

소설가 김영하의 북토크 행사장에 갔다가 들은 이야기다. 그가
대학에서 글쓰기를 배우는 학생에게 묻는다. "어떤 소설 쓸 거
야?" 돌아오는 답은 "주인공은 평범한 남자고요……"로 시작되는
경우가 많다고 한다. 김영하가 딱 잘라 지적한다. "평범한 남자는
없어. 사람은 다 이상해."

　　문단 술자리에서 겪었다는 일도 흥미로웠다. 글로 보았던 사
람들이 너무나 멀쩡한 얼굴로 앉아서 직장인들처럼 술을 먹고 있
는 걸 발견하게 된다고 했다. "저 시인이 저런 사람이 아닌 것 같
은데 술을 아무리 많이 먹어도 멀쩡해요. 그 사람이 집에 돌아가
선 이상한 시를 써요. 집에 돌아가서 쓰는 게 진짜라고 생각해요."

　　'집에 돌아가서 쓰는 것이 진짜'라는 이야기를 들으며 노벨

문학상을 받은 극작가 루이지 피란델로의 말이 떠올랐다. "사람은 누구나 가면을 쓰고 산다." 나도 대체로 모나지 않고 평범한 남자로 비치겠지만 집에서는 좀 이상한 남편, 이상한 아빠일 수 있다. 바깥에 나갈 때 들쓰는 가면에 구태여 이름을 붙이자면 뭐랄까, '행복'일지도 모른다. 삶에 만족하는 것처럼, 평정심을 지키는 것처럼 보이기를 바란다. 나 자신과 남에게 좋은 기운을 줄 것이라고 기대하면서.

"우리는 평범하지 않고 다 이상하다"라는 김영하의 말에 공감했다. 작가 지망생이 가면 뒤에 있는 자기 모습들을 정직하게 쓴다면 남다른 이야기가 나올 수도 있으리라. 사람은 저마다 부모가 다르고 살아온 경험이 다르니까. 흥미로운 건 바깥이 아니라 내부에 있는 것 같다.

김영하는 이날 좋은 소설을 쓴다는 것은 "자기 얘기를 검열 없이 끌어내면서 얼마나 고독한 시간을 보낼 수 있느냐에 달린 문제"라며 웃었다. "저도 평범해 보이지 않나요? 멀쩡해 보이는데 집에 가서는 살인자 이야기(《살인자의 기억법》)를 쓰잖아요."

2

영어 사전을 펼쳐 'normal'을 찾으면 '보통의' '평범한' '정상적인'이라는 풀이가 나온다. 우리는 흔히 자신을 그렇게 생각한다.

보통 사람이고 평범하며 정상적이라고. 하지만 살다 보면 이 믿음이 송두리째 흔들릴 때가 있다.

사랑이 그렇다. 서로 모르는 사이일 때는 그토록 평범해 보이던 그(그녀)가 일단 알게 되면 전혀 다른 사람으로 다가온 경험이 있을 것이다. 결혼을 하면 더 여실히 드러난다. 배우자도 나도 뜨악해한다. 침대를 공유하는 것보다 화장실을 공유하는 게 훨씬 더 버겁다는 말을 실감하게 된다. 김영하의 "우리는 평범하지 않고 다 이상하다"와 통한다.

인간은 집단적인 동물이다. 무엇을 정상으로 생각하는가는 그래서 중요하다. 우리는 집단 역학에 민감하고 우리가 어디에 맞고 어떤 방식에는 맞지 않는지 몹시 신경 쓴다. "저마다 독특한 존재"라며 아무리 개인주의를 칭송한다고 해도 사실은 사회가 정상이라고 규정하는 큰 그림에 영향 받을 수밖에 없다.

우리 모두 정상이기를 바라지만 '무엇이 정상인가'는 어리둥절할 만큼 편향되고 왜곡되어 있다. 정상에 대한 통념이 우리 대부분과는 잘 들어맞지 않기 때문에 불필요하게 괴로워하는 셈이다. 바꿔 말하면 좀 이상한 게 정상이다.

과거에 사람들은 자기 부족이나 작은 공동체에 있는 적은 수의 사람들과만 자신을 견주었다. 이제는 비교 대상이 전 세계로 커졌다. 출근하면서도 지구 반대편 스페인 미남이나 브라질 미녀를 스마트폰으로 감상할 수 있으니까.

외모에 대한 통념은 섬뜩할 정도로 변했다. 기형적으로 완벽한 엘리트들을 미디어로 자주 접하면서 좋은 외모에 대한 정의가 뿌리째 흔들리고 있다. 이를테면 100년 전에는 내가 우리 마을에서 열 번째 미남(미녀)라고 자족할 수 있었고, 그런 미남(미녀)과 결혼해 산다고 믿어 의심치 않았다. 그것이 위안을 주었다. 하지만 요즘은 어떤가. 세상에는 선남선녀가 넘쳐나는 것 같고 우리는 날마다 평범하기 짝이 없는 자신을 거울로 마주한다. 나쁜 소식을 매일 접하는 것과 같다.

문제는 사실을 과장하는 버릇이다. 아침에 스마트폰으로 본 스페인 미남이나 브라질 미녀는 평범하거나 흔한 게 아니다. 미디어에 의해 정밀하게 선택된 것이고 대량 학살에 비유할 만큼 아주 드물고 빼어난 외모다. 따라서 통계를 제대로 이해할 줄 알아야 한다.

끔찍한 비행기 추락 사고 소식을 접하면 우리는 그런 사건이 실제보다 더 많이 일어난다고 생각하는 경향이 있다. 일주일 사이에 사람을 흉기로 찌른 사건이 세 건 벌어졌다는 뉴스를 보면 마치 만인이 만인을 칼로 찌르는 것 아닌가 하는 불안에 사로잡힌다. 어떤 부정적인 일이 얼마나 흔한지를 극도로 과장하는 게 문제다.

세 명이 흉기에 찔렸다고 해도 전체 국민에 비하면 소수에 불과하다. 그런 사건이 벌어지기도 하지만 드문 일이다. 마찬가지로 완벽한 외모를 가진 사람이 존재하지만 세계 인구 74억 명 중에 극소수일 뿐이다. 나쁜 일이 일어나는 빈도가 과장될 때 우리는 공포의 증상을 알아본다. 하지만 아주 매력적이고 좋은 일의 경우에는 그 과잉 반응을 제대로 보지 못한다.

3.

비스킷 통에 여러 가지 비스킷이 가득 들어 있고 거기엔 좋아하는 것과 그다지 좋아하지 않는 게 있잖아. 그래서 먼저 좋아하는 걸 자꾸 먹어버리면 그 다음엔 그다지 좋아하지 않는 것만 남게 되거든. 난 괴로운 일이 생기면 언제나 그렇게 생각해. 지금 이걸 겪어두면 나중에 편해진다고. 인생은 비스킷 통이라고.

2015년 가을 서울 숭문고 2학년 4반 교실에서 보았다. 일본 작가 무라카미 하루키가 소설 《상실의 시대》(문학사상사)에서 들려준 문장들이었다. 신문사 입사 시험 감독을 하다 칠판 옆 액자에 담긴 그 글에 한동안 눈길이 붙잡혔다. 살벌한 취업 전선으로 바뀐 교실은 적막했다. 볼펜으로 적거나 문제지를 넘기느라 부스럭거리는 소리만 났다.

대학 진학은 이 비정상적인 상황으로 나를 몰아넣어야 하는 인생의 터널과 같다. 그날 숭문고에서 한 번도 만난 적 없는 2학년 4반 학생들을 상상했다. 봄부터 가을까지 '인생은 비스킷 통'이라는 위로를 눈에 담으면서 그들은 무슨 생각을 했을까. 좋아하지 않는 비스킷을 억지로 삼켜야 하는 고난의 시절이 어서 끝나기를 바랐을 것이다.

하지만 대학에 가도 또 이렇게 취업이라는 바늘구멍을 뚫어야 한다. 문제는 그것이 끝이 아니라는 데 있다. 우리는 '마시멜로 이야기'처럼 당장의 만족을 미루고 행복을 지연시키면 더 많은 마시멜로를 먹게 된다고 주문을 외면서 이를 악물지만 그것이 행복을 약속하지는 않는다.

대학 입시에서 비정상적으로 인기가 드높은 학과, 거꾸로 말해 지원자 절대다수에게 낙방을 통보하는 학과는 어디일까. 한국예술종합학교 연극원 132:1, 동국대 95:1, 한양대 115:1, 중앙대 126:1, 세종대 142:1, 성균관대 76:1, 단국대 185:1, 경희대 131:1…… 연기演技를 가르친다는 곳들은 경쟁률만 보아도 어질어질하다. 대학수학능력시험이 끝나면 족집게 실기학원이 북적인다.

"그 놈이 그 놈 같아. 상상력이 풍부하고 특출 난 끼를 보여주는 아이는 백 명 중에 하나 있을까 말까야." 대학 연극과 교수인 선배는 한숨부터 토해냈다. 진지하기보다는 '바람'이 든 학생,

막연히 스타를 꿈꾸는 지원자가 대다수라고 했다. 연기 분야가 각광받는 시대 탓일 수도 있다. 그런데 선배는 "화술과 감정 표현, 움직임만 속성으로 다듬어 합격하는 경우도 있지만 연기는 결국 '인생을 얼마나 아느냐'가 훨씬 더 중요하다"라고 말했다. 운 좋게 입학하더라도 인간에 대한 탐구가 부족한 배우는 맛없는 비스킷을 계속 먹어야 한다는 뜻이다.

그럴 땐 배우 오달수가 위로가 된다. 정상과 비정상을 일도양단할 필요가 없다고 그는 말하는 것 같다. 오달수는 성적으로는 대학에 가기 어려워 미대 입시를 준비했다. 동의대 공업디자인과에 들어갔지만 중퇴하고 만다. 그때까지는 맛없는 비스킷을 많이 먹은 셈이다.

그는 부산에서 인쇄물 배달 아르바이트를 하다 극단 연희단 거리패에 드나들 일이 많았다. 밥시간에 걸리면 같이 먹고 설거지도 해주면서 단원들과 친해졌다. 어느 날 연출가 이윤택이 그를 불렀다. "달수야, 배역 하나가 펑크 났다." 상가喪家에서 펼쳐지는 〈오구〉의 문상객 1번. 두 시간 내내 무대에서 화투 치며 "쓰리고다!"를 외치는 역할이었다.

'땜빵'으로 그 세계에 입문한 오달수는 이제 충무로 전체가 구애하는 배우가 되었다. 관객은 그를 식상해 하지 않는다. 고생 끝에 낙이 온다는 말처럼 정말 그의 비스킷 통에는 이제 맛있는 쿠키만 잔뜩 남아 있는 것일까.

연극 〈남자충동〉을 연출한 조광화가 흥미로운 해석을 들려주었다. 연극은 같은 장면과 대사를 같은 감정으로 반복연습해 공연해야 하는데 오달수는 매번 달라서 고생깨나 했다는 것이다. 조광화는 "지나고 보니 타성에 젖거나 매너리즘에 빠지지 않는 오달수만의 매력이더라"라고 했다.

현실의 오달수는 영화 속 쾌활한 오달수와는 정반대다. '남자 수애'로 불릴 정도로 숫기가 없고 내성적이다. 영화는 그에게 '재미있는 쌈마이'를 원했다. 오달수는 "작은 배역이라도 인상적인 연기를 하고 싶었다"라고 했다. 사투리와 큰 머리 같은 약점을 강점으로 바꾼 이 배우는 수염을 붙이거나 머리만 묶어도 확 달라 보인다. 영화 〈베테랑〉의 류승완 감독은 "생생한 인물을 만들어 내는 오달수에게도 남모르는 애환이 있을 것이란 느낌 때문에 관객이 좋아한다"라고 했다.

정상과 비정상이 정해져 있는 것 같지는 않다. 누군가에게는 맛없는 비스킷이 다른 사람에겐 맛있는 비스킷이 될 수도 않다. 오달수는 관점과 태도에 따라 인생의 맛이 변할 수 있다는 것을 증명하는 것 같다. 함께 호흡한 배우들은 몸담은 영화가 통째로 달라지는 경험을 했다. 혹시 수능을 망치거나 진학에 미끄러지더라도 괜찮다. 오늘을 어제처럼 살지 않으면 기회란 또 오는 법이니까.

10년 전쯤 미국 뉴욕 아메리칸발레시어터ABT 수석 무용수로 활약하고 있는 발레리나 서희에게 인상적인 말을 들었다. 그녀가 미국 키로프발레학교에 다니던 열다섯 무렵의 일화다. 마음먹은 대로 춤이 안 나오면 자책하며 울어버리곤 했는데, 늘 다독여주시던 선생님이 하루는 연습실 밖으로 그녀를 쫓아냈다. 그리고 이렇게 말했단다.

"발레리나는 언젠가 피어날 한 송이 꽃과 같아. 꽃은 꽃망울일 때도 아름답지. 넌 당장 활짝 피고 싶겠지만 난 지금의 네가 아름답단다."

4

지구에서 발견된 생물 종種 중 기록된 것만 190만 종이다. 그렇게 다양한 생물들은 진화라는 특징을 공유하고 있다. 진화론은 '위에서 아래로' 신神이 생명을 설계했다는 창조론 대신 세계가 만들어진 과정을 '아래서 위로' 설명한다.

어쩌다 유전자 돌연변이가 일어난 생물은 대체로 환경에 부적응해 죽고 마는데 아주 가끔은 그 돌연변이 덕에 번성하기도 한다. 그 변이는 다음 세대로 이어져 널리 퍼진다. 하지만 긴 시간이 필요하다는 게 흠이다. 지구에 처음 나타난 생명체로부터 호모사피엔스가 등장하기까지 39억 년이 걸렸다.

환경이 달라질 때 어떤 특질은 이점advantage에서 약점disadvantage으로 돌변할 수 있다. 물론 정반대도 가능하다. 1811년에 영국 맨체스터에 사는 나방은 99퍼센트가 흰색 자작나무나방이었다. 흰 자작나무 숲이 서식지라서 눈에 잘 띄지 않았다.

그런데 1848년 조사에서는 영 딴판이었다. 검은색 나방이 다수였고 흰색 자작나무나방은 급감한 것이다. 다윈은 "맨체스터가 급속히 산업화해 공기 중에 그을음이 많아져 나무가 검게 물드는 바람에 흰색 자작나무나방이 새들의 표적이 되었기 때문"이라고 설명했다. 거꾸로 검은색 나방은 효과적으로 몸을 숨길 수 있었다.

인간 세상에서도 그런 드라마가 일어난다. 번식능력이 아니라 사회 계층구조에 영향을 미칠 수 있다는 점이 다를 뿐이다. 국어사전에는 근년 들어 '초식남'이라는 낱말이 새롭게 등재되었다. 초식동물처럼 온순하고 여성스러우며 요리, 패션, 쇼핑에도 관심이 많은 남자를 일컫는다. 근시近視에 소심하고 근육도 카리스마도 없는 사람은 과거의 기준으로 보면 정상이 아니었다. 사회에서 성공하기 어려웠다. 나약하고 외롭고 내성적인 샌님이나 괴짜로 평생을 살아갈 운명이었다. 하지만 IT산업이라는 새로운 환경이 등장하자 단점이 장점으로 뒤집혔다.

인간이 지금 그 자체로 진화하고 있는 것 같지는 않다. 진화중이라고 해도 너무 느려서 검증이 안 된다. 바깥의 환경이 너무 빨리 변하고 있어서 진화의 중요한 원동력, 즉 적응이 여전히 작용하고 있는 셈이다. 우리 대부분은 낯설게 달라지는 세상에서 맨체스터의 흰색 자작나무나방처럼 부적응자 신세다. 만사를 내 잘못이라며 자학하지 말고 세상 탓을 해도 된다는 뜻이다.

인류의 아득한 조상은 아프리카 초원에서 진화했다. 우리에게 지금 남아 있는 충동 중에는 그 시절에 합당했을 만한 것들이 있다. 이제는 골칫거리일 뿐이다. 우리는 그런 충동들을 짊어지고 산다.

사무실 컴퓨터 앞에서 하루를 보내느라, 과식을 피하느라, 근거 없는 걱정 중에 진짜 위협을 가려내느라 너나없이 힘들다. 처음 진화론을 내놓았을 때 다윈은 인간성의 품격을 떨어뜨린다는 비난을 받았다.

곰곰 생각해보면 그에게 감사할 일이다. 우리가 당장은 필요 없지만 그렇다고 던져버릴 수도 없는 '많은 짐'을 지고 있다는 사실을 일깨워주었으니까. 오늘의 삶은 벗어던지기 너무 어려운 것들을 우리에게 요구한다. 불편하지만 좀 더 너그러워질 일이다. 우리 자신에게, 그리고 남에게.

16

나르시시즘

1

체육 선생은 서른 명씩 두 팀으로 나누고는 축구공 두 개를 던져주었다. 오프사이드? 있을 리 없다. 파울? 그런 거 모른다. 모두 공을 쫓아 열심히 뛰어다녔다. 골을 넣으려고? 아니. 한 번이라도 공을 차보려고. 스코어는? 몰라. 우리 팀이 이겼던 가? 상관없어. 그저 수업이 끝나는 것을 알리는 종소리가 늦게 울리기만을 바랐다.

박현욱 장편 소설 《아내가 결혼했다》(문학동네)에서 축구공은 '행복'의 동의어다. 사내들은 아이든 어른이든 공만 던져주면 정신을 놓는다. 하지만 팽팽한 공은 주입된 공기가 빠지는 순간 탄

력과 기능, 매력을 몽땅 잃어버린다. 볼품없이 쪼그라들 공을 걸어차는 사내들도 풀이 죽는다.

자존감이라는 낱말을 그림으로 묘사하면 풍선이 될지도 모른다. 팽창과 수축이 쉽고 작은 상처에도 터져버린다. 아이들 세상에서 풍선은 부드러운 공과 같다. 동그랗게 부풀어 오르는 모양, 말랑말랑한 촉감도 매력적이다. 어릴 적 헬륨 가스로 채운 풍선을 손에서 놓친 일, 애먼 하늘을 원망하며 눈물 흘려본 경험은 누구에게나 있다. 내가 소유한 세상의 일부가 떨어져 나가는 듯한 상실감 말이다.

원자번호 2번 헬륨He은 우주에서 수소H 다음으로 흔한 원소다. 하지만 가벼워서 지구 중력으로는 붙잡아둘 수 없다. 폭발성도 없어 기구, 비행선, 풍선 등을 띄우는 기체로도 많이 쓰인다. 헬륨은 TV 예능 프로그램에서 출연자들의 음성을 바꿔 웃음을 주는 장면에서도 사용된다.

자존감에는 골격이나 뼈대가 없다. 헬륨으로 채운 풍선과 같다. 다른 사람이 우리를 어떻게 보느냐가 우리의 자아상을 결정한다는 것은 불행한 일이다. 예수나 부처, 소크라테스 등은 예외로 하자. 우리는 세상이 자신을 존중한다는 신호를 확인하지 못하면 스스로도 용납하지 못해 휘청거린다.

2

사람에게는 저마다 '나르시시즘narcissism', 즉 자아도취가 있다. 우리는 그걸 꽁꽁 숨기려 한다. 지적하면 당혹스러워한다. 하지만 자아도취야말로 지극히 정상이다. 자기애self-love라는 말로 바꾸면 거부감이 좀 누그러질 것이다. 우리가 나르시시즘이라는 욕망을 감추는 까닭은 그것이 타인의 질투나 분노를 쉽게 자극하게 때문이다.

미녀에게 "아름답다"하고 말해보라. "네, 제가 좀 그렇지요"라고 수긍하는 경우는 거의 없다. 하지만 아름답다는 걸 그녀 스스로 알고 있다. 겸손이 사회적인 생존 본능처럼 작동해 부인했을 뿐, 마음속에는 누구나 특별해지고 싶은 욕망이 일렁인다. 나르시시즘은 우리가 겉으로 인정하기 꺼리는 진실인 셈이다.

지구에서 20억이 사용하는 페이스북이 그 대표적인 증거다. 이 소셜미디어SNS는 당신이 보고 싶어 하는 것을 거듭 보여준다. 엄지를 치켜든 '좋아요'가 성공 비결로 꼽힌다. 페이스북의 알고리듬은 당신이 어떤 사람 또는 비즈니스와 상호작용을 하면 할수록 그들의 콘텐츠를 보게 될 가능성을 높여준다. 트위터에서는 로그인할 때 싫어하는 것과 마주칠 확률이 꽤 높지만 페이스북 사용자는 그런 도박을 하지 않아도 된다. 언제나 흡족해진다는 사실을 알기 때문에 우리는 지속적으로 페이스북에 들어간다.

페이스북은 2016년부터 감정 표현을 '좋아요' '최고예요'

'웃겨요' '멋져요' '슬퍼요' '화나요' 등 여섯 가지로 늘렸다. 모두 자기애를 충족시켜주는 것들이다. 광고주들은 이 알고리즘과 사랑에 빠졌다. 사용자들은 페친들이 좋아할 만하고 공유할 만한 착한 일상과 뉴스를 포스팅하기 때문에 기업들도 앞다퉈 광고를 밀어 넣는다.

이 디지털 공간 안에서는 나도 친구도 세상도 모두 완벽해 보인다. 하지만 정직하지는 않다. 전부 다 보여주는 거울과 달리 필터링이 지배하기 때문이다. 우리는 페이스북에서 부정적인 모습은 감추고 매력적인 면만 드러낸다. 그걸 본 이들은 '좋아요' 버튼을 누르며 공감의 아우성을 보낸다. 자존감이 높아지고 내가 더 사랑스러워진다.

SNS는 직장도 집도 아닌 제3의 장소다. 우리는 이곳에서 곧잘 나르시시즘에 빠진다. 현실 세계에서 갑자기 자신을 매혹적으로 바꾸기는 어렵다. 하지만 페이스북이나 인스타그램 같은 가상 세계에서라면 손쉬운 일이다. 산뜻한 사진을 고르고 글을 붙이기만 하면 나를 아름답게 '성형'할 수 있다. 관심 끌고 인정받고 과시하고 싶어 하는 기본적 욕구를 금방 충족시켜준다. 카드를 긁거나 청구서가 날아올 일도 없다.

하지만 페이스북에는 '싫어요' 버튼이 없고 악성 댓글도 좀처럼 달리지 않는다. 바깥 경쟁 사회와 달리 이 세계에서는 만인이 만인에게 친절하고 다정다감하다. 축하해주고 격려해주고 위로해준다. 존중 받는다는 느낌, 귀중한 사람이라는 느낌이 흘러 넘친다. 그것이 나르시시즘을 불러일으킨다. 페이스북에 친구가 많거나 자신의 상태를 자주 업데이트할 경우 나르시스트일 가능성이 높다는 연구 결과도 있다. 자신에 대해 흡족한 느낌을 원하는 사람일수록 SNS를 자주 열어본다는 뜻이다.

우리는 뭘 어떻게 포스팅할지 고민하고 나쁘게 읽히면 어쩌나 근심한다. 공개하는 일상은 소탈한 것이 아니라 정제된 것일 수도 있다. 대체로 무질서하지 않고 질서 정연하다. 무엇보다 중요한 것은 '남이 나를 어떻게 바라볼까'다. 청소년의 경우 사회적으로 자기 위치를 찾고 보호자로부터 독립하기 전에 필연적으로 나르시시즘 단계를 거치는데, SNS에 중독된 나머지 건강하지 못한 부분만 확대되는 문제를 낳을 수도 있다. 가상 세계의 나와 현실 세계의 나 사이에 큰 균열과 낙폭이 생기는 것이다.

3

심리학자 지그문트 프로이트는 나르시시즘을 치료할 수 없다고 생각했다. 무한한 성공이나 권력에 대한 집착, 자신이 특별하다는 믿음, 공감 부족과 독선, 남들이 자신을 질투한다는 착각, 거만하고 오만한 행동…… 우리는 이런 증상으로 대표되는 '나르시시즘의 시대'에 살고 있다.

TV와 인터넷, 잡지는 "꿈을 꾸고 간절히 바라면 그것을 이룰수 있다", "당신은 그만큼 특별하고 가치 있다"라고 우리를 격려한다. 스스로 물을 따라 마시라는, 엔진을 뛰게 하려면 직접 주유하라는 셀프서비스의 메시지다. 하지만 그 결과 우리는 과거보다더 불만족스러워진 것 같다. 우울증 처방과 성형수술의 증가는결코 우연이 아니다.

미국 심리학자 리처드 스미스는 《고통의 기쁨The Joy of Pain》에서 나르시시즘을 흥미로운 시선으로 바라본다. 《쌤통의 심리학》이라는 제목으로 번역 출간된 이 책에는 '샤덴프로이데Schaden-freude'라는 독일어가 나온다. 샤덴프로이데는 남의 불행이나 고통을 보고 기뻐하는 감정을 가리킨다.

골프선수 타이거 우즈의 경우를 보자. 그의 추락은 2009년SUV가 소화전을 들이받으면서 시작되었다. 우즈는 성매매 의혹이 불거져 부부싸움을 했고 아내가 휘두르던 골프채를 피해 달아나던 참이었다. 최고의 골퍼이자 가정적인 남편으로 비쳤던 이스포츠 영웅이 혼외정사 중독자라는 사실이 알려지자 하룻밤 사이에 그는 조롱과 비웃음의 대상으로 전락하고 말았다.

스미스 박사는 "샤덴프로이데가 비뚤어진 감정처럼 보이지만 나름의 역할을 한다"라며 "사회적 위계질서 안에서 내 위치를결정하기 위해 타인과 나를 비교하는 인간 본연의 습성에서 비롯된 것"이라고 설명한다. 우리는 누구나 선택받고 사랑받고 존중

받고 싶어 한다. 하지만 인생은 그렇게 흘러가지 않는다. 누군가가 우리보다 더 선택받고 더 사랑받고 더 존중받는 것을 보면 본능적으로 그가 우리와 같은 수준으로 떨어지기를 바란다.

질투가 고통을 일으킨다면 샤덴프로이데는 그 고통을 해결해준다. 우즈는 자기 분야에서 큰 성공을 일구었고 아름다운 아내를 두었으며 흠 없는 명성을 누렸다. 그 완벽해 보이는 삶은 골프에 무관심한 사람들에게도 열등감을 가져왔다. 우즈의 추락은 우리에게 순간적인 우월감을 주면서 자존감을 회복시켜주었다.

채식주의자가 고기를 맛있게 먹는 장면을 목격했다고 생각해보자. 잡식동물인 인간은 채식주의자와 한 식탁에 앉아 있다는 것만으로도 마음이 불편하다. 도덕적인 위협으로 느낄 수도 있다. 그런데 그 채식주의자가 몰래 육식을 했다는 사실, 즉 위선이 밝혀지는 순간 나머지 대다수는 큰 기쁨을 맛본다. 자신이 그렇게 열등한 존재가 아니라는 것을 알게 되고 도덕적인 우월감까지 느끼는 셈이다.

샤덴프로이데를 사악한 것으로 여길 필요는 없다. 그 감정의 존재를 부정하기보다 우리의 어두운 면을 볼 흥미로운 기회로 삼는 게 낫다. 샤덴프로이데는 우리의 자존감을 키워준다. 가장 위대한 사람들조차도 오류를 저지를 수 있는 평범한 사람이라는 사실을 일깨워주는 역할을 하는 것이다.

4

《무엇이 행동하게 하는가》를 쓴 존 리스트 미국 시카고대 교수는
행동경제학자다. 무작위 현장 실험을 통해 사람들의 행동 뒤에
숨은 동기를 밝혀낸 그는 노벨상 후보로 거명된다. 행동경제학은
살아 있는 사람을 대상으로 실험의 일부라는 사실을 숨긴 채 가
설을 테스트한다. 현실이 '실험실'인 셈이다.

그 책에는 사람들이 어떤 이유로 기부하는지 탐사한 대목이
있다. 대부분 타인을 돕고 싶어 기부한다고 짐작하겠지만 현장
실험 결과는 그렇지 않았다. 우리가 생면부지 남에게 지갑을 여
는 것은 동정심이 아니라 허영심 때문이라는 것이다. 이 또한 나
르시시즘과 얽혀 있다.

'남성은 아름다운 여성이 부탁할 때 더 많은 돈을 기부한다'
는 대목도 인상적이다. 2014년 시카고대학에서 만났을 때 존 리
스트는 "우리가 기부하는 이유는 타인을 돕기 위해서가 아니라
자기 이익(만족) 때문"이라며 "그 작동 원리를 알면 기부 문화를
변화시킬 수 있다"라고 말했다.

그는 투표율에 대한 실험을 하고 있었다. "미국에서는 투표
율이 50퍼센트를 밑돕니다. 사람들이 투표에 참여하는 까닭이 궁
금했어요. 무엇보다 '자기가 투표한 것을 알리기 위해서'라고 나
는 생각합니다. 우리는 남을 의식하는 허영심 덩어리거든요."

나르시시즘은 이렇게 허영심, 이기심과 얽혀 읽다. 하지만

그것을 문제 삼을 수는 없다. 진짜 골칫거리는 사뭇 다른 방향에 존재한다. 자신에 대해 부당하게 적대적인 경향, 실패에 대해 피곤할 만큼 집착하는 습관, 어리석은 짓을 한 자신을 용서하지 않으려는 태도가 문제다. 만약 다른 사람이 우리를 그렇게 다룬다면 잔인하다고 여길 것이다.

스스로에게 엄격한 게 궁극적으론 유용하다고 생각할지도 모른다. 자학 또는 자책은 방종과 무사안일이 부를 위험들을 제거해주는 생존 전략처럼 느껴질 수 있다. 하지만 자신이 처한 곤경에 대해 동정심이 부족할 경우에도 결코 사소하지 않은 위험이 존재한다. 절망, 우울증, 자살……. 또 어린 시절부터 쌓아온 자신에 대한 사랑이 전제되어야만 타인의 사랑도 받아들일 수 있다.

스마트폰으로 더러 셀카를 찍는다. 셀카는 자기만족적인 측면이 강하다. 드물지만 어떨 때는 내가 보아도 사진이 썩 잘 나온다. 그런 날엔 하루가 흡족하게 흘러간다.

미국 서든캘리포니아대 연구진은 2016년 일상생활에서 셀카를 찍는 사람들은 일상의 경험을 놓치는 게 아니라 행복감을 더 높인다는 사실을 밝혀냈다. 식사하기 전에 음식 촬영부터 하는 사람들은 음식 맛을 놓친다는 속설이 잘못되었다는 뜻이기도 하다. 촬영한 뒤에 먹는 음식은 정말이지 만족도가 조금 높아지는 것 같다. 이 또한 내 머릿속 나르시시즘 탓일까?

17

슬픔 / 우울

1

연극 〈너무 놀라지 마라〉〈경숙이, 경숙아버지〉〈청춘예찬〉을 만
든 연출가 박근형은 '울지 못해 웃는 코미디'를 추구해 왔다. 배
우에게 가장 어려운 연기는 웃는 연기라고 그가 말할 때 알쏭달
쏭했다. 제대로 웃을 줄 몰라서 울어야 할 판이라니. 왜 당신 연
극에는 웃음과 눈물이 겹치느냐고 묻자 이렇게 답했다. "기쁨과
슬픔은 포개져 있는 감정이다."

　　영화 〈인사이드 아웃〉을 보고 그 말이 떠올랐다. 〈토이 스토
리〉〈업〉의 애니메이션 명가 픽사가 만든 이 영화는 세계에서 가
장 매력적인 미개척지로 관객을 데려간다. 남극도 북극도 아니
다. 당신의 두 귀 사이에 있는 뇌腦다. 전두엽전영역(1,600제곱센
티미터)은 뇌 표면적의 3분의 1을 차지하는 지능과 기억력의 중

추다. 그 주름진 집 속 어딘가에 생각이 살고 있다.

〈인사이드 아웃〉은 모든 사람의 머릿속에서 '기쁨' '슬픔' '버럭' '까칠' '소심' 등 다섯 가지 감정이 불철주야 일한다는 상상에서 출발한다. 열한 살 소녀 라일리가 우연히 '기쁨'과 '슬픔'을 잃어버리면서 감정적 소용돌이에 휘말리는 이야기다. 어떤 상황에서도 긍정적인 '기쁨', 늘 그늘진 '슬픔'은 무사히 집(감정 제어 본부)으로 돌아올 수 있을까.

미국 미네소타에서 샌프란시스코로 이사온 주인공 라일리는 집부터 학교, 급우들까지 모든 게 낯설다. 머릿속 다섯 가지 감정도 이 사춘기 소녀와 더불어 걷잡을 수 없는 혼돈에 빠져든다. 길을 잃은 '기쁨'과 '슬픔'은 기억이 만들어져서 소비되고 구슬에 저장되었다 버려지는 과정을 목격한다.

감정 캐릭터를 의인화하고 기억의 실체를 보여주는 〈인사이드 아웃〉은 아이부터 성인까지 공감의 표면적이 넓다. 스물다섯 살쯤 되었으려나. 바로 옆에 앉은 여성 관객은 눈가를 훔치기 바빴다.

잘못을 지적당할 때 사람은 좀처럼 울지 않는다. 억울할 때 감정이 북받친다. 하지만 우리에게는 더 중요한 다른 종류의 눈물이 있다. 영화나 연극을 보다가 또는 책을 읽다가 눈물을 흘리는 순간은 어떤 인물이나 대사, 상황이 단순히 슬플 때가 아니다. 그것이 예상을 뛰어넘는 아름다운 모습으로 펼쳐질 때 우리는 운다.

2

삶은 울음을 터뜨리면서 시작된다. 생의 끝인 죽음 앞에서도 우리는 눈시울을 적신다. 사람이 평생 흘리는 눈물은 약 1.5리터라고 한다. 하루에 마시는 물의 양과 비슷하다. 눈물에는 양파를 깔때 나오는 '화학적 눈물', 기쁘거나 슬프거나 억울할 때 흘리는 눈물은 '정서적 눈물', 예술에 감동할 때 샘솟는 '영적인 눈물' 등세 종류가 있다. 이 가운데 '정서적 눈물'은 성분의 98퍼센트가물인 화학적 눈물과 달리 독소를 다량 함유하고 있는 것으로 나타났다.

울음이라는 행동이 인류의 진화 과정에서 사라지지 않은 이유는 뭘까. 생존에 도움이 되었기 때문이라고 해석이 가능하다. 눈물이 스트레스를 줄여준다는 연구 결과도 있다. 미국 통계에따르면 남자는 한 달에 1.4회, 여자는 5.3회 운다고 한다. 남녀는우는 방식도 사뭇 다르다.

영화 〈인사이드 아웃〉에서 실수로 본부를 이탈하게 된 '기쁨'과 '슬픔'이 장기 기억 저장소, 꿈 제작소, 상상의 나라, 생각의기차, 기억 쓰레기장 등을 목격하는 대목은 흥미로우면서도 쓰라리다. 후반부로 갈수록 중요한 역할을 하는 '슬픔'이는 이런 명대사를 남긴다.

울음은 나를 진정시켜주고 심각한 문제를 이겨내게 해.

Crying helps me slow down and obsess over the weight of life's problems.

슬픔이 인간에게 왜 필요한 감정인가에 대한 과학적 합의는 아직 이루어지지 않은 상태다. 다만 정재승 카이스트 교수는 "최신 가설에 따르면 슬픔은 타인의 도움이 절실히 필요하다는 사실을 알리는 구조 신호"라며 "가족이나 친구가 다가와 내 슬픔에 공감해주는 것이 내가 새롭게 딛고 일어설 수 있게 해 준다"고 설명했다.

이야기를 지탱하면서 끌어가는 힘이 강한 애니메이션이다. 사람들은 서로 행복한 시간을 나눌 뿐만 아니라 상실감도 느끼거나 화를 내기도 한다. 관계를 만들며 우리는 성장하고 삶은 풍부해진다. '기쁨'과 '슬픔'을 잃어버린 라일리가 엄마, 아빠와 식탁에서 대화할 때 그들의 머릿속이 바빠지는 장면은 오래도록 기억에 남을 것 같다. 어느 한둘이 아니라 여러 성격이 모여 누구를 더 누구답게 한다는 사실을 새삼 깨닫는다.

〈몬스터 주식회사〉와 〈업〉으로 기억되는 피트 닥터 감독은 〈인사이드 아웃〉에서 슬픔 캐릭터에 집중하면서 메시지가 그곳으로 스며들게 했다. 분홍 코끼리 빙봉이 흘리는 눈물은 사탕으로 표현했다. 태평양을 사이에 두고 진행된 화상 인터뷰에서 닥터 감독은 이렇게 말했다.

부모는 자식들이 늘 행복하게 살길 바라지만 인생은 그렇지 않다. 슬픔은 굉장히 중요하고 쓸모 있는 감정이다. 인생을 조금 둔화시키는 게 슬픔이고 그럴 때 우리는 주변의 도움을 받으며 공동체 의식을 경험한다.

3

슬픈 일들이 더 슬퍼지는 건 우리가 혼자 슬픔을 견디고 있다고 느끼기 때문이다. 예술은 그런 경험을 사회적으로 표출하도록 해주기 위해 우리 곁에 존재한다. 정재승 교수의 말처럼 슬픔이 공감과 연대를 떠받치는 감정이라면 예술이 그 효과를 확장시킬 수 있다는 것이다.

인간은 망각에 취약하고 기억은 불완전하다. 예술은 어떤 사람이나 사건을 붙잡아두는 장치일 수 있다. 드라이아이스처럼 고체가 액체 상태를 거치지 않고 곧장 기체로 변하는 과정을 화학에서는 '승화'라고 말한다. 쓸쓸하고 슬픈 경험이 아름답고 행복한 경험으로 승화되는 순간을 영화나 음악, 미술에서 맛보게 된다.

누군가를 사랑하거나 꿈을 향해 나아갈 때 '속해 있다'는 감정이 없으면 불안할 것이다. 우리는 사실 고독하니까. 세상에 내 자리를 가지고 있다는 느낌이야말로 가장 믿음직한 버팀목이다.

데이미언 셔젤 감독은 영화 〈위플래쉬〉에서 열정과 절망의 맥박을 음악으로 들려주었다. 위대한 드러머를 꿈꾸는 음악학교 신입생 앤드루(마일즈 텔러)가 폭언과 학대를 일삼는 스승 플래처(J. K. 시몬스)에게 발탁돼 그의 밴드에 들어가면서 요동치는 이야기다. 제목은 '채찍질'이라는 뜻. 따끔하지만 기꺼운 극한 체험이다.

이 영화는 세력을 키우면서 북상하는 태풍을 닮아 있다. 악기의 숨을 고르는 장면으로 출발하지만 플래처가 등장하면서 공기가 달라지고 드라마의 날씨는 험악해진다. 연주를 시작하기 전의 정적, 고요히 드럼을 응시하는 눈길, 그것이 주는 긴장이 팽팽하다. 태풍의 눈과 같다. 플래처는 "그만하면 잘했어good job'라는 말은 쓰레기야!"라고 윽박지르면서 앤드루를 극한으로 몰아붙인다.

무한 경쟁이라는 정글 속에서 성취와 좌절, 오르막과 내리막을 경험하면서 앤드루는 점점 괴물처럼 변해간다. 사랑을 포기하고 꿈에서도 멀어진 그는 나중에 플래처와 다시 무대에 오르는데, 채찍질에 면역이라도 생긴 듯 압도적인 에너지를 뿜어낸다. 관객의 몸까지 쿵쿵 울리는 마지막 10분은 영화 역사에 남을 만한 시퀀스다. '그분'이 오신 듯 그저 넋을 잃고 보게 된다.

데이미언 셔젤은 2017년 〈라라랜드〉로 아카데미 감독상을 받았다. 이 뮤지컬 영화는 인생에서 꿈과 사랑을 모두 가질 순 없다고 말하는 것 같다. 정신없이 돌아가는 세상을 지켜보며 누가 날 발견해줄까 의심하는 여자(에마 스톤)와 "난 위기가 좋아. 인생의 펀치를 맞아주는 거야"라고 말하는 남자(라이언 고슬링)가 주인공이다. 그들은 번번이 배우 오디션에 떨어지고 해고도 당하지만 물러서지 않고 꿈을 향해 나아간다. 사랑으로는 새드엔딩, 꿈으론 해피엔딩이다.

눈앞에서 문이 '쾅' 닫히는 경험은 일과 사랑에서 흔하게 일어난다. 어릴 적에는 사람이 슬퍼서 운다고 생각했다. 하지만 나이가 들면서 이상한 현상을 경험하게 된다. 끔찍할 때 울음을 터뜨리는 게 아니라 정반대 상황에서 갑작스럽게 눈물이 솟는다. 특별히 달콤하거나 아름답거나 순결하다고 느끼는 순간 말이다. 〈위플래쉬〉와 〈라라랜드〉를 보면서도 슬픈 행복감을 만끽했다.

4

현대사회는 쾌활과 명랑을 강요하는 경향이 있다. 하지만 우리는 종종 우울하다. 현실이 대부분 슬픔과 상실로 이루어진 탓이다. 우울melancholy은 슬픔과 비슷하면서도 좀 다르다. 삶이 본질적으로 힘겹다는 사실, 실망과 괴로움이 보편적 경험의 핵심이라는 사실을 받아들일 때 우리는 우울해진다. 그것은 치료가 필요한 장애가 아니라 중요하고 값진 감정이다. 왜냐하면 괴로워하는 데 머물지 않고 아름다움과 지혜로 가는 길을 우울이 열어주기 때문이다.

우리는 고독하다. 아무도 타인을 진정으로 이해하지 못한다. 희망이 드높고 무서울 게 없던 청춘은 곧 저물고 쇠락의 내리막길이 펼쳐진다. 우리는 여간해선 이룰 수 없는 것을 좇다 인생을 허비하며, 성취한다고 해도 이내 실망한다. 궁극적으로는 우리가 하는 무엇도 그다지 중요하지 않다. 사랑도 근심도 승리도 비애도 결국 덧없이 쓸려 내려갈 것이다. 어제는 돌아오지 않고 날마다 죽음에 한 발짝 다가간다.

하지만 우울한 태도에는 지혜가 담겨 있다. 슬픔이 당신만의 것이 아니라는 점, 당신만 지목되어 벌을 서는 게 아니라는 점, 당신의 고통은 인류가 보편적으로 겪는 시련이라는 점을 일깨워준다. 슬플 때 우리는 종종 자기중심적으로 변한다. 우울은 그것을 거부한다는 점에서 품이 넓고 너그럽다. 그러니 우울한 자여, 걱정일랑 붙들어 매시길. 이런 말을 들으면 영국의 변덕스런 날씨마저 부러워질 터이니.

영국은 잘하는 게 많지 않다. 하지만 영국인이 뛰어난 것들 중 하나가 바로 우울이다. 날씨가 도와준다.

Britain doesn't do many things well but one of the things we excel at is melancholy. The weather helps.

18

분노

1

운전은 장차 심리학의 한 분야가 될지도 모른다. 평소에 순한 양 같던 사람도 선팅된 차의 운전석에 앉으면 금방 인내심이 바닥난 다. 감정이 용암처럼 솟구친다.

핸들을 잡고 가속기와 제동장치를 번갈아 밟는 동안 마음속 분노를 걸러주는 필터는 기능이 멈춰버린다. 점점 난폭해지는 것 이다. 2~3초를 참지 못해 뒤에서 빵빵 경적을 울린다. 길 앞에 어 떤 사정이 있는지, 정차한 차에서 내리거나 타는 사람은 없는지, 혹여 누가 다친 건 아닌지 등의 신중함이나 배려는 없다. 남의 시 간 축내지 말고 빨리 가든지 옆으로 비키라고 으르렁거릴 뿐이다.

분노는 현대사회에서 삶의 일부분이다. 하지만 2,000년 전 자동차가 없던 시대에도 그 감정은 존재했다. 로마 철학자 세네카가 네로 황제를 위하여 쓴 《화에 대하여》는 앵거 매니지먼트 anger management 분야의 고전이다. 서간집 형식인 이 책에서 "때로는 질책이 필요하지 않은가요?"라고 동생 노바투스가 묻자 형 세네카는 이렇게 답한다.

> 어디까지나 이성적인 질책이어야 한다. 꾸짖되 화를 내서는 안 된다. 화는 마치 퇴각 신호를 무시하는 병사처럼 아무 도움도 되지 않는 부하다. 미덕은 악덕의 도움을 받아서는 안 되며 그 자체로 충분하다.

부부 사이에는 말하는 것 못지않게 귀담아 듣는 기술이 중요하다. 말을 경청하지 않고 건성으로 흘려듣다가 싸움이 시작되는 경우도 많다. 대체로 남편이 들통나고 아내가 분노하는 패턴이다. 마주앉아 있었는데 벽을 보고 이야기한 셈이니 화를 낼 만하다.

김지윤 좋은연애연구소 소장이 남자가 여자에게 써먹을 수 있는 소통 방법을 일러주었다. '진짜!' '정말이야!' '웬일이니!' '헐!' 이 네 가지 단어만 익히면 모든 여자와 부드럽게 대화할 수 있단다. 기억하기 힘들면 뒷말만 따라 해도 된다. 예컨대 아내가 "오늘 길에서 친구 정희를 만났어"라고 할 때 남편은 "진짜!"라고 반응하거나 "만났어?"라고 되묻는 식이다. 꼭 남녀 사이가 아니어도 유용한 조언이다. 좋은 관계를 맺는 요령은 상대의 말을 경청하며 공감하는 데서 시작된다. 비록 흉내로라도 말이다.

2

어느 조직에나 소리를 질러대는 상사가 있다. 아랫사람으로서는 여간 힘겨운 게 아니다. 집에서도 그(그녀)는 종종 '왜 내 마음을 읽지 못하느냐'는 말은 삼킨 채 배우자에게 화를 낼 것이다. 그런 사람을 낙관주의자로 볼 수 있을까.

세네카는 "분노의 뿌리는 희망"이라고 말했다. 분노는 겉보기에는 우리에게 닥친 상황에 대한 비관적인 반응처럼 보이지만 밑바탕에는 세상이 지금보다 나아질 수 있다는 희망이 깔려 있다.

제주공항에서 강풍으로 항공기가 결항한다는 소식을 듣고 카운터를 주먹으로 내리치며 고함을 지르는 사람, 대통령이 공약을 어길 때마다 분노하는 사람은 질서 정연한 세계에 대한 아름답지만 무모한 믿음을 드러내고 있는 것이다.

우리는 꿈꾸기 때문에 분노한다. 뮤지컬 영화 〈레미제라블〉에는 민중의 분노가 담긴 노래가 있다. "하루가 끝나면 그만큼 늙어 있다네/ 가난한 자의 인생은 그런 거라네/ 싸움이고 전쟁이지/ 하루 더 산들 무슨 소용인가~"로 흐르는 합창 '하루가 끝나면At the End of the Day'이다. 화가 난 상태에서 사람들은 잘 안 움직인다. 안무가는 동작을 억제하고 육체적 긴장은 극대화해

'보이지 않지만 더 강력한 춤'을 빚어냈다.

이 대목에서 공장노동자 팡틴은 딸을 몰래 숨겨놓은 미혼모라는 사실이 들통나면서 부당하게 해고된다. 팡틴이 부르는 독창 '나는 꿈을 꾸었네I Dreamed a Dream'는 꿈의 잔해가 토해내는 울음처럼 들린다. 이 진흙탕과는 다른 삶을 바랐지만 현실은 그녀의 꿈을 기어코 짓뭉개버렸다.

〈레미제라블〉은 2012년 말 한국에서 개봉해 591만 관객을 모았다. 대중은 장 발장의 드라마에 공감하며 위로를 얻었다. 장기 불황과 사회적 불행에 포위당한 시대 탓도 있었다. 희망과 분노, 죄와 용서, 복수와 사랑 등 인간의 중요한 본성을 관통하는 주제는 줄기차게 반복되고 변주된다. 세상을 바꾸려 한다는 점에서 〈레미제라블〉과 장 발장의 모험은 당시 대통령 선거 정국과도 맞물리는 이야기였다. 원작자 빅토르 위고는 1862년 이 소설의 서문에 이렇게 썼다. "지상에 무지와 가난이 존재하는 한 이와 같은 성격의 책은 무용지물일 수는 없을 것이다."

현대인은 그 시절만큼 무식하지도 궁핍하지도 않다. 하지만 두서없이 화가 치민다. 인터넷 시대가 되면서 우리는 점점 더 성급하게 남을 평가한다. 분노는 사회문제가 되었다. 온라인에 달리는 댓글들만 보아도 끝을 알 수 없는 분노와 적개심이 전해진다. 대중은 언제라도 분노를 폭발시킬 준비가 되어 있는 것처럼 보인다.

오랫동안 뉴기니 전통 사회를 연구하며《어제까지의 세계

The world until yesterday》를 쓴 재러드 다이아몬드 UCLA 교수는 "전통 사회에는 몇 만 년 동안 우리 조상이 살아온 방식이 간직되어 있다"라고 말한다. 현대사회는 어딜 가나 정부가 있고 서로 닮은꼴이지만 전통 사회는 마치 수천 개의 다른 실험을 하고 있는 듯한 모습이라는 것이다. 그런데 심리학 연구는 대부분 서양이나 서구화된 나라의 심리학 전공생을 대상으로 이루어진다. 일부를 전체로 일반화하는 오류다. 다이아몬드 교수는 현대사회를 '위어드WEIRD'(원래 뜻은 '기괴하다')라 부른다. '서양의Western 교양 있고Educated 산업화되었고Industrialized 부유하며Rich 민주적Democratic 사회'라는 뜻이다. 현대사회는 그렇게 비슷비슷하지만 전통 사회는 스펙트럼이 훨씬 다양하다.

뉴기니를 비롯한 전통 사회는 아이를 우리와 다르게 양육하고 노인에 대한 대우가 사뭇 다르며 위험을 대하는 태도도 다르다. 그는 "자동차 선팅과도 같은 현대의 익명성은 경이로우면서도 끔찍한 발명품"이라며 이렇게 말했다.

"미국에서 촌구석인 몬태나에 사는 두 농부가 주먹다짐을 했다 칩시다. 그들은 경찰을 부르지 않습니다. 변호사를 통해 소송을 제기하지도 않고 적당히 합의하지요. 앞으로 수십 년 얼굴 보고 살아야 하기 때문입니다. 그런데 대도시 로스앤젤레스에서는 접촉 사고만 나도 경찰을 부릅니다." 인류가 익명의 세계에 살기 시작한 것은 아주 최근의 일이다.

3

김찬호 성공회대 교수가 쓴 《모멸감》에는 마트에서 펄펄 뛰며 성을 내는 중년 남자를 관찰하는 장면이 있다. 얼굴 가득 경멸과 혐오의 열꽃이 핀다. 압력솥이 김을 뿜듯 요란하게 욕설이 쏟아지는 풍경. 보기 안쓰러운데 웬걸, 점원은 담담하다.

디즈니 애니메이션 〈겨울왕국〉은 2014년 한국에서 1,000만 관객을 모았다. 영화에서 1,000만이라는 숫자는 한국사회에 대해, 거기 사는 사람들에 대해 말해준다. 〈겨울왕국〉이 흥행한 배경 중에는 사회적 감정도 있다. 여주인공 엘사는 "숨겨라, 느끼려 하지 마라, 세상 사람들이 모르게 하라"는 강박에 짓눌려 있다. 감정노동이다. '렛 잇 고Let It Go'는 억압으로부터 벗어나 자기 자신답게 살겠다는 자유에의 의지를 담은 노래다.

통계청 자료를 보면 고용인구 1,600만 명 중 70퍼센트에 이르는 1,200만 명이 서비스업 종사자다. 감정노동자는 600만 명으로 추산된다. 그들은 피로감이나 짜증을 감추고 친절을 베풀어야 한다. 감정과 표현을 억지로 분리하는 '감정 부조화'로 자기감정으로부터도 소외된다. 타인의 시선으로 내 위신을 확인하려는 문화는 건재한 반면, 개인을 감싸주고 인정해주는 공동체는 급격히 붕괴했다. 하루하루가 흉흉하다. 저마다 분노의 화약고를 가슴에 쟁여두었다가 신경질과 화풀이로 탕탕 쏘아대는 이 사회에서 사람다움이 들어설 자리는 점점 좁아진다.

복잡하고 위장에 능한 감정은 또 사회적으로 구성된다. 과거에는 범죄자를 처형할 때 군중이 구경했다. 눈뜨고 못 볼 것을 축제처럼 즐겼다. 한국인이 일군 경제적 성취는 경이롭지만 마음 풍경은 음울하다. "헝그리 사회에서 앵그리 사회로 넘어왔다"는 해석도 있다. 학력은 높아졌지만 지성은 쇠퇴하고, 수명은 길어졌지만 여생은 편안하기 어렵고, 경쟁력은 높아졌지만 부작용과 피로감은 견디기 어렵다. 높은 자살률, 성형수술, 악플……. 김찬호 교수는 "이런 정황 아래에는 낮은 자존감이 숨어 있다"라고 진단한다.

결과적으로 우리는 조금만 건드려도 상처받고, 그 앙갚음으로 자기보다 약해 보이는 사람을 억누른다. 최근 문제가 된 감정노동이나 '디스'(상대방의 허물을 공격해 망신 주는 것)는 그런 병리 증상이다. 마땅하다고 여기는 대접을 받지 못하면 과민 반응하는 사람들이 있다. 무시당했다는 자괴감을 공격으로 표출한다. 모욕을 쉽게 주는 사회 못지않게 위험한 게 모멸감을 쉽게 느끼는 마음이다. '낮은 자존감'은 또 다른 분노를 확대재생산한다.

4

실베스터 스탤론이 주연한 영화 〈록키〉는 1976년 11월 21일 개봉했다. 2016년 11월에 만 40년이 되었다. 당시 대한민국은 혼란스러웠다. 근본 없이 어질러진 리더십 때문에 실망했고 화가 났다. 〈록키〉의 명대사에 그래서 마음이 사로잡힌 것 같다.

> 인생은 얼마나 센 펀치를 날릴 수 있느냐가 아니다. 얻어맞고
> 도 계속 움직이며 나아갈 수 있느냐다.
> Life's not about how hard of a hit you can give. It's about
> how many you can take, and still keep moving forward.

이탈리아 이민자 아버지와 우크라이나 혈통의 어머니를 둔 스탤
론은 〈록키〉로 부모가 이루지 못한 아메리칸드림을 실현했다. 이
입지전적 히트작을 내기 전에는 포르노에도 출연할 만큼 밑바닥
배우였다.

그는 1975년 3월 헤비급 세계 챔피언 무하마드 알리와 무명
의 척 웨프너가 벌인 복싱 경기를 보고 영감을 받아 직접 〈록키〉
시나리오를 썼다. 미국 언론 인터뷰에서 말하길 "당시 나는 배우
로서 사실상 실직 상태였다"라며 "나흘 만에 시나리오를 쓰고 '내
가 주인공을 연기하지 않으면 각본을 안 팔겠다'라는 전제 조건
을 붙였다"고 한다. 주인공의 말수가 적은 것은 실제 스탤론이 그
렇기 때문이다. 〈록키〉는 100만 달러짜리 저예산 영화로 제작됐
지만 이듬해 개봉작 중 최고 흥행 수입(2억 달러 이상)을 올렸다.

이 영화는 필라델피아에서 4회전 복서로 근근이 살아가면서
뒷골목 주먹 노릇을 하던 청년 록키 발보아의 인간 승리 드라마

다. 한 여인을 짝사랑하게 되면서 바르게 살고 싶어 하는 그에게 헤비급 챔피언과 링에서 맞붙을 기회가 주어진다. 록키의 목표는 딱 하나. KO패를 당하지 않고 15회까지 버티는 것이다.

스탤론은 처진 눈으로 잠에서 덜 깬 듯한 매력을 보여주었다. 록키가 자신과의 약속을 지키기 위해 링에서 포기하지 않고 일어서는 장면도 감동적이었다. 스탤론은 아카데미상에서 찰리 채플린과 오슨 웰스 이후 처음으로 주연상과 각본상 후보에 동시 지명되었다. 그는 〈록키〉와 〈람보〉 시리즈를 거치며 대표적인 액션 스타로 자리 잡았고 2011년엔 '핵주먹' 마이크 타이슨과 더불어 국제복싱 명예의 전당에도 입성했다.

〈록키〉는 약자의 투지와 성공 신화로 여전히 사랑 받고 있다. 마치 실존 인물처럼 여겨진다. 미국 정치인들이 필라델피아에서 유세할 때는 "록키처럼 싸우겠다. 결코 포기하지 않을 것이다"라고 외칠 만큼 영화 바깥에서도 외연이 크다. 훈련 장소로 등장한 필라델피아 미술관 앞 계단과 주인공 록키를 본뜬 동상은 관광 명소가 되었다.

5

좌절에 얼마나 서툴게 반응하는가는 무엇을 정상으로 생각하느냐와 관련이 있다. 우리는 처음부터 마땅히 그것을 얻을 자격이 있다고 믿었는데 예기치 않게 어그러졌을 경우에만 분노한다. 화는 따라서 무엇이 정상인가에 대한 잘못된 감각과 함께 작동한다. 너무 천천히 가는 앞차 때문에 버럭하는 사람은 '도로는 언제나 소통이 원활해야 한다'는 믿음을 표출하는 셈이다.

리먼브러더스 사태와 금융 위기, 버락 오바마 이후 도널드 트럼프 미국 대통령의 당선만 해도 그렇다. 최악의 상황은 끝났고 더 나은 세상이 펼쳐질 것이라는 믿음은 번번이 배신당한다.

할리우드 배우 톰 행크스는 화를 내는 대신 다른 방법을 택했다. 2017년 3월 그는 미국 백악관 기자실에 에스프레소 기계를 선물하며 "진실과 정의, 그리고 미국을 위한 선의의 싸움을 계속해달라"는 편지를 전했다. 트럼프 대통령이 뉴욕타임스와 CNN 등 주류 언론과 대립하던 때였다. 행크스는 "요즘 미국은 끔찍한 곳이 되었지만 그래도 여전히 대단한 나라"라고 했다.

2,000년 전 예측 불가능한 폭군 네로 황제 밑에서 숱한 고초를 겪은 세네카에게 철학은 평정심을 지키게끔 훈련하는 학문이었다. 그는 화산 폭발이나 지진을 비롯한 자연재해는 물론 인간이 초래하는 재앙도 늘 우리 삶의 일부분이라고 가르쳤다. 그런 비관주의가 위안이 될 수 있다. 기대를 낮추고 실망에 좀 더 익숙해질 필요가 있다.

《화에 대하여》는 세네카가 코르시카 섬에 유배된 8년 동안 쓴 여러 저술 중 하나다. 소의 잔등처럼 부드럽게 살았다면 이런 글이 나왔을까. 네로의 어머니 아그리피나의 부름을 받아 로마로 돌아온 세네카는 열두 살이던 네로의 가정교사가 된다. 네로가 황제가 되고 나서도 10년간 곁에서 섬겼지만, 네로는 그에게 가족이 보는 앞에서 자살하라는 명령을 내린다.

자크 루이 다비드가 그린 '세네카의 죽음'에 잘 나타나듯이 세네카는 아무 저항 없이 혈관을 끊고 독배를 들었다. 비관주의는 그가 남긴 명언처럼 인생의 시련을 견디는 해독제가 될 수 있다.

> 삶의 단편들을 놓고 흐느껴봐야 무슨 소용인가? 삶 전체가 눈물을 요구하는 것을.
> What need is there to weep over parts of life? The whole of it calls for tears.

심호흡 한 번 하고 다시 세네카를 읽는다. 그는 화를 '어떤 악덕보다도 비천하고 광포한 격정'으로 정의한다. 재갈이 물려 있지 않은 야생마인 셈이다. 평정심을 잃지 않은 세네카의 최후는 소크라테스의 최후와 더불어 철학적 죽음의 상징이다. 화를 '마음의 질병'으로 바라본 그는 "화가 났을 때 자신의 얼굴을 거울로 보는 것만으로도 도움을 받을 수 있다"라고 말했다. 분노가 미세먼지처럼 떠다니는 사회에서 살아가는 우리에게 퍽 실용적인 조언이다. 화난 얼굴은 추악하다. 그렇게 낭비하기에는 인생이 너무 짧다.

19

중력 / 낭만주의

1

어느 월요일에 로또를 샀다. 2, 19, 26, 29, 41, 45. 서로 관계도 없을뿐더러 당장은 아무것도 약속하지 않는 숫자들의 조합 몇 가지를 지갑에 넣었다. 불쾌한 일이 있었는데 로또를 산 것만으로도 기분이 좀 풀렸다.

1등에 당첨될 확률은 800만분의 1이라고 한다. 벼락 맞아 죽을 확률(100만분의 1)보다 낮다. 그래도 국내에서 매주 512만 명이 로또를 산다는 통계가 있다. 터무니없다는 걸 알면서도 사람들은 복권방에 간다. 결국 '꽝'으로 판명 난다고 해도 1주일 치 낭만적 희망을 품는다.

복권으로 인생 역전을 바라다니, 안쓰럽게 보일 것이다. 그런데 우리는 어쩌면 인생이라는 복권 게임을 하고 있는지도 모른다. 냉철하고 합리적인 사람도 인생에서 벼락 성공을 기대한다. 우리가 특별히 행복과 당첨을 꿈꾸는 분야는 두 가지, 일과 사랑이다.

프로이트는 우리 삶에서 가장 중요한 두 기둥으로 일과 사랑을 꼽았다. 성공적인 삶의 청사진을 제시해보라는 요청을 받는다면 우리는 아마 이렇게 답할 것이다. 일찌감치 적성에 맞는 직업을 고르고, 최적의 시기에 새로운 분야로 매끄럽게 진출하고, 인정받으며 돈과 명예를 얻고, 항상 일이 즐겁고 아이디어가 샘솟아 능력을 100퍼센트 발휘한다…….

사랑 또한 이렇게 서술될 것이다. 나를 속속들이 이해하면서 친절하고 헌신적인 데다 아름답기까지 한 사람을 만난다. 그(그녀)는 구태여 말하지 않아도 내가 뭘 원하는지 정확히 파악한다. 성관계는 환상적이고 아이들과 가정생활도 순탄하다. 이루고 싶은 일을 다 해내고 건강하게 정년퇴직해 안락한 여생을 보낸다. 죽음마저 완벽하다. 아흔 넘게 살다 꽃으로 가득 찬 방에서 숨을 거둔다. 아주 평온하게.

우리는 로또 1등 당첨만큼이나 자주 이런 생의 시나리오를 꿈꾼다. 헛된 희망일 뿐이다. 일과 사랑에서 아무런 부침도 재앙도 겪지 않고 90년을 보낸다는 것은 얼마나 드물고 이상한 일인가.

우리의 뇌는 현실을 가늠하기에는 결함투성이다. 먼저 통계를 곡해한다. 바늘구멍 같은 확률을 뚫고 어떤 사건이 실제보다 자주, 더욱이 자신에게 일어날 거라고 착각하는 것이다. 새로운 비즈니스가 성공할 확률은 2퍼센트도 안 되고 이혼도 아주 흔해 졌다. 주변을 둘러보라. 부모나 아이 문제를 포함해 아무 근심걱 정이 없는 가정은 찾기 어렵다.

2

중력重力의 개념은 사색에 잠겨 있던 아이작 뉴턴이 사과나무에 서 떨어지는 사과를 관찰하는 과정에서 생겨났다. 사과는 왜 항 상 수직으로 땅에 추락할까. 옆이나 위로 떨어지지 않고 지구의 중심으로만 향하는 것일까. 뉴턴은 사과를 아래로 끌어당기는 불 가항력적인 힘을 중력으로 명명했다.

성공, 명예, 돈, 가족, 사랑, 결혼, 종교, 과거…… 우리를 붙들 고 있는 '중력'의 다른 이름들일 수 있다. 지구만큼 큰 질량으로 잡아당긴다. 인간관계를 돕는 것 같으면서 방해하고 일그러뜨리 는 또 하나의 강력한 힘이 낭만주의다. 사랑 이야기는 대개 남녀 가 장애를 뚫고 맺어지는 것으로 끝난다. 달콤한 판타지일 뿐 현 실은 쓰라리고 낙폭은 까마득하다. "그 후로 오래오래 행복하게 살았다"는 두루뭉술한 표현 뒤로 진실은 생략된다.

알랭 드 보통이 2016년 펴낸《낭만적 연애와 그 후의 일상》

은 '사랑에 빠져 결혼했고 행복하게 살았다'는 신화에 정면으로 맞선다. 국내 출판사는 이 소설의 원제 'The Course of Love'를 어떻게 옮길지 고심했다. '사랑의 여정' '사랑의 흐름' '사랑의 코스'도 아니었다. 채택된 제목은 '낭만'으로 열려 '일상'으로 닫힌다. 방점은 일상에 찍혀 있다. 사랑이 장거리 비행이라면 낭만은 활주로에 불과하다. 짜릿한 이륙 후 안전벨트를 풀면 곧 무덤덤한 일상이 펼쳐진다. 이따금 난기류와 어둠을 뚫고 아득하게 날아가야 한다.

이 소설은 열다섯 살의 라비 칸이 스페인 남부의 항구도시 말라가에서 한 소녀에게 매료되는 장면으로 열린다. 라비 칸이 가장 먼저 느낀 감정은 거리감이다. 어떤 것도 이렇게 멀리 있다고 느낀 적이 없다. 그런데 마치 어떤 식으로든 항상 그녀를 알아온 듯하고, 그녀가 그의 존재 자체에, 특히 마음 한구석의 혼란스러운 상처에 어떤 답을 내미는 듯하다.

작가는 낭만주의라는 병증을 들추어낸다. 어떤 남자(여자)가 영혼의 짝이라는 느낌, 이 확신은 순식간에 찾아올 수 있다. 이야기를 나눌 필요도 없고 이름을 알 필요도 없다. 객관적 지식은 끼어들 틈이 없다. 대신 운전대를 잡는 건 직관이다. 이성을 건너뛰기에 더 정확하고 존중할 가치가 있는 것만 같은 자발적인 감정 말이다.

"지금 여기에 결혼해서 행복한 분 있나요?"

알랭 드 보통이 어느 강연에서 청중에게 이렇게 물었다. 유튜브 영상 속으로 열 여 명이 손을 드는 게 보인다. 전체에 비하면 소수다. 그는 "믿기 어렵네요"라며 말을 잇는다. "역사적인 맥락으로 보면 행복한 결혼 생활이라는 건 약 250년밖에 안 된 발명품이에요. 그전까지 우리는 배우자를 참아냈습니다. 가사나 양육을 위해서요. 18세기 중반까지는 우리가 배우자를 사랑할 것이라는 기대조차 하지 않았던 겁니다……."

인류 역사에서 영혼의 짝을 찾는 일이 인생의 목적 중 하나로서의 지위를 가지게 된 것은 최근의 일이다. 신과 영적 존재를 향하던 이상주의가 18세기 중반에 인간 주체에게로 방향을 바꾼 것이다. 그 새로운 아이디어를 역사학자들은 낭만주의라고 부른다.

당신과 나는 낭만주의의 자손이다. 사람이 사랑하는 방식은 사회적 맥락에 좌우될 수밖에 없고 오늘날 우리는 '낭만적으로' 사랑한다. 누구든 어딘가에 영혼의 짝이 있다고 믿는 낭만주의는 표면적으로는 인간적이고 퍽 관대해 보인다. 하지만 저마다 경험하듯이 꺼림칙하고 상처 입기 쉬운 결말에 이러한 섣부르고 맹목적인 낭만성은 부담스러울 뿐이다. 우리가 흔히 사랑이라고 부르는 것은 단지 사랑의 시작이다. 거리에서, 도서관 열람실에서, 술집에서, 비행기에서 언뜻 비친 누군가의 완벽함이 평생토록 유지되기란 결코 쉬운 일이 아니기 때문이다.

우리는 어떤 사람에게 본능적인 끌림, 매우 특별한 감정을

Marryme

느낀다. 한 시간 전만 해도 생면부지였건만 상대가 바로 내 운명의 반쪽이라는 걸 직감하게 된다. 친구들에게 "마침내 짝을 찾았다"라고 말한다. 우리 대부분은 그렇게 강렬한 감정에 사로잡혔고 결혼을 했고 아이를 낳았다. 그 특별한 감정을 경험하지 못한 사람은 근심에 휩싸여 온라인 데이트 사이트에 접속한다. 그(그녀)가 나타날 때까지.

우리는 기대한다. 마침내 짝을 발견했으니 다시 고독해질 일은 없을 것이라고. 아무 말을 하지 않아도 그(그녀)는 내가 지닌 결함까지 이해해줄 것이라고. 얼마나 멋진 소식인가. 하지만 그것은 낭만주의가 퍼뜨린 미신일 뿐이다. 진짜 러브스토리는 "평생 서로의 포로가 되겠다"라고 엄숙하게 결혼 서약을 한 다음에야 시작된다. 투닥거리고 부루퉁해졌다가 화해하는 일이 반복된다. 누군가 바람을 피울 수도 있고 죽이고 싶은 마음이 들지도 모른다. 30년이 더 흘러도 우리는 배우자에게 결코 완전히 이해받지 못할지도 모른다.

3

사랑할 때는 그게 전부라고 생각한다. 그래서 결혼하지만 그것은 진짜 모험의 시작이다. 강에서 카누를 타는 게 사랑이라면 결혼생활은 태평양을 항해하는 것과 같다. 길고 흥미로우면서도 괴로운 인생이 새롭게 시작되는 셈이다.

불만스럽거나 못마땅할 때는 얼굴에 성난 빛이 나타난다. 국어사전에서 '부루퉁하다'는 부풀어올라서 불룩해지는 것이자 마음이 붓는 것으로 풀이된다. "그녀는 오전 내내 부루퉁한 얼굴로 한 마디도 안 했다" "남편 얼굴만 쳐다보면 부루퉁한 화만 치밀었다" 같은 문장에서 그 표현을 쓴다.

이 또한 낭만주의 때문에서 벌어지는 일이다. 연인이나 부부 사이에는 어느 한쪽 또는 양쪽이 너나없이 부루퉁해지는 순간이 종종 있다. 서로 냉랭해지고 서먹서먹해진다. 어릴 적에도 부모나 형제로부터 이해 받지 못했을 때, 어떤 기대가 꺾이고 말았을 때 부루퉁해졌던 기억이 있을 것이다.

> 부부가 서로에게 불평하기 시작할 때는 슬픈 날이다. 하지만 더 이상 간섭하지 않을 때 밀려오는 바닥 모를 슬픔에 비하면 아무것도 아니다.
>
> A sad day when couples start to complain about one another: but an infinitely sadder one when they no longer bother.

알랭 드 보통이 2013년 7월 트위터에 올린 글이다. 누군가 "요즘 커플들은 너무 쉽게 (상대를) 포기한다. 그래서 슬프다"라는 댓

글을 달았다. 알랭 드 보통이 《사랑의 기초》를 썼을 때 소설가 정이현은 첫 독자로서 이런 감상을 남겼다. "결혼으로 완성된 그들의 사랑은 일상에서 어떻게 변해가는가, 즉 아름다운 해피엔딩 뒤에 펼쳐지는 리얼리티의 세계에 관한 이야기다. 그들의 사랑은 그저 천천히 녹슬고 천천히 닳아갈 뿐이다." 우리 일상의 최전선 풍경이 그렇다는 것이다.

자본주의와 낭만주의는 공생 관계다. 자본주의의 스트레스에 견디기 위해 우리는 낭만적 사랑에 매달리지 않을 수 없다. 경제적으로 얼마나 성공하고 얼마나 많이 투자하고 생산하는가를 기준으로 존재를 가차없이 심판하는 시스템(자본주의) 속에서, 우리 정신이 버텨낼 수 있으려면 비물질적인 가치에 초점을 맞춘 다른 평가 방식(낭만주의)이 절실해지기 때문일 것이다.

사랑에 대한 우리의 이해는 황홀하고 감동적인 최초의 순간들에 잠식당하고 기만당해왔다. 낭만주의에서 중요한 또 하나는, 사랑과 섹스가 완벽하게 포개진다는 점이다. 19세기 들어 《안나 카레니나》 《보바리 부인》 등 훌륭한 소설들에서 간통이 재앙이 된 까닭은 낭만주의가 섹스를 사랑의 궁극적인 증거로 삼았기 때문이다. 사랑과 섹스의 일치를 정상으로 여기는 한, 행복한 결혼이란 복권 당첨만큼이나 확률 낮은 게임이 되어 버린다. 낭만주의야말로 우리가 맞닥뜨리는 사랑의 가장 거대한 적이다.

4

우리는 상대를 잘 모르는 상태로 사랑에 빠진다. 사랑이라는 이상이 드높다면 결혼은 저 아래에 있는 현실이다. 연극 연출가가 어떤 배우의 감정이입 솜씨에 끌려서 배역을 맡겼는데 템포나 움직임 등이 기대 이하라 실망하는 경우와 비슷하다.

결혼은 시나리오대로 흘러가지 않는다. 그래서 공연되지 않은 희곡을 읽는 편이 더 낫다. 사랑하는 사람과 결혼 이야기가 오갈 때쯤 사람들은 대부분 그런 경험을 한다. 앞으로 발견할 차이, 배우고 순응해야 할 다른 사람, 너는 너이고 나는 나일 시간을 생각하면서 오싹해진다.

우리 시대에 가장 거대하면서도 버거운 믿음 중 하나는 '영원한 사랑'이다. 그것이 실재한다는 것을 증명하는 경우는 매우 드물다. 사랑은 늘 뜨겁게 지속될 줄 알았는데 그렇지 않다는 결론에 수렴하게 된다. 사랑은 비좁은 정의 밖으로 나와 더 건강해져야 한다.

알랭 드 보통은 2016년 5월 〈뉴욕타임스〉에 「왜 우리는 잘못된 사람과 결혼하는가Why You Will Marry the Wrong Person」라는 제목으로 칼럼을 기고했다. 엉뚱한 사람과의 결혼은 엄청난 고통과 비용을 초래한다. 우리 모두가 피하고 싶어 하지만 세상에는 그런 결혼이 퍽 흔한 것 같다. 그는 '잘못된 결혼'의 배경으로 몇 가지를 지목한다.

먼저, 자기 자신을 잘 모르기 때문이다. 우리는 우리를 잘 모르는 사람들에게만 정상으로 비친다We seem normal only to those who don't know us very well. 자각하지 못할 뿐 우리 모두 조금씩 미쳐 있다. 어딘가 분명히 비뚤어진 남자와 여자가 상대를 알지 못하는 상태로 만나는 셈이다. 드 보통은 "저녁 데이트의 첫 번째 질문은 '그래서 당신은 어떻게 미쳐 있나요?'가 되어야 한다"라고 말한다.

완벽한 사람은 없다. 문제는 결혼 전에는 우리가 자신의 복잡성을 파악하지 못한다는 사실이다. 평범한 관계에서는 당신의 결함이 드러나려고 할 때 자리를 박차고 나오면 그만이다. 친구들은 내면을 그렇게 속속들이 파헤칠 만큼 당신에게 관심을 쏟지 않는다.

배우자도 당신만큼이나 스스로를 제대로 이해하지 못한다는 사실이 사태를 키운다. 그(그녀)를 이해하려고 노력하기는 한다. 하지만 가족이나 친구를 만나고 오래된 앨범도 뒤적이며 성장 과정을 짐작할 뿐이다. 상대방의 사고방식에 대해 몇 가지 제한된 정보만 가진 채로 결혼한다. 불확실한 미래에 너무 큰 베팅을 하는 셈이다.

우리는 또 행복에 익숙하지 않다. 사랑에서 행복을 찾는다고 생각하지만 실제로는 그렇게 단순하지 않다. 알랭 드 보통은 "우리 대부분은 행복 대신에 친숙한 감정familiarity을 찾는다"고 말한다. 문제는 우리가 어릴 적 느꼈던 사랑이 즐겁고 유쾌한 경험이 아니었을 수도 있다는 점이다. 성숙하고 이해심 깊고 믿을 만한 상대에게는 거꾸로 불편함을 느낀다. 우리는 결국 자신을 행복하게 하진 않지만 '친숙한 고통을 느끼게 하는 사람'을 선택할 수도 있다.

> 결혼할 사람을 고르는 건 어떤 특별한 종류의 고통을 감수하고 살지 결정하는 문제다.
> Choosing a person to marry is just a matter of deciding what particular kind of suffering we would like to commit ourselves to.

우리는 본능이 과대평가된 시대에 살고 있다. 과거의 결혼이 당사자들의 행복에는 무관심한 두 집안의 결합이었다면 오늘날의 결혼은 본능과 낭만이 지배한다. 구식 결혼에 맞서 싸우면서도 왜 결혼하고 싶어 하는지 이성적으로 분석하는 건 사랑이 아니라고 여긴다. 사랑에 빠져 만난 지 몇 주도 안 되어 결혼을 성급하게 결정하는 것이, 결혼 생활을 더 잘해낼 수 있는 '운명적 커플'이라는 증거라고 맹목적으로 믿어버린다.

우리 사회에서는 일정 나이에 다다르면 독신으로 사는 게 어려워진다. 친구 등 사회집단 모임은 시들기 시작하고, 부부는 싱글인 친구로부터 너무 자주 초대받는 걸 부담스러워 한다. 그런 상황에서는 합리적으로 사고하면서 좋은 사람을 차근차근 찾아나가기가 쉽지 않다. 내게 맞는 좋은 사람을 만나서라기보다 그저 고단한 싱글 생활에서 하루빨리 벗어나고 싶어진다. 잘못된 사람과 결혼하는 위험을 자초하는 것이다.

우리는 좋은 것이 영원토록 지속되기를 욕망한다. 환상적인 시간을 함께 보낸 상대와 느꼈던 둥둥 떠다니는 듯한 행복감을 평생토록 소유하기 위해 결혼한다. 그러나 안타깝게도 결혼은 행복을 보장해주지 않는다. 두 사람의 관계를 다른 형태로 바꾸어놓을 뿐이다. 결혼을 하면 도시 외곽으로 이사 갈 테고, 출퇴근 시간이 길어질 테고, 아이를 키워야 하는 책임감도 늘어간다. 결혼과 행복은 상관관계가 없다는 것은 행복지수가 높은 스칸디나비아 사람들의 이혼율이 방증하고 있다.

19세기 인상파 화가들은 순간의 아름다움과 변화에 대한 철학을 발전시켰다. 그들은 존재는 찰나일 뿐이며 행복은 끊임없이 변화한다는 것을 받아들였다. 빛의 변화로 생기는 어느 짧은 순간, 덧없이 사라질 그 아름다움에 감사해야 한다고 생각했다. 눈은 곧 녹아 사라질 테고 아름다운 하늘은 곧 어두워질 것이다.

인상주의는 몇 년이 아니라 몇 분 동안 지속될 행복에 집중했다. 인생의 절정도 찰나에 불과하다. 일상에 존재하는 기쁨에 감사해야 한다. 순간을 영원으로 만들려는 노력은 그만두어야 한다. 결혼이라는 형태로는 더더욱 아니다. "결혼은 좋은 짝을 만나는 게 아니라 좋은 짝이 되어주는 것"이라는 말을 이따금 되새길 필요가 있다.

5

《낭만적 연애와 그 후의 일상》은 인류의 난제 중 하나인 결혼 생활을 글감으로 삼았다. 이 소설은 국내에 번역 출간된 지 7주 만에 판매 10만 부를 돌파했다.

　　알랭 드 보통은 2016년 가을 온라인에서 하트펀딩 프로젝트 '알랭 드 보통에게 사랑 이후를 묻다'를 진행하며 한국 독자의 질문에 답했다. 우리는 결혼에 대해 어떤 '조난신호SOS'를 보내고 있을지, 거꾸로 그것은 어떤 나르시시즘 때문일지 궁금했다. 당시 한국 독자들이 던진 물음 150여 개 가운데 핵심을 뽑아 이메일로 그에게 답을 청했다.

Q: 배우자가 집을 비울 때 홀가분하다. 우리 관계에 경고등이 켜졌다는 신호인가?

A: 당신은 정상이다. 옆에 없는 사람을 사랑하는 게 옆에 있는 사람을 사랑하는 것보다 훨씬 더 쉽다. 떨어져서 매일 볼 수 없는 남녀일수록 하루가 어땠고 무엇을 바랐는지 잘 이야기하고 들

어준다. 우리는 결핍에 민감하다. 부족한 돈, 바라는 날씨, 가지고 있지 않은 차…… 일단 손에 넣게 되면 점점 멀어진다. 역설적이지만 배우자를 잊는 가장 확실한 방법은 매일 밤 한 침대를 쓰는 것일지도 모른다.

알랭 드 보통은 "정상인 사람은 우리가 방금 만난 사람뿐"이라며 그 맹점을 지적한다. 2014년 3월 트위터에 올라온 저 문장과 맞닥뜨렸을 때 얼얼했다. 망치로 뒤통수를 얻어맞은 느낌이었다. "듣자니 안심이다" "우리는 저마다 별나지" "오, 딱이야!" "매일 복창하자" 같은 댓글이 달려 있었다.

Q: 결혼하고 나서야 배우자의 단점들이 보인다.
A: 내가 힘겨워하는 일들을 척척 해내는 사람에게 마음이 끌리는 법이다. 하지만 결혼하고 나면 장점이 실망스러운 것으로 바뀐다. 예컨대 가사 능력은 정리 정돈에 집착하는 강박증처럼 보일 수 있다. 아이에게 수학을 가르칠 때 화를 내면 낼수록 아이는 당황하고 자포자기에 빠진다. 그럴 땐 모른 척하는 전략이 필요하다. 부부 사이도 마찬가지다. 눈높이를 낮추고 도와야 한다. 우리는 서로의 차이에 끌려 사랑에 빠졌고 더 완벽해지기를 바란 거니까.
Q: 결혼 적령기 두 딸을 둔 엄마다. 딸들이 어떤 배우자를 만날지

기대 반 걱정 반이다.

A: 그들이 잘못된 사람wrong person과 결혼하더라도 걱정하지 마라. 우리는 가까이에서 겪어보면 다 이상하다. 결혼하고 나서야 자신에 대해 몰랐던 부분을 알게 된다. 낭만적이고 영원한 사랑은 소설이나 영화에만 존재한다. 따라서 기대는 낮추고 좀 비관적이 될 필요가 있다. 최적의 배우자는 모든 취향을 공유하는 사람이 아니다. 의견 충돌과 차이를 조율할 줄 아는 사람이다.

Q: 결혼이란 '살고 싶은 세계'를 선택하는 것이라고 생각했다. 막상 살아보니 어떤 특정한 고통을 선택한 것 같다.

A: 우리는 종종 배우자 앞에서 냉랭하다. 친숙해지면 흥미를 잃듯이 애정이 사라진 탓이라는 설명은 피상적이다. 보다 희망적인 해석도 있다. 그 권태감은 배우자에게 상처를 받았거나 화가 났기 때문이고, 후련하게 이야기할 방법을 찾지 못했기 때문이다. 그럴 땐 내적으로 무감각해진다. 사랑에 있어서 우리는 상처받기 쉬운 어린아이와 같다. 배우자가 냉담해 보일 때 그(그녀)는 굴욕감 없이 그 문제를 풀 기회를 찾고 있는 것이다.

Q: 결혼을 꼭 해야 하나?

A: 행복한 결혼 생활을 하는 경우는 드물다. 독신으로 생을 보내도 괜찮다. 저마다 단점이 있다. 독신에는 외로움이 있고 결혼

엔 숨 막힘과 노여움, 좌절이 따른다. 진실을 말하자면 사람은
어느 상태에서든 행복을 누리는 재간이 썩 뛰어나지 않다.

6

집에서 수학을 가르치다 그만 역정을 내고 말았다. 딸은 휴대전
화를 쥐고 방으로 들어갔다. 엿들으려 한 것은 아닌데 통화하는
소리가 문 밖으로 새어 나왔다.

"엄마, 아빠랑 언제 이혼할 거야?"

겁이 났다. 까짓 공부가 뭐라고 이혼까지 무릅써야 하나. 수
학은 아내에게 맡기기로 했다.

20

습관/예술

1

고대 그리스 철학자 아리스토텔레스는 "우리가 반복적으로 행하는 것이 우리We are what we repeatedly do"라는 말을 남겼다. 습관은 '나는 생각한다, 고로 존재한다'처럼 어떤 존재를 설명하는 중요한 표식일 수 있다.

내게 자동차 운전면허증이 생긴 건 1999년이다. 자잘한 접촉 사고를 몇 번 겪었지만 운전에는 나름 자신이 있었다. 습관의 영역에 들어온 것이다. 하지만 2011년 태평양 건너 미국 UCLA로 해외 연수를 가고서야 면허증의 가치를 새삼 깨달았다.

자동차를 미리 구입해놓은 터라 로스앤젤레스에 도착하자마자 차를 몰았다. 산타바바라로, 패서디나로, 애너하임으로 매일 두어 시간씩 운전대를 잡았다. 필기시험도 단번에 통과했다.

하지만 실기시험은 실패의 연속이었다.

차량국DMV 주변 도로를 주행하는 첫 시험에서 나는 1분 만에 탈락했다. 역주행하는 치명적인 실수를 저질렀다. 중앙선이 지워져 있어 일방통행으로 착각하기 쉬웠다. "미국에서 운전면허는 첫술에 합격하면 경사"라는 말을 많이 들어서 크게 실망하지는 않았다. 시험관도 "한국에서 운전을 했던 사람이니 곧 합격할 것"이라고 덕담을 해주었다.

실기시험을 세 번 떨어지면 필기부터 다시 치러야 한다. 겁도 없이 2차 시험을 이튿날로 예약했다. "눈만 똑바로 뜨고 주행하자" 다짐했는데 다시 한 번 물을 먹었다. 이번엔 운행 속도가 너무 느려서였다. 12년 쌓아온 운전 습관을 죄다 의심해야 하는 지경이 되었다. 집으로 돌아오는 길에 마주치는 다른 운전자들이 하나같이 위대해 보였다.

마지막 3차는 열흘 뒤로 정했다. 연습 좀 하고 덤비자는 뜻이었다. 지인들은 "3차까지 떨어지는 경우도 흔하니 낙담 말라"라고 했지만 그다지 위로가 되지는 않았다. DMV 주변에서 달려본 코스를 재구성하고 주말에 그 길에서 연습했다. 무너진 자신감이 약간 회복되었다.

"1번 창구에서 임시 면허증을 받아라."

3차 시험을 담당한 흑인 여성 시험관이 채점표를 건네며 씽긋 웃었다. 감점이 15점 이상이면 탈락인데 12점으로 막았다. 내가 패스라니, 실감이 나지 않았다. 임시 면허증을 손에 쥐면서 나는 미국 정착의 큰 관문 하나를 넘었다.

2

《총, 균, 쇠》《어제까지의 세계》를 쓴 재러드 다이아몬드는 "현대인은 부적응자"라고 했다. 몸은 과거에 길들어 있는데 사회시스템은 그렇지 않기 때문이다. 2013년 로스앤젤레스에서 만난 다이아몬드는 "다이어트만 보아도 그렇다"며 말을 이었다.

> 우리 몸은 가끔 포식하고 굶주림은 오래 견딜 수 있게 적응해왔다. 날마다 세 끼씩 포식하는 바람에 우리는 혈관 질환, 암, 당뇨 같은 비전염성 질병에 시달리게 되었다. 나도 당신도 그것으로 사망할 확률이 95퍼센트다. 그런데 뉴기니 사람들은 그런 질병으로 죽지 않는다. 우리 몸은 현대에도 여전히 과거의 라이프 스타일에 적응되어 있는 것이다.

습관은 불행의 큰 원인 중 하나다. 일상적으로 반복해온 일을 하면서 자기 분석을 하는 사람은 거의 없다. 습관적인 행동은 그래서 종종 감지되지 않고 넘어간다. 오래 몸에 익은 습관은 버리기 어렵고 새로운 습관은 좀처럼 형성되지 않는다. 우리는 습관이 초래하는 둔화 작용 때문에 침울해진다. 아무 생각이나 발견 없이 피상적으로 흘러가는 삶은 말 그대로 휑뎅그렁하다.

　습관적인 불행으로부터 벗어나는 방법을 일러준 작가로 프루스트가 꼽힌다. 대표작 《잃어버린 시간을 찾아서》는 126만 7,069단어로 이루어진 역사상 가장 긴 소설이다. 톨스토이가 쓴 《전쟁과 평화》의 두 배 분량이다. 우리는 매일 밤 잠들지만 그것이 어떤 느낌인지 제대로 설명하지 못한다. 프루스트는 《잃어버린 시간을 찾아서》의 첫 30쪽에서 다양한 감정과 빼어난 화법으로 사람이 잠에 빠지는 과정을 그려냈다.

　일상에서는 태만이 욕망을 잠재운다. 프루스트는 익숙함이라는 장막이 우리 인생 대부분을 망가뜨린다고 보았다. 감각을 둔하게 만들고 진가를 알아보지 못하게 방해한다는 것이다. 일몰의 아름다움도 그렇고 일이나 친구들도 그렇다.

　그런데 아이들은 다르다. 그들은 습관 때문에 고통 받지 않는다. 물웅덩이 밟으며 놀기부터 침대에서 뛰기, 모래성 쌓기, 밀가루 놀이 같은 단순한 일들을 하여 즐거워한다. 반면 성인들은 금방 흥미를 잃어버린다. 명예나 사랑처럼 훨씬 더 강력한 자극을 찾는다.

　어른에게 그런 아이의 눈을 되찾아줄 방법은 없을까. 프루스트는 "습관의 장막을 걷어치워야 일상을 새롭고 더 민감하게 바라볼 수 있다"라고 했다. 그가 보기에는 늘 그 일을 해온 집단이 있었다. 바로 예술가들이다. 예술가들은 습관을 걷어내고 일상적 삶에 응당한 영광을 돌려준다.

3

습관은 양날의 검이다. 초보 운전자는 눈부터 손발까지 모든 감각을 집중하지만 익숙해지면 설렁설렁 먼 길을 달린다. 우리는 습관 덕에 어떤 사람이나 사물, 세계에 적응한다. 습관이 거꾸로 불행을 낳을 수도 있다. 소중한 사람을 허투루 대하거나 잃어버리기도 하니까.

프랑스 칸 국제광고제에서 그랑프리를 차지한 작품에서 뻗어 나온 〈뷰티 인사이드〉는 습관에 대한 실험을 담은 멜로 영화다. 영원한 사랑을 믿지 않는 사람들은 대체로 "파트너에 익숙해지고 둔감해져서"라는 핑계를 댄다. 그렇다면 그 습관을 제거해 주지, 라며 이 영화는 흥미로운 설계도를 들이민다.

이쪽에는 자고 일어나면 모습이 바뀌는 남자 김우진, 저쪽엔 남자라면 누구나 사랑에 빠질 법한 여자 홍이수(한효주)가 있다. 우진은 날마다 남자, 여자, 아이, 노인, 심지어 외국인으로까지 바뀌고, 다음은 무엇으로 변할지 종잡을 수 없다. 이들의 사랑은 지속 가능할까.

첫 단추 폐기부터 난코스다. 디자이너 우진(이날은 이범수)

은 어느 가구점에 갔다가 이수에게 반한다. 자신이 가장 매력적인 날(박서준) 데이트 신청을 해 호감을 얻은 그는 잠을 안 자기로 결심한다. 자고 일어나면 엉뚱한 모습으로 변할 테니까. 우진이 사흘째 그만 잠들었다가 눈을 떠 거울을 보니 맙소사, 대머리 김상호. 어제의 나로 돌아갈 수 없는 운명. 하지만 이대로 사라지고 싶진 않다.

낯익은 배우 스물한 명이 김우진 역을 나눠 맡았다. 김대명, 배성우, 박신혜, 이범수, 박서준, 김상호, 천우희, 우에노 주리, 이진욱, 고아성, 김주혁, 유연석…… 발사된 총알처럼 한 번 스크린에 등장했다 나가면 다시 돌아오지 않는다. 우진이 숨겨온 비밀을 이수에게 고백하는 장면, 놀라서 도망쳤던 그녀가 그에게 다시 돌아오는 장면은 관객이 겪었던 연애의 여러 모서리를 유머러스하게 압축해 담아낸다.

이 영화를 보다가 〈복면가왕〉이라는 음악예능 프로그램에서 솜사탕(강민경)이 한 말이 떠올랐다. "복면을 쓰고라도 내 목소리를 들려드릴 수 있어 좋았어요." 보컬 그룹 다비치로 데뷔했지만 대중은 자신의 노래보다 외모에 대한 이야기를 많이 해서 속상했다는 것이다.

우진이 "겉모습은 달라도 이게 전부 나예요"라고 설명해도 이수가 믿지 않는 것과 닮아 있다. "왜 나야?"(왜 내가 좋아?)라고 이수가 물을 때 "널 만나고 나서 불편하고 힘들었어"라고 답하는 대목에서 사랑의 깊이를 새삼 깨닫는다. 사랑은 누구에게는 평범한 일이지만 우진에겐 기적 같은 일이다. 우리도 언젠가 그런 감정을 느꼈다.

4

　제목: '수련 연못The Water-Lily Pond'

　아티스트: 클로드 모네

　제작: 1899년

　재료: 캔버스에 유채물감

　크기: 88.3 X 93.1 cm

영국 내셔널갤러리에서 클로드 모네의 '수련 연못'(1899)을 보았다. 연못에 수련이 활짝 피어 있고 일본풍의 아치형 다리와 무성한 초목이 배경으로 펼쳐진다. 꽃과 물, 다리와 풀잎이 빛을 받아 저마다 활기를 내뿜는다.

　프랑스 파리에서 태어난 모네는 1883년 노르망디 지역의 지베르니로 이사해 죽을 때까지 그곳에 살았다. 그림만큼이나 정원을 좋아해 직접 만들고 수초를 심었다고 한다. 인상주의 화가인 그는 순간의 색감을 포착하려고 했다. 정원이 완성되자 '수련' 연작 등을 통해 동일한 사물이 빛에 따라 시시각각 어떻게 변하는

지 탐색했다.

'수련 연못'은 보는 내내 눈이 시원해지는 그림이다. 마르셀 프루스트는 "모네는 이미 조화를 이루는 색조들로 준비된 색상을 사용했다는 점에서 정원 자체가 최초의 스케치이자 살아 있는 스케치"라고 극찬했다. 현실이 무겁고 어둡고 우울할수록 이렇게 쾌활하고 밝고 낙관적인 그림에 끌린다. 일종의 균형 회복이다.

역사적으로 어떤 시기에 어떤 예술 작품이 새로 인기를 얻었는지 살펴보면 그 시대의 특수한 불균형을 이해할 수 있다. 미술이든 영화든 소설이든 우리가 요즘 사랑하는 예술은 이 사회에서 무엇이 사라지고 있는지 가늠하는 길잡이가 되는 셈이다.

1970년대 한국 추상회화의 한 사조인 단색화는 미술 시장에서 존재가 미미했다가 2014~2015년부터 갑자기 인기를 모았다. 1년 사이에 열 배로 값이 뛸 만큼 급성장했다. 한 가지 색으로 그린 이 그림은 수행하는 듯한 과정이 특징이다. 서양 컬렉터들은 "싸우지 않는 그림이라는 게 단색화의 매력"이라고 했다. 벽에 걸었을 때 있는 듯 없는 듯해 다른 그림과 충돌하지 않고 동양의 여백미가 느껴진다는 것이다. 예술은 이렇게 사회적으로 재발견된다.

미술관에서 관람객들은 나른하게 표류한다. 이 그림에서 저 그림으로 걸음을 옮길 뿐이다. 벽 쪽으로 몸을 기울여 들여다본 설명은 건조하고 야박하다. 제목과 화가, 재료와 크기만 적혀 있다. 감상하는 표정 사이로 권태가 읽힌다. '저 그림이나 조각이

대체 나랑 무슨 상관이 있단 말인가?'라는 질문을 입속말로 삼키
고 만다.

말을 걸어오는 그림은 따로 있다. 이를테면 윌리엄 터너의
'눈보라'가 그랬다. 폭풍이 몰아치는 바다 한가운데서 이 영국 화
가가 돛대에 몸을 묶은 채 폭풍우를 관찰하고 나서 그렸다고 전
해진다. 바다의 움직임과 안개, 빛이 장엄하게 표현되어 있다. '눈
보라'는 "당신이 인생의 어느 굽이에서 이런 바다에 떠 있게 될
것"이라고 넌지시 경고하는 것 같았다. 관람객과 공명을 일으키
고 삶에 쓸모가 되었다면 그것이야말로 명작 아닌가.

5

1993년 여름. 희곡이랍시고 무수한 밤夜을 털어서 종이에 뿌려
보았지만 도통 진척이 없었다. 글 허리는 뚝뚝 부러지고 담배 맛
도 쓰거워질 때면 서점에 갔다. 문학 코너나 프랑스어 코너에서
시간을 보내곤 했다. '너는 왜 하필 과학을 했느뇨?' 같은 혼잣말
을 하면서.

그날 어느 시집을 들고 글맛을 핥다가 까무러칠 뻔했다. 뒤
통수를 억세게 맞은 기분이었다. 나를 후려친 시집은 김중식의
《황금빛 모서리》(문학과지성사)였다.

'이탈한 자가 문득'이라는 시편은 내 방황과 화학반응을 일

으켰다. "……집도 절도 죽도 밥도 다 떨어져 빈 몸으로 돌아왔을 때 나는 보았다 단 한 번 궤도를 이탈함으로써 두 번 다시 궤도에 진입하지 못할지라도 캄캄한 하늘에 획을 긋는 별, 그 똥, 짧지만, 그래도 획을 그을 수 있는, 포기한 자 그래서 이탈한 자가 문득 자유롭다는 것을."

돌아보면 살면서 단 한 번도 빈 몸이 되어 보지 못한 놈의 질투심이 있었다. 내가 들씌운 가면을 툭툭 건드리는 것 같았다. 다 들통난 놈의 낭패감도 뒤섞여 있었을 것이다. 자서自序부터가 절창이다. "詩 때문에 그것 아닌 것들을 많이도 아프게 했는데 어쩌다가 여기까지 왔는지…… 그래도 한때는 최선을 다해 방황했다."

사십 대 중반이 되니 청춘의 방황조차 노스탤지어가 된다. 《황금빛 모서리》를 처음 읽을 땐 막막한 상태라서 더 진동이 컸다. 내 방황은 방황 축에도 못 끼는 것이었다.

다시 읽어도 시편들이 화살처럼 날아와 꽂힌다. '수차'에서 "아무리 내딛고 올려밟아도 제자리이지만/ 평생 그 걸음으로/ 수차를 밟는 염부"는 게으름의 과녁을 뚫었다. "몸통 전체가 목구멍이므로 오장육부도 없는 놈"인 '갈대'는 질투심을 나무랐다. '완전무장'에서 "죽어서도 棺 속에 두 개의 무덤을 지고 들어가는 낙타"는 막가파식 낭만주의에 발길질을 해댔다. "시대가 깃털처럼 가벼운데/ 날개 달린 것들이 무거울 이치가 없다/ 나비가 무거울 이치가 없다"라고 말하는 '일관성에 대하여'는 힘이 들어간 내 어깨를 조롱했고, '食堂에 딸린 房 한 칸'의 "철로의 양 끝은 흙 속에 묻혀 있다 길의 무덤을 나는 사랑한다"라는 구절은 수치심을 무너뜨렸다.

시 '이탈 이후'에는 이런 대목이 있다. "우산도 뒤집히면/ 비에 젖네/ 젖은 우산에 내리는 비는/ 쌓이네." 비에 젖지 않으려고, 아프지 않으려고, 뒤집히지 않으려고 조심했던 나는 고작 시 몇 줄에 뒤집혔고 흠뻑 젖어버렸다. 시인은 낮게 가라앉은 사물들을 골라 그들을 일으킬 줄 아는 재주를 지녔다. 난 그 후로 뒤집히는 것도, 넘어지는 것도 두렵지 않았다.

《황금빛 모서리》는 논산 신병훈련소에도 나와 동행했다. 처음 동초를 서던 날, 잠이 덜 깬 얼굴로 화다닥 방한복을 입고 방한화를 신었다. 밖으로 나가자 펑펑 쏟아지는 눈발. 밤에 본 눈 내리는 풍경으로는 그때가 최고였다. 500원짜리 동전만한 함박눈 속으로 길은 다 숨어들고 없었다.

빠직빠직. 여섯이 한 조가 되어 걷는데 꼭 이런 소리가 났다. 그런데 참 이상한 일이었다. 바로 앞에서 걷는 동료의 철모와 어깨에 수북이 내려앉는 눈발이 유독 나를 가로지르는 느낌. 서늘했다. 내 몸에 얼마나 많은 구멍들이 있길래 눈이 그냥 지나칠까 생각하며 《황금빛 모서리》의 시편을 떠올렸다.

수인선 두 칸짜리 협궤열차가 각각

左右로 뒤뚱거릴 때

가장 똑똑한 놈들이 가장 자주 두리번거린다.

_김중식, '떼' 중에서

꼬리에 꼬리를 물고 도는 세상에서 큰 그림을 보려면 밖으로 빠져나와야 한다. 책을 읽는 사람에게는 현실과 평행한 또 다른 세계가 존재한다는 말이 있다. 나는 가끔 그 정서로 돌아간다. 《황금빛 모서리》는 그리하여 결핍이면서 꽉 찬 시집이다.

21

섹스

♥

1

그들은 사랑하면 정욕이 사라졌고, 정욕을 느끼면 사랑할 수
없었다.

심리학자 지그문트 프로이트는 1912년 발표한 논문 「애정의 영
역에서 나타나는 가치 저하의 보편적 경향에 관하여」에서 이렇
게 썼다. 사랑과 섹스 사이의 딜레마다. 프로이트는 사랑하는 누
군가와 섹스를 해야 하는 과제는 현대사회에서 개인이 겪는 심각
한 일상 스트레스 중 하나라고 보았다. 지난 백 년 동안 그 괴로
움은 좀처럼 누그러지지 않았다.
　이러한 장애를 일으키는 원인은 부분적으로 태도 전환의 어

려움과 관계가 있다. 사랑은 최소 몇 년 이상 지속적으로 가사를 돌보고 아이를 양육하는 일과 동시에 이뤄져야 하는 경우가 많다. 하지만 섹스는 그런 통제와 조절을 거부하는 행동이라서 서로 어긋날 수밖에 없다.

결혼한 부부를 상상해보라. 아이의 수학 성적이나 가족 병문안, 마이너스 통장에 대해 대화하다가 침대로 들어가야 하는 상황을. 우리는 내일 다시 아침밥을 먹지 않아도 되는 상대, 앞으로 삼십 년 동안 절대 마주칠 일이 없는 상대와 섹스를 하는 쪽을 더 마음 편하게 느낄지도 모른다.

2

2013년 《인생학교: 섹스》가 국내에 번역될 무렵에 영국 런던 북부 벨사이즈 파크에 있는 집필실에서 알랭 드 보통을 만났다. 런던을 뒤덮고 있던 회색 구름이 걷히고 모처럼 해가 비쳤다. "드물게 화창한 겨울날이에요"라며 작가는 반겼다. 알랭 드 보통은 창가 쪽으로 의자를 붙여 앉았다. 볕에 들뜬 식물 같았다.

'일상의 철학자'로 불리는 그는 우리 모두 경험하는 흔하고 쉬운 것에 인문학적 렌즈를 들이대 재발견하는 기쁨을 선물해온 이야기꾼이다. 영국 대형 서점 워터스톤즈에서 알랭 드 보통의 책들은 '영리한 생각smart thinking' 코너에 진열되어 있다. 'How to Think More about Sex'라는 제목을 붙인 신작에서 어떤 지혜를 들려줄지 궁금했다.

글감이 왜 하필 섹스인지부터 물었다. 그는 "섹스에 관한 한, 사람들은 대부분 자신이 이상하고 비정상이라고 생각한다"며 말을 이었다. "우리는 섹스에 대해 과거보다 더 열려 있고 편안해졌지만 여전히 불편하고 까다로운 문제다. 섹스는 테니스와 달리 심리적으로 매우 복잡하지 않나. 내 책은 늘 사적personal이다. 작가로서 독자와 더불어 통증을 느끼면서 짐을 짊어지고 싶었다."

섹스할 때 우리는 몸에서 가장 순수한 동시에 가장 불결한 부위를 낱낱이 드러낸다. 남녀는 무질서하게 뒤섞인다. "첫 키스의 순간 우리는 차가운 익명의 세계에서 우리를 둘러싸던 고독으로부터 벗어난다. 또 섹스는 불결함과 순수함이라는 이분법을 깨뜨린다"는 대목을 읽고 공감했다고 하자 그는 이렇게 응답했다. "사랑하는 사람과의 첫 섹스가 황홀한 까닭은 '고독으로부터 친밀함까지 가장 먼 거리the maximum distance from loneliness to closeness'를 여행할 수 있었기 때문이다."

《여행의 기술》로도 유명한 작가는 섹스를 설명하면서도 여행journey이라는 낱말을 가져왔다. 알랭 드 보통의 벗어진 머리가 빛을 받아 반짝였다. 그가 언급한 거리distance는 물리적인 거리인 동시에 심리적인 거리다. 고독한 남녀가 만나 서로에 끌리고 망설이다 고백하고 한 침대로 들어가 처음으로 몸을 섞는 과정을 매혹적인 여정으로 옮길 수도 있겠다 싶었다.

Q: 섹스는 매우 껄끄러운 주제다. 이 책의 마지막 문장을 쓰기까지 가장 큰 난관은 무엇이었나?

A: 섹스에 대해 쓴다고 하면, 차갑고 임상 시험 같고 뭔가 기술적으로 들린다. 하지만 난 동시에 친근하고 따스하게 읽히기를 바랐다. 가장 큰 난관은 궁극적인 해법을 줄 수 없다는 점이었다. 사랑과 섹스는 환상적인 것 같지만 현실은 그렇지 않다. 안정적이고 싶어하는 욕구와 뜨거운 정열이 계속 충돌하기 때문이다.

Q: 섹스는 순간이고, 생활은 그보다 훨씬 길다. 평상시와는 다른 모습으로 잠깐 동안 돌아갈 때 우리는 황홀해지지만 섹스가 끝나면 자신이 부끄럽고 낯설어진다. 당신은 그 갭을 어떻게 메우나?

A: 섹스는 강렬하지만 짧다. 프로이트는 '섹스로 삶의 동력을 얻어 다른 데 쓴다'고 생각했다. 그 정열을 이를테면 일터로 가져올 수 있다는 것이다. 긍정적인 에너지로 본다는 점에서 나도 동의한다.

Q: '섹시하다'를 설명하면서 당신은 육체와 건강미를 중시하는 진화생물학과 달리 심리적인 면을 강조했다.

A: 어떤 사람의 옷 입는 스타일이나 사고방식 때문에 끌릴 수 있

다는 것이다. 왜 대중은 특정 화가를 더 열렬히 선호할까? 나는 우리 내면의 결핍이 작품 감상에도 호감이나 반감으로 작용한다고 믿는다. 침착하고 규율을 잘 지키는 사람은 격정적이고 드라마틱한 작품을, 불안감이 높은 환경에서 자랐거나 곧잘 흥분하는 사람은 질서 정연하고 논리적인 작품을 더 좋아한다. 섹스 파트너에 대한 취향도 마찬가지다.

Q: 책에서는 배우 스칼렛 요한슨과 나탈리 포트먼을 양쪽에 놓고 설명했는데 당신에게 더 섹시한 사람은?

A: (멋쩍게 웃으며) 나탈리.

Q: 때로는 에세이, 때로는 소설을 쓰는데 그것 또한 작가로서 어떤 균형을 맞추려는 욕망인지……?

A: 그런 것 같다. 내 글감도 사랑부터 경제학·정치학·건축·여행·미술 등으로 퍼져 나갔다. 좁은 분야에 대해서만 쓰고 아는 작가보다는 어느 방향으로든 갈 수 있는 여행자이고 싶다.

Q: 부부는 서로에게 '작은 화살'을 쏘아대며 산다고 책에 썼다. 섹스에 관해서도 그런가?

A: '할 기분이 아니야' '피곤해'라면서 기피한다. 그것이 '고요한 분노quiet anger'를 낳고 눈덩이처럼 불어난다.

Q: '생전 처음 보는 사람이 섹스 파트너로 더 편할 수도 있다'는 문장은 경험담인가?

A: 그 질문에 감히 어떻게 답하나(웃음). 일반적으로 말하면, 섹

스는 자유와 상상, 유희와 통제력 상실이 필요하지만 결혼과 자녀 양육은 사실상 정반대다. 그렇다고 아내나 남편을 TV나 소파처럼 바꿀 수는 없지 않나.

Q: '결혼 생활은 침대 시트와 비슷하다'고 썼는데 무슨 뜻인가?

A: 결혼에 대한 환상도, 외도로 문제를 피할 수 있다는 생각도 오류다. '당신만을 사랑할 것을 맹세합니다'라는 결혼서약부터 잘못된 것이다. 결혼 생활은 아무리 애를 써도 네 귀퉁이가 반듯하게 펴지지 않는 침대 시트와 같다. 한쪽을 펴면 반대쪽이 흐트러진다. 따라서 문제를 직시하되 완벽을 추구하면 곤란하다.

Q: 결혼이 감옥이라는 사실을 인정하라는 것인가?

그렇다. 외도의 충동에 몸과 마음을 맡기지 않는 것은 기적과도 같은 일이다. 그렇다면 왜 성욕 때문에 생기는 문제를 기꺼이 받아들여야 할까? 성욕이 없었다면 우리는 고통에 대해 훨씬 둔감해졌을 것이고 인간에 대해 더 잔인해졌을 것이다. 부부가 무심과 권태를 극복하려면 상대를 새롭게 인식하려고 노력해야 한다.

Q: 오래 동거한 남편이나 아내처럼 친밀한 상대를 새롭게 인식하기란 참으로 어렵지 않나?

A: 우선 그 문제를 완전히 해결할 순 없다는 사실을 받아들여야 한다. 미국에서는 1960년대에 섹스 파트너를 여럿 두는 '오픈섹스'가 유행했다. 하지만 해결책이 되지는 못했다. 시간이 지

나고 관계가 뿌리내리면서 끝장난 것이다. 이 문제에 정답이
란 없다.

Q: 그래도 실용적인 조언을 해준다면.

A: 호텔에서 하룻밤 묵거나 남이 아내(남편)에게서 발견하는 매
력을 찾아보는 것도 방법이다.

Q: 팔로어 30만 명을 거느린 당신은 며칠 전 트위터에 "책을 쓴
다는 것은 농담을 던지고 웃기는지 아닌지 알기 위해 2년을
기다리는 것과 같다"라고 썼다. 이번 책의 예감은?

A: 아직 2년 안 지났다. 많이 팔리지 않더라도 독자가 어떤 지혜
를 발견한다면 만족이다. 팔로어 중 10만 명은 한국인(여성)
이다. 한국 여성이 남성으로부터 제대로 이해받지 못하기 때
문이라고 하는데, 맞나?

3

한국 남자 중 절반은 외도 경험이 있다. 여론조사기관 리서치앤
리서치가 2016년 20세 이상 성인 남녀 1,090명(기혼 784명)을
대상으로 진행한 설문 조사에서 남자는 50.8퍼센트가 "외도 경험
이 있다"라고 답했다. 여성 외도 경험자는 9.3퍼센트였다. 남성의
경우 40대가 48.4퍼센트, 50대 52.5퍼센트, 60대 이상은 56.7퍼
센트가 바람을 피운 적이 있는 것으로 나타났다.

부부 사이에 외도는 친친 엉킨 실타래와 같다. 그것을 숨기거나 감시하려고 애쓸 뿐 이해하려는 시도는 거의 없다. 알랭 드보통은 낭만적인 심리에서 실마리를 찾아낸다. "파트너와의 관계에서 우리 모두는 신중하게 평형이 맞추어진 혼합물을 필요로 한다"라고 그는 설명한다. 그 혼합물은 두 가지 성분, 즉 거리감distance과 친밀감closeness으로 이루어져 있다. 때로는 거리감을, 때론 친밀감을 욕망한다.

우리는 이성을 끌어안고 만지고 싶어 한다. 집에서처럼 편안하고 아늑한 친밀감을 바란다. 그(그녀)가 우리 마음속에서 자유롭게 거닐고 우리 생각을 알아주길 기대한다.

하지만 누군가에게 소유되거나 포함되거나 갇혀 있다고 느끼지 않을 만큼의 거리감이 필요하다. 해방감을 유지하고 싶어 하기 때문이다. 우리만 들어갈 수 있는 사적인 공간, 누구와도 공유할 수 없는 열쇠를 쥐려 한다. 어느 한쪽으로 너무 기울어진 불균형, 즉 과한 친밀감이나 과한 거리감을 해결하지 않고 방치하면 문제가 생긴다.

친밀감이 지나칠 경우를 보자. 파트너가 우리의 모든 것을 소유할 수 없다는 사실을 증명하려는 충동이 외도로 이어질 수 있다. 여기서 다른 이성과의 관계는 단순한 욕정이 아니다. 그것은 자신의 정체성이 부부라는 이름 아래로 녹아 없어지고 있다는 두려운 감정으로부터의 도피다.

지나친 거리감도 과한 친밀감 못지않게 관계를 악화시킬 수 있다. 그것은 계속되는 거부로 읽힌다. 파트너를 만지려고 할 때 그(그녀)는 몸을 빼거나 한숨을 쉰다. 사적인 문제를 꺼내면 화제를 돌린다. 이 경우 외도라는 결말을 맞을 수도 있는데 그것은 우리가 파트너를 더 이상 사랑하지 않기 때문이 아니다. 사랑의 크기에 비해 그(그녀)가 설정한 거리감이 참을 수 없고 굴욕적이기 때문이다.

안타깝게도 한 사람은 집착하고 다른 한 사람은 냉담하다. 거리감과 친밀감을 향한 욕망의 수준을 부부가 터놓고 따져볼 필요가 있다. 그 격차(불균형)를 풀 해법이 외도뿐인 상황으로 흘러가지 않도록.

4

《미각의 지배》를 쓴 미국 인류학자 존 앨런은 "남자들은 요리라는 것을 대할 때 기본적으로 성행위에 근거를 둔다"라고 했다. 예쁘지도 않은 여자에게 훌륭한 식사를 대접하는 경우는 거의 없으며, 내놓은 요리에 대해 여자에게 자세히 설명하기보단 어떻게 하면 분위기를 잘 만들어서 그 여자와 하룻밤을 보낼 것인지에 더 관심이 많다는 것이다.

곽정은의 에세이 《혼자의 발견》을 읽다 눈길이 멈췄다. 거의 모든 연애는 같이 먹고 마시지 않겠느냐는 제안으로부터 시작된다는 대목에서다. 상대가 먼저 끌렸을 땐 그가 내게 청했고 내가 먼저 끌렸을 땐 내가 그에게 청했지만 그것은 아무래도 상관없다는 것이다.

이 연애 칼럼니스트는 차 한 잔 하자던 자리가 식사로 또 술자리로 이어지면서 마음의 거리와 몸의 거리가 함께 가까워지던 기억을 풀어놓는다. 배가 고픈 채 서로에게 빠지는 일 같은 건 여간해선 일어나지 않는단다.

곽정은은 "같이 밥 한번 먹을래요?"라고 말하는 남자들의 말이 그리 듣기 좋았던 것은 그 안에 숨겨진 욕정을 또렷이 읽었기 때문이었을지도 모를 일이라고 썼다. 이쯤 되면 식탁이란 침대로 가기 전 남녀가 거치게 되는 가장 에로틱한 전희의 장소랄 수 있다.

사랑에 빠진 남녀 주인공이 식사를 함께하고 가장 이상하면서도 자연스러운 일을 수행하듯 침대에서 저녁을 '마무리'하는 장면은 소설이나 드라마의 단골 메뉴다. "어떻게 사랑이 변하니?"라는 대사로 기억되는 영화 〈봄날은 간다〉에서 은수(이영애)와 상우(유지태)가 서로의 마음을 확인하는 순간 그들 곁에는 라면이 있다. 한 냄비에 끓여 먹는 라면은 격식의 틀을 넘어 친밀성의 차원으로 이동했다는 증거다. 냄비에 스프를 막 뜯어 넣고 나서 은수가 묻는다. "자고 갈래요?"

그런데 식탁을 거친 후 침대로 향하게 되는 남녀의 행동을 뒷받침하는 과학적 사실도 있다. 식욕과 성욕은 인간의 가장 기본적인 욕구인데 식욕 중추와 성욕 중추 사이의 간격이 겨우 1.5밀리미터라는 것이다. 한 가지 중추에 자극이 오면 다른 한 중추도 덩달아 영향을 받게 된다.

다만 남녀 차이가 있다. 남자는 상대적으로 배가 고플 때, 여자는 배가 부를 때 성욕을 느낀단다. 남자는 배고픔을 느끼는 부위가, 여자는 포만감을 느끼는 부위가 각자의 성욕 중추와 더 맞닿아 있기 때문이다. 밥 한번, 술 한 잔을 청하는 남자들의 말은 지극히 본능에 충실한 구애 행위인 셈이다.

《혼자의 발견》에는 섹스가 탄수화물에 대한 갈망을 줄여준다는 문장도 나온다. 미국 컬럼비아대 메멧 오즈 교수는 성적으로 흥분된 상태에서는 행복 호르몬인 옥시토신이 지속적으로 분비되기 때문에 열정적으로 섹스를 하면 식습관마저 바뀐다는 연구 결과를 발표했다. 말하자면 '섹스 다이어트'다. 곽정은은 "어떤 사람과 연애할 때 유독 단것이나 파스타 혹은 밥을 많이 먹게 되었다면 그건 불만족스러웠던 섹스 탓일 수도 있다"라고 썼다.

진화에서 행복과 불행이 맡는 역할은 생존과 번식을 부추기거나 그만두게 하는 것과 관련해서만 의미가 있다. 유발 하라리는 《사피엔스》에서 "진화의 결과 우리는 너무 불행해하지도 너무 행복해하지도 않게 만들어졌다"라고 했다. 일시적으로 몰려오는 쾌락적 감각을 누릴 수 있게 됐지만, 그런 느낌은 영원히 지속되지 않는다. 쾌락은 금방 가라앉고 불쾌한 느낌에게 자리를 내어 준다.

진화는 남자로 하여금 임신 가능한 여자와 섹스를 해서 자기 유전자를 퍼뜨리면 쾌감이라는 보상을 받게끔 만들었다. 만일 성관계에 따르는 쾌감이 크지 않다면 그런 수고를 하려 드는 남자는 드물 것이다. 그런데 또한 우리는 그런 쾌감이 재빨리 사라지는 방향으로 진화했다.

오르가슴이 영원히 계속된다고 상상해보라. 음식에 흥미를 잃어 굶어 죽는 사람이 속출할 테고 침대가 곧 무덤이 될 것이다.

22

무기력

1

진료실 책상에는 화장지밖에 없었다. "정신과에서 가장 중요한 의료 장비는 크리넥스 티슈"라고 의사가 말했다. 나무가 땔감이나 집이 되어 외풍을 막아줄 뿐만 아니라 책상이나 종이로 바뀌어 지식을 전해주는 고마운 존재라는 것은 알았지만 내면의 상처까지 닦아줄 줄은 몰랐다.

때는 2014년 4월, 거리에는 벚꽃이 튀밥처럼 터지며 흘러내렸다. 책상 너머에는 베스트셀러 《굿바이 게으름》《스스로 살아가는 힘》을 쓴 저자이자 정신과 전문의 문요한 씨가 앉아 있었다. 화창한 봄날에 정신과를 찾는 환자들의 표정은 얼마나 어두울까. 그들이 진료실에서 자신을 괴롭힌 마음의 통증을 털어놓으며 크리넥스 티슈를 뽑아 눈가로 가져가는 모습을 상상했다. 문요한 씨가 입을 열었다.

"불안과 무력감을 호소하는 환자가 많아졌어요. 자기 삶조차 꾸려가기 어렵다고 여기는 공황 상태입니다. 십 대부터 육십 대까지 다 마찬가지예요."

그는 "스스로 살아갈 준비가 안 된 사람에게 자유는 혼란과 두려움의 원인일 수 있다"라고 덧붙였다. 개인이 더 많은 자유와 결정권을 쥔 시대가 되었지만 거꾸로 보면 저마다 모든 것을 책임져야 하는 짐을 지고 있는 셈이다. "무력감을 호소하는 환자들은 우울증도 있지만 번아웃 증후군Burnout Syndrome인 경우도 상당하다"라며 그가 말을 이었다.

"계기판에 연료 부족을 알리는 경고등이 켜져 있는데도 계속 달리다 멈춰선 자동차와 같습니다. 겉으로 보기엔 바쁘게 사는 것 같지만 사실은 자신을 몰아붙여서 탈진 상태에 빠진 겁니다."

머릿속으로 몇 가지 질문이 스쳐갔다. '나'라는 자동차는 지금 어떻게 달리고 있는지. 탁 트인 고속도로를 질주하는지, 오프로드에서 덜컹거리고 있는지. 엔진과 바퀴는 어떤 상태인지. 계기판은 또 무슨 신호를 보내오고 있는지. 바쁘다는 핑계로 짐짓 무시하고 있지는 않은지.

우리 사회는 '의자 빼앗기' 게임판을 닮아 있다. 사람은 많은데 의자는 부족해 먼저 차지하는 사람만 살아남는다. 문요한 씨는 "많은 사람들이 다른 아이보다 내 아이부터 의자에 앉히는 게 부모의 역할이라고 착각한다"라면서 "자율성은 뒷받침해줄 환경이 절대적으로 필요한데, 병든 꽃밭에서 어떻게 꽃이 피겠느냐"라고 되물었다. "아이에게 선택할 기회, 실패할 기회를 주어야 해요. '옷 얇게 입으면 감기 걸려' 하면서 간섭하기보다는 얇게 입고 나가서 감기에 걸려보는 게 낫습니다. 경험과 후회를 통해 자신을 파악하고 학습하는 게 중요해요."

자율성을 거세당한 어른이 그것을 회복할 방법은 없을까. 그의 처방전은 "그림을 그리다 말고 물러서서 살펴보는 시간 같은 게 필요하다"였다. 스트레스에 대해서는 "좋은 생각을 하는 것보다는 아무 생각도 하지 않는 게 낫다. 영화 관람, 운동 등 감각적 즐거움을 추구하라"라고 권했다.

2

2014년 벽두에 대중은 '보고 싶다'는 문자 하나를 지우려고 공간이동과 시간 멈춤을 감행하는 드라마 〈별에서 온 그대〉의 판타지를 소비했다. 4월에는 304명이 희생된 세월호 참사가 일어났다. 국가가 국민을 안 지켜준다는 무력감이 팽배한 상황에서 400년 전에 몸을 던져 외롭게 싸운 이순신에 대한 향수가 커졌다. 그해 여름 영화 〈명량〉은 역대 최대인 1,750만 관객을 모았다.

《미움받을 용기》는 그해 말부터 2년가량 베스트셀러 10위안에 있었다. 일본 철학자 기시미 이치로 등이 쓴 이 책은 불안해서 집 밖으로 나오지 못하는 사람을 향해 "불안해서가 아니라 밖으로 나갈 용기가 없어서 불안한 감정을 지어내는 것"이라고 말한다. 과거에 붙잡히면 한 발짝도 앞으로 나아갈 수 없다.

아들러는 프로이트, 융과 함께 심리학 3대 거장으로 꼽힌다. 못나고 열등감 가득한 게 인간의 모습이라는 이론을 펼친 학자다. 트라우마(정신적 외상)를 중시하며 "당신에게는 잘못이 없다"라고 위로하는 프로이트와 달리 "인생이란 누군가 정해주는 게 아니라 스스로 선택하는 것"이라고 말하는 아들러 심리학은 '용기의 심리학'으로 불린다.

아들러가 읽히는 까닭에 중에는 '매사에 긍정하라'는 긍정 캠페인이 식상한 수준에 도달한 탓이라는 진단도 있다. 김정운 전 명지대 교수는 "SNS에서 '좋아요'나 'RT(리트윗)'를 누르며 '싸구려 인정'에 목매어 사는 사람들이라면 귀담아들을 만하다"라고 했다.

세계보건기구가 21세기 최대 위험으로 지목한 것은 에볼라 바이러스도 에이즈AIDS도 아니고 직업적 스트레스다. 영단어 'worry(걱정)'를 붙잡고 뿌리를 캐면 '목을 조르다' '숨이 막히다'라는 뜻이 나온다. 근심은 그렇게 역사가 길고 치명적이다. 마음을 '졸이고' 속을 '태운다'는 우리말도 있다. 걱정은 몸 안에서 번지는 불길을 닮았다. 밖에서 난 화재라면 소화기로 끄겠지만

안에서 쥐고 흔드니 다른 대처법이 필요하다.

'번아웃'은 1970년대에 처음 등장한 용어다. 간호사처럼 남을 돌보는 직업을 가진 사람들에게서 이 탈진 증상이 발견되었다. 사명감을 가지고 헌신적으로 일하다 피로와 압박감이 지나치면 무기력해지고 냉소적으로 변한다. 번아웃 증후군은 이제 모든 직업군에서 나타나고 있다.

인간의 마음은 ①나도 알고 남도 아는 부분 ②나는 알지만 남은 모르는 부분 ③남은 알지만 나는 모르는 부분 ④나도 남도 모르는 부분 등 네 가지로 나눌 수 있다. "나도 알고 남도 아는 '나는 나' 영역을 넓히라"라고 전문가들은 조언한다. 스스로에 대해 더 많은 것을 알아야 인생을 어느 정도 통제할 수 있고 머리 쥐어뜯으며 후회할 일이 줄어든다는 것이다.

나도 사실 몽롱하게 살아간다. 누가 근황을 물어오면 쓴지 단지 말하지 않는다. "바쁘지만 그럭저럭 잘 지낸다"로 방패를 삼곤 한다. 생존을 위한 둔감력이라고 해야 하나. 그러면서 이따금 무력감에 젖는다. 이메일과 스마트폰 때문에 노동과 휴식의 경계는 흐려졌다. 몰두하거나 긴장하지 않는 '오프라인 상태'가 하루 중 얼마나 될까. 이따금 마음의 스위치를 'OFF'로 바꾸려고 애쓰면서 혼잣말로 중얼거린다. 이쪽 불을 꺼야 저쪽이 환해진다고. 세상이 아니라 나를 좀 챙기자고.

3

프랑스 철학자 미셸 드 몽테뉴1533~1592는 16세기가 저물어갈
무렵의 어느 날 서재 천장으로 팔을 뻗어 들보에 적어 놓았던 문
장 하나를 지웠다. 없애버린 경구는 "더 오래 살아도 새롭게 얻을
낙은 없다"(루크레티우스). 막역한 친구 라 보에티, 존경했던 아
버지, 태어난 지 얼마 안 된 다섯 자녀를 차례로 잃는 불행을 겪
은 뒤 법관직을 사퇴하고 은거하면서 '어슬렁어슬렁 죽음을 향해
기어가야겠다' 다짐하며 옮겼던 글이다. 그것을 지웠으니 '삶의
철학'으로 나아갈 참이었다.

　몽테뉴는 '자기 자신에 대해 쓴 최초의 철학자'다. 근대 철학
의 창시자 데카르트("나는 생각한다, 고로 존재한다")와 달리 절
대적인 확실성을 주장하지 않았다. 음울한 중세 그리스도교와 태
동하는 과학 사이에서 일상이 경시될 무렵, 몽테뉴는 '수상록'을
집필하며 삶 자체에 몰두했다. 다들 바깥을 바라볼 때 자신을 내
시경처럼 들여다본 셈이다.

　16세기에는 도처에 죽음이 있었다. 난폭한 전쟁과 전염병이
사람들을 쓰러뜨렸다. 《수상록》은 몽테뉴를 덮친 극한의 불행 때
문에 더 숭고하다. 문학이 죽음에 대한 상상에 큰 빚을 지고 있듯
이, 그는 폐허 위를 검시檢屍하듯 맴도는 상념 속에서 글을 써나
갔다. 몽테뉴는 정념이나 감각으로부터 이성을 분리시키는 스토
아철학을 무기로 죽음과 싸웠다. 초기작 중 하나에 '철학은 죽는

법을 배우는 학문이다'라는 제목을 붙이기도 했다.

하지만 낙마落馬 사고로 죽음의 문턱을 경험하면서 회의에 빠진다. 인간의 정신은 육체와 단단하게 묶여 있고, 우리는 늘 비틀거리며 불확실성 속에 살아가고 있다는 생각에 이른 것이다. 그는 내세를 동경하던 그리스도교적 인문주의자에서 벗어나 인간과 육체, 자연 쪽으로 이끌린다. 염세주의와의 결별이다. 몽테뉴는 스토아철학을 내던지고 신체가 느끼는 감각을 칭송하며 이렇게 썼다. "우리는 자기 안에 머물지 않고 자신을 초월하는 곳에서 맴돈다. 앞날에 무슨 일이 벌어질까에 정신이 팔려 현재에 대해 느끼거나 생각할 시간을 놓치는 것이다."

몽테뉴 이전에는 아무도 무기력에 대한 글을 쓰지 못했다. 낮은 자존감 때문에 고민이라면 그를 읽을 필요가 있다. 보르도 시장을 두 번 지내고 서른여덟 살에 일찌감치 은퇴한 몽테뉴는 여생을 독서와 글쓰기로 보냈다. 그는 대부분의 책이 인간 경험의 상당 부분을 삭제한다고 느꼈다. 요즘 말로 하면 편집해버린 것이다. 몽테뉴는 자신의 성기性器를 비롯해 삶의 세부를 솔직하게 털어놓으며 그 문제를 바로잡고 싶었다. 롤모델이 흠잡을 데 없이 너무 완벽하면 대중이 자존감을 잃을 수 있다고 그는 생각했다. 사람들이 자신의 평범함을 받아들이게끔 하는 게 핵심이었다.

몽테뉴는 대체로 우리가 부적절하다고 여기며 불쾌해지는 원인으로 ①신체적인 부적절함 ②평가받고 있다는 느낌 ③지적인 부적절함 등 세 가지를 지목했다. 신체적 고민에 대한 그의 처방은 "우리는 가축과 공통점이 많은 동물이다" "왕과 철학자도 똥을 싸고 숙녀도 마찬가지다" 같은 문장에 담겨 있다. 누가 볼까 봐 커튼 뒤에서 식사하는 여자, 프라이버시를 지키려고 '바지를 입은 채로 묻어달라'고 요구한 남자에 대해서도 썼다. 동물은 자기 몸에 대한 콤플렉스가 없고 쓸데없는 근심과 걱정으로 자신을 괴롭히지 않는다는 점에서 인간보다 지혜롭다고 그는 생각했다.

몽테뉴는 사회가 저마다 다른 규범과 관습을 가지고 있다는 것을 알았다. 거기서 벗어나면 이상하다고 평가받고 멸시당하기도 한다. 몽테뉴는 "다양한 나라를 여행하고 낯선 문화를 경험하면 정상과 비정상이 얼마나 상대적인 것인지 깨닫게 된다"라고 썼다. 여행을 하면 우리가 얼마나 편협한 생각에 갇혀 있었는지 정확히 파악할 수 있다는 것이다.

지적인 콤플렉스에 대한 처방도 통렬하다. 지혜가 아닌 학습을 강요하는 정규교육과 시험에 대해 비판적이었다. 그는 "대학을 졸업해도 멍청이인 경우가 많고 현실에서는 쓸모가 없다"라며 "자기 한계를 받아들일 수 있다면 대학 졸업자보다 더 현명해질 수 있다"라고 썼다. 세상사는 너무 복잡해 완전히 이해할 수 없다고 몽테뉴는 생각했다. 그 사실을 깨우치는 사람, 통제력을 벗어난 근심으로 속을 태우지 않는 사람이야말로 가장 지혜롭다고 여겼다.

그 핵심은 김영하 소설《살인자의 기억법》에도 나온다. 몽테뉴의《수상록》을 언급하는 대목에서 주인공은 "누렇게 바랜 문고판을 다시 읽는다. 이런 구절, 늙어서 읽으니 새삼 좋다"라며 한 문장을 인용한다. "우리는 죽음에 대한 근심으로 삶을 엉망으로 만들고 삶에 대한 걱정 때문에 죽음을 망쳐버린다."

4

1533년에 태어난 이 철학자가 한 말은 오늘날에도 적용될 수 있다. 평범함의 힘을 알고 '지금 여기'의 가치를 소중히 여긴다면 그에게 감사할 일이다. 허무주의의 대표 철학자 니체도 "몽테뉴의 글 덕분에 세상을 사는 기쁨이 커졌다. 기회가 주어진다면 그와 함께 느긋하게 인생을 즐기고 싶다"라고 했을 정도다.

몽테뉴는 말한다. 평범함을 부끄러워할 게 아니라 받아들여야 한다고, 문화적 현상에 반하는 것을 배척하지 말고 눈을 활짝 열어야 한다고. "우리를 괴롭히는 질병 중 가장 끔찍한 것은 자기혐오"라고 그는 지적했다. 겸손하게 한계를 받아들이면 무력감에 빠질 이유가 없다.

몽테뉴는 수필이라는 장르를 창시했다. 수필은 다소 지엽적이고 장난기 넘치며 예측 불가능한 개인적 글쓰기다. 그의 수필은 제목만으로도 흥미를 끈다. '아이들에 대한 아버지의 사랑'

'엄지손가락' '화' '말타기'에 대한 글도 있다. 매우 개인적이고 일상적이며 친밀한 지성이 나로 하여금 다양한 글감을 골라 쓸 용기를 준다.

몽테뉴는 신장결석으로 삶의 끄트머리로 몰리면서도 말 한 필, 책 한 권, 와인 한 잔 등 작은 것들을 눈에 담고 글로 옮겼다. 에세이 '나태에 대하여'에서 그는 이렇게 썼다. "농작물이 싹트고 자라기 시작하면 갖가지 어려움이 따른다. 사람도 마찬가지다. 사람을 심는 일은 힘들지 않지만 아이가 태어나면 다양한 걱정거리를 떠안게 된다."

우리를 일상적으로 괴롭히는 문제들 때문에 외로워질 때 가장 의지가 되는 철학자도 몽테뉴다. 그의 책은 특별한 독자를 겨냥한 것이 아니라 모든 사람을 향한 말 걸기였다. 《수상록》에 이런 고백이 나온다. "누구에게도 말하지 않았던 많은 것들을 나는 대중에게 말한다. 내 가장 은밀한 사고들을 꿰뚫고 있는 서점 진열대야를 내 가장 충직한 친구라 부르고 싶다."

23

미루기

1

세쿼이아sequoia 나무는 2,000년 넘게 산다. 그중 몸집(부피)이
가장 큰 '제너럴 셔먼'은 밑동의 지름이 11미터, 높이는 84미터에
이른다. 미국 캘리포니아의 세쿼이아 국립공원에서 본 제너럴 셔
먼은 불에 타고 부러지고 병든 흔적이 역력했다. 사실 시간을 견
디고 서 있다는 사실만으로도 장엄했다. 수령은 2300~2700년
으로 추정된다. 기원전부터 세상을 지켜본 셈이다.

  제너럴 셔먼의 둘레는 31미터다. 성인 열다섯 명이 팔을 벌
리고 에워싸야 이 나무를 껴안을 수 있다. 무게는 뿌리를 포함
해 2,000톤, 즉 8톤 트럭 250대 분량이다. 품고 있는 물은 욕조
9,844개를 채울 수 있다. 내가 27년간 매일 욕조 목욕을 할 수 있
는 양이다. 나무의 윗부분은 죽어서 높이 생장을 멈추었지만 부

피는 계속 커지고 있다.

그런데 세쿼이아 나무는 왜 쓰러질까? 벼락이나 화재, 질병 탓도 있지만 결정적으로는 무게 때문이었다. 아득히 뻗어올라가지만 덩치가 커질수록 위태로워지는 것이다. 제너럴 셔먼을 우러러보면서 삶의 아이러니를 발견한다. 위대한 성장에는 죽음의 그림자가 있다. 안전하게 위대해지는 길은 없다.

어떤 생은 시간을 견뎌냈다는 사실만으로도 장엄하다. 5~6월 미국 동부 델라웨어만灣에 가면 해질녘 아메리카 투구게들이 뭍으로 올라오는 장관을 목격할 수 있다. 투구게는 4억 4,000만 년 전 지구에 등장했고 산란의 역사도 그만큼 길다. 어쩌면 세상에서 가장 오래된 광경을 목도하는 것이다.

우리에게 바닷속 어두운 세계가 그러하듯이 그들에게도 인간 세상은 낯설고 불안할 것이다. 투구게는 물속에서보다 무거워진 몸을 이끌고 모래를 헤치며 아득바득 긴다. 암컷들은 구덩이를 파고 수컷들은 알의 아비가 되겠다며 쌈박질을 한다. 암컷 한 마리가 알을 9만 개 낳지만 그중 약 하나만 8~10년 생존해 다시 이 해안을 찾는다.

박물학자이자 사진작가 피오트르 나스크레츠키는 《가장 오래 살아남은 것들을 향한 탐험》에서 이 산란 드라마를 종교체험에 빗댔다. "자연의 신비 앞에서 세상의 불행을 잊게 된다"라고 썼다. 사람의 평균수명은 80년에 불과하다. 제너럴 셔먼 앞에서 숙연해졌듯이 투구게의 생존기를 읽으면 인간사가 사소해 보인다.

2

우리는 시간이라는 감옥에 갇혀 있다. 팔십 세 노인이 체감하는
삶의 속도를 사십 대 남자가 알기는 버겁다. 이십 대는 아예 흘
려들을지도 모른다. 젊은이에게 과거는 짧고 미래는 창창하니까.
그래도 한 가지는 부정할 수 없다. 늙으나 젊으나 우리는 매일
24시간만큼 죽음을 향해 다가간다.

> 세월이 거북이처럼 느리다고
> 20대의 청년이 말했다
> 세월이 유수流水처럼 흘러간다고
> 40대의 중년이 말했다
> 세월이 날아가는 화살이라고
> 50대의 초로初老가 말했다
> 세월이 전광석화電光石火라고
> 70대의 노년이 말했다
> 한평생이 눈 깜짝할 사이라고
> 마침내 세상을 뜨는 이가 말했다.
>
> _임보, '세월에 대한 비유'

영화 〈유스〉를 보고 이 시를 다시 꺼내 읽었다. 1년은 늘 365일이지만 시간은 쓰는 사람에 따라 속도가 다르다. 19세기 프랑스 철학자 폴 자네는 "열 살 아이는 1년을 인생의 10분의 1로 길게 생각하고 쉰 살 사내는 50분의 1로 짧게 여긴다"라고 했다.

〈유스〉는 알프스 고급 호텔에서 휴가를 보내는 두 노인의 드라마다. 작곡가 겸 지휘자 프레드(마이클 케인)는 삶의 목표를 잃고 은퇴를 선언했다. 오랜 친구인 믹(하비 케이틀)은 같은 곳에서 새 영화 구상에 바쁘다. 산책과 마사지, 사우나와 건강 체크로 무료한 시간을 보내는 프레드에게 영국 특사가 찾아온다. "여왕 앞에서 대표곡 '심플 송Simple Song'을 연주해주십시오. 기사 작위도 드릴 겁니다." 그는 거절한다.

이 영화는 늙음 외에도 여러 재료를 흥미롭게 뭉뚱그렸다. 우정, 사랑, 통증, 상실, 지혜, 환멸…… 딸 레나(레이철 와이즈)와 함께 호텔에 투숙한 프레드는 몸과 마음이 지쳤다. 우울한 나태에 빠져 있다. 레나도 남편과 이별한 상처를 다스리는 중이다. 프레드는 사탕 포장지를 바스락바스락 비비면서 과거를 추억한다.

정반대로 믹은 마지막 명작을 뽑아낼 꿈에 부풀어 있다. 아침마다 "소변은 잘 보았나?" 묻는 사이지만 두 노인은 사뭇 다르다. 한 사람은 과거에 붙잡혀 있고 다른 한 사람은 여전히 미래를 꿈꾼다. 믹이 준비 중인 영화 제목은 〈생의 마지막 날〉이다.

2014년 〈그레이트 뷰티〉로 아카데미와 골든글로브 외국어 영화상을 휩쓴 파올로 소렌티노는 시간예술인 음악을 사랑하는 감독이다. 한국이 낳은 소프라노 조수미도 출연해 노래를 들려준다. 전설이 된 아르헨티나 축구 스타 디에고 마라도나와 조수미가 같은 영화에 나올 줄은 상상도 못했다. 소렌티노 감독은 마라도나가 뛰는 경기를 보러 간 사이에 부모를 사고로 잃은 개인사를 〈유스〉에 담고 싶었다고 한다.

프레드가 그루터기에 앉아 소떼를 바라보며 지휘하는 대목이 명장면이다. 소 울음과 방울 소리, 바람과 고요, 새 떼의 비상이 모두 악기처럼 들려온다. 대자연이 빚어내는 즉흥 교향곡이다. 영화는 주인공들의 정서를 단단히 뭉쳐서 던진다. 가장 고요한 장면이 가장 멀리 울려 퍼지듯이, 말을 들어내야 풍경이 일어선다. 수영장과 사우나에서 알몸으로 있는 사람들을 비추는 장면은 윌리엄 터너가 그린 풍경화처럼 뿌옇게 다가온다. 이 호텔에 온 미녀(미스 유니버스)를 바라보는 두 노인의 시선도 재미있다. 노년은 정신이 흐려지면서 또렷해지는 시간일지도 모른다.

〈유스〉는 인생의 끄트머리에 대한 대리 체험이다. 당신도 멀지 않았다고, 노년도 긴 시간이라고 말하는 것 같다. 유머러스한 장면에서는 실컷 웃다가 가슴 한쪽이 서늘해진다. 누구나 알고도 모른 척하는 늙음, 그 돌이킬 수 없는 시간의 진행을 스산하고 담담하게 포착했다.

3

어려서부터 게으름은 나쁜 것이라고 배웠다. 직장인들은 "바빠 죽겠어"라는 말을 입에 달고 산다. 푸념처럼 내뱉지만 사실 그 이면에는 안도감과 자부심이 녹아 있다. 현대인, 그 중에서도 한국인은 바쁘지 않으면 죄책감에 젖는다. 그러면서도 일을 미룬다. 이런 상태를 '타임 푸어time poor'라 부른다. 늘 시간이 부족하다 느끼며 초조해한다.

유튜브에서 '미루기procrastination'라는 제목의 교육용 애니메이션을 보았다. 한 아이가 등장해 "당신은 저 같은 사람을 어디선가 본 적이 있을 거예요. 늘 신경이 곤두서 있지요. 일할 시간이 충분하지 않기 때문이에요"라며 말을 걸어왔다.

아이는 혼자 있고 싶어 한다. 그래야 일에 집중할 수 있을 것 같아서다. 산책을 가자고 청해도 "시간이 부족하다"며 거절한다. 마침내 온전히 혼자 있는 하루가 주어진다. 집안은 조용하고 시간은 넉넉하다. 그런데 정작 그렇게 많은 시간이 생기면 잡다한 신문기사를 읽고 영화를 보고 인터넷 서핑을 하며 흘려보낸다.

아이는 일하는 자리를 지켜야 한다는 강박이 있다고 말한다. 일에서 너무 멀리 떨어지면 죄책감이 든다는 것이다. 하지만 일하는 곳에 머무르면 아무것도 안 한다는 게 딜레마다. 딱 내 이야기 같았다. "아무것도 안 하고 죄책감도 안 드는 완벽한 장소는 다른 활동을 할 수 있는 가능성이 무한한 곳"이라는 말에 고개를 끄덕였다.

아이는 "사실 좀 두렵다"라고 고백한다. 인생은 짧고 다들 바쁘게 산다는 걸 생각하면 더 우울해진단다. 아무것도 하지 않고 잠자리에 든 날에는 삶이 너무 형편없어서 내일 아침에 일어날 가치가 없다고 여긴다. 아이는 부끄럽다면서 이렇게 덧붙인다.

"제가 게으른 것처럼 보일 거예요. 알아요. 하지만 사실 저는 게을러서가 아니라 두려워서 아무것도 하지 않을 뿐이에요. 일을 시작하면 끔찍하게 끝날까 봐 겁나요. 완벽하면 좋을 텐데 그럴 수 없다는 걸 알아요. 그래서 시작하기가 싫어요."

우리가 '시간 낭비'라고 부르는 것은 대체로 게으름이 아니라 공포다. 그래도 희망은 있다. 이 애니메이션은 후반부에 아이가 해변에서 모래성을 쌓는 것을 보여준다. 망쳐도 다 괜찮을 것 같다는 생각이 드는 장면이다. 어릴 적에 우리는 다 그랬다. 성과에 대한 부담감이 적었고 부모의 기대치도 낮았다. 당부하듯이 아이가 말한다.

"아마 여러분 마음속에도 제가 있을 거예요. 저를 이해하려고 노력하시는 편이 좋아요. 완벽을 추구하면서 저를 윽박지르지는 마세요."

4

문학에서 미루기로 으뜸가는 인물은 햄릿이다. 햄릿이 과감했다면 〈햄릿〉은 상연 시간이 짧아졌을 테고 무대에서 죽는 사람도 줄어들었을 것이다. 그는 생각 많고 우유부단한 '꾸물거림의 달인'이다.

2016년 국립극장 해오름극장에서 공연한 〈햄릿〉은 일찌감치 표가 동났다. 비극이 '전석 매진'이라니, 눈을 의심했다. 희극이 비극을 압도하는 우리 연극 지형에서 좀처럼 일어나지 않는 사건이다. 관객 취향은 가벼운 희극에 기울어 있기 때문이다.

〈셜록〉〈이미테이션 게임〉으로 유명한 배우 베네딕트 컴버배치가 주인공을 맡은 〈햄릿〉(연출 린지 터너)은 영국 연극 역사상 가장 빠른 매진 기록을 세운 흥행작이다. 2015년 8월 런던 바비칸센터에서 개막했고 평단의 호평 속에 12주간 80회 매진 행진을 이어갔다. 영국 국립극장은 이 비극을 촬영해 'NT Live'라는 프로그램으로 해외에 판매했다. 한국 관객은 공연장에서 대형 스크린(16미터×9미터)을 통해 녹화 중계로 〈햄릿〉을 본 셈이다.

덴마크 왕자 햄릿은 무대에서 검은 상복 차림이다. 갑작스러운 아버지의 죽음, 곧장 숙부(클로디어스)와 재혼한 어머니(거트루드)를 원망하며 바닥 모를 슬픔에 빠져 있다. 장례식장에 올린 고기를 식기도 전에 결혼식장으로 옮긴 셈이라며 비통해한다. 망루에 나타난 선왕의 망령은 "클로디어스가 나를 독살했다"라고 말한다. 전형적인 복수극의 도입부 같다. 그런데 햄릿은 망설인다. 역사상 가장 유명한 독백은 이 대목에서 흘러나온다.

"사느냐 죽느냐To be, or not to be……"

햄릿은 자살 욕망에 휩싸인다. 죽는다는 것은 잠드는 것, 그럼 온갖 동요도 끝날 수 있다. 하지만 죽음 뒤 미지의 세계가 두렵다. 이번 무대에서 햄릿은 목에 줄을 건 채 저 명대사를 읊었다. 아버지를 살해한 범인이 누구인지 아는 그는 복수를 위해 미친 척하지만 기회가 찾아올 때마다 번번이 미룬다.

햄릿은 현명하면서 어리석고 진지하면서 경솔하고 용감하면서 겁이 많다. 생각만 많을 뿐 행동이 없다. "셰익스피어는 햄릿을 통해 현대적인 인간을 발명했다"는 평을 받는다. 햄릿이 등장하기 전까지 사람들은 자신의 마음속 풍경을 마주한 적이 없기 때문이다. 당장 할 수 있는 일을 이런저런 구실로 미루는 것도 인간의 보편적 습성 아닌가.

걸출한 배우들은 다들 햄릿을 꿈꾼다. 광기를 연기해야 한다는 점에서 매혹적이면서도 위험한 배역이다. 너무 대담하게만 표현하면 망설이는 햄릿의 내면을 설명하기 어렵다. 거꾸로 큰 짐을 짊어진 인물로만 묘사하면 연극 전체가 지루해지고 만다. 컴버배치는 인터뷰에서 이 무대를 '허허벌판'이라 표현했다. "독백이 많은데 그 대사를 해야 할 필요를 찾아내야 한다. 3시간 공연을 마치면 배고프고 피곤하지만 안도의 한숨을 쉬게 된다"고 했다.

〈햄릿〉은 세계적으로 가장 많이 공연되는 연극이다. 오늘도

햄릿은 어느 극장에선가 복수를 미루다가 고통을 짊어지고 죽어간다. 그렇게 파멸하는 삶도 있다는 걸 보여준다. 셰익스피어가 남긴 선물이다. 햄릿이 읊는 독백은 문화적 자산이 되었다. 컴버배치는 〈햄릿〉이 얼마나 현대적이고 섹시할 수 있는지 증명했다.

"Just do it!"

나이키 광고 카피다. 햄릿은 생각이 너무 많지만 이 광고 문구엔 몸이 먼저 반응한다. 해마다 비극에 한두 편 도전해보라고 권하고 싶다. 출생의 비밀이나 기억상실 같은 막장 드라마 말고 진짜 비극을. 운명과 싸우는 고귀한 주인공의 추락을 보고 나면 사로잡혀 있던 일상의 고민으로부터 벗어날 수도 있다. 그러니 망설이지 말자. 저스트 두 잇!

24

미신迷信과 미신美信

1

아내 배 속에서 딸은 거꾸로 들어서 있었다. 수술이 불가피했다. 의사가 물었다. "언제 할까요?" 택일擇日 앞에서는 누구나 운명론 자가 되는 모양이다. 아이의 출생 날짜와 시각까지 정해야 한다 는 부담감에 떠밀려 그곳을 수소문했다.

서울 강남에서 유명하다는 점집이었다. 젊은 처녀무당이 내 뱉듯 말했다. "이날은 재운이 좋고 이날은 총기가 있어." 미련하 게도 총기를 택했다. 디데이와 시각을 세팅해 놓았지만 계획은 어그러지고 말았다. 양수가 터지는 바람에 딸은 보름이나 일찍 세상에 나왔다. 재운과도 총기와도 무관한 날이었다.

딸에게 출생의 비밀을 들려주었더니 버럭 화를 냈다. 그렇게 불쑥 태어나는 바람에 수학에 쩔쩔매고 용돈도 넉넉하지 않게 되었다는 것이다. 어물쩍 책임을 떠넘겼다. 전부 다 그 처녀무당 때문이라고.

어느 날 출근길에 횡단보도를 건너는데 누군가 물티슈를 내밀었다. 무심코 받았더니 만화가 끼어 있었다. 동네 교회에서 선교용으로 만든 가벼운 홍보물이었다.

만화는 '당신은 행복하십니까?'라는 질문부터 던졌다. 다음은 짐작대로였다. 우리는 누구나 행복하기를 바라지만 아무리 재산이 많아도 공허하고 만족감이 없다. 그 까닭은 인간이 하나님께 불순종의 죄를 지었기 때문이다. 그 결과 심판을 받고 사망하여 지옥에 갈 수밖에 없는 상태이다…….

나는 종교가 없다. 그렇다고 확고한 무신론자도 아니다. 성당이나 절의 분위기, 크리스마스캐럴을 좋아한다. 종교 건축과 미술, 이야기와 음악에도 끌린다. 다만 인간의 힘으로는 아무리 착하게 살고 고행을 해도 구원받을 수 없다는 결정론, 진실하게 믿고 마음과 삶 안에 모셔야만 영생을 얻는다는 으름장에 거부감이 들 뿐이다. 선교 활동을 보며 '보험 영업사원처럼 공포를 파는구나'라는 생각도 한다.

2

부산에서 수산회사 사장(송영창) 딸 은주가 납치된다. 열흘이 지나도 유괴범은 감감무소식이다. 고모(장영남)는 지푸라기라도 잡으러 간 점집 김 도사(유해진)로부터 "은주가 아직 살아 있다. 공 형사(김윤석) 사주라야 돌아올 수 있다"는 말을 듣는다. 공 형사는 쓸데없는 소리라며 핀잔을 주는데 김 도사 예언대로 보름째 되는 날 유괴범이 전화를 걸어온다.

영화 〈극비수사〉는 여느 범죄 드라마와는 궤도부터 다르다. 투캅스가 아니라 '형사 + 도사'라는 조합으로 1978년 여름 전국을 떠들썩하게 한 실화 속으로 관객을 데려간다. 안경테에 오목 렌즈와 볼록렌즈를 하나씩 끼운 셈이다. 공 형사와 김 도사는 물과 기름처럼 겉돌며 투닥거리지만 중반부터는 서로에게 조금씩 스며든다. 그리고 다른 영화에선 볼 수 없는 무늬가 나타난다.

사건은 미궁에 빠지고 유괴된 지 33일째 공 형사와 김 도사가 충돌하는 대목에서다. "오늘 넘기면 애 못 살려요. 물가에서 찾아야 해요"라는 김 도사의 말에 공 형사는 "귀신 씻나락 까먹는 소리 그만 안 할래?"라며 그가 구두 밑창에 몰래 깐 부적을 꺼내 박박 찢는다. 김 도사는 흙바닥에 '所信'(소신)이라고 쓴다.

이 영화가 길어 올린 아름다운 무늬의 이름이다. 뇌물 받은 게 들통난 공 형사나 식구들이 거리로 나앉아야 할 판인 김 도사나 궁지에 몰려 있기는 매한가지다. 서울과 부산의 다른 형사들이 범인을 추적할 때 그들은 은주를 살리는 일에 전부를 건다. 남은 거라곤 소신밖에 없다. 쥐뿔도 없는 이들이 지닌 소신이 얼마

나 소중한지, 그것 없는 세상이 어떻게 헝클어졌는지 돌아보게
된다.

〈극비수사〉에서 추적 장면을 몽땅 들어내면 세 가족의 생활
이 보인다. 공 형사는 때 묻은 경찰이고, 은주는 공 형사 아들의
같은 반 친구다. 아내는 "데모하는 사람 쫓아다닐 시간은 있고 애
찾아줄 시간은 없다, 이거 아닝교"라며 바가지를 긁는다. 성철 스
님 모시다가 불자가 아닌 도사의 길을 택했다는 김 도사는 벌이
가 형편없다. 아내는 딸 병원비 때문에 결혼반지까지 팔았다. 하
지만 이웃에게 닥친 불행을 살피고 진심을 다해 돕는다.

망치로 호두를 깨보면 안다. 껍데기가 단단할수록 속은 허하
다. 그러나 손가락이 찍혀 화끈거리며 부어오르는 통증이라도 느
껴지면 이런 게 삶의 징표라는 생각도 든다. 후반부에서 공 형사
와 김 도사는 호두 두 알을 모아 굴릴 때 나오는 듣기 좋은 소리
를 들려준다.

한국의 종은 소리가 청아하다. 잡음을 제거하는 음관音管이
있어 맑은 소리를 낸다. 종을 걸어놓은 바닥을 둥글게 파둔 명동
鳴洞 덕에 종소리가 먼 곳까지 울려 퍼진다. 속이 텅 빈 종과 비슷
한 모양으로 움푹 패인 땅이 마주보며 공명하는 것이다.

이 영화는 뉴스 아래 감추어져 있던 두 사람, 아이를 살리기
위해 열심히 뛰었지만 공功을 가슴 깊이 숨겨놓은 두 사람의 이
야기다. 손해 보지 않으려고 악다구니를 쓰는 세상이라서 그들이

더 반짝인다. 점과 사주가 등장하지만 미신迷信이 아닌 미신美信으로 다가온다.

3

모세, 그리스도, 무함마드를 비롯한 종교 창시자들만 사막에서 영감을 얻었다. 산이나 빙하처럼 사막은 인간의 정신을 깨끗하게 정화시켜준다. 사막은 세상 무엇보다 지루하다. 우리가 상상할 수 없는 오랜 시간 동안 그 자리에 늘 그렇게 있었다는 것이 요점이다. 1억 6,000만 년 전 페름기 이래로 변화가 거의 없었다는 점, 텅 비어 있다는 사실이 우리를 겸허하게 만든다.

〈사막의 지혜The Wisdom of Deserts〉라는 영상을 유튜브에서 보았다. 바흐 '나단조 미사'가 배경음악으로 흘러나왔다. 사막에 간 사람은 그곳에서 아주 왜소해진 자신을 만나지만 굴욕감은 없다. 사막은 우리에게 철학 서적만큼이나 많은 이야기를 한다. 사막은 3분기 실적에 아무 관심이 없다. 당신은 사막에서 필요 이상으로 뭔가를 오랫동안 생각하게 될지도 모른다.

미국에서 살 때 모하비사막을 지난 적이 있다. 캘리포니아 지도 위의 한 장소이지만 영혼의 행선지일 수도 있다. 나는 언젠가 죽을 테고, 그래도 사막은 변하지 않고 존재할 것이고, 작은 근심으로 부루퉁해질 필요가 없고, 그렇다면 내가 달라질 수 있

는 시간은 충분하다. 내 중요한 부분이 사막에 속해 있는 셈이다

세계 최초로 에베레스트 정상에 무산소로 올랐고 히말라야 8,000미터급 14좌를 산소 없이 완등한 라인홀트 메스너를 2016년 인터뷰하고 종교적인 기운을 받았다. 그는 단독 등반의 장점을 묻는 질문에 "이 세상에서 뚝 떨어져 나올 수 있다"라며 "나는 산을 정복하려고 오르지 않았다. 탐구해야 할 것은 '나 자신'"이라고 답했다. 혼자 올라야 자연의 최고 지점에서 내 한계를 체험하고 내 목소리를 들을 수 있다는 것이다.

등반이 위험하니까 집에만 있었다면 지금의 나는 없었을 것이다. 위험은 어디에나 있다. 대도시에 사는 게 에베레스트 정상보다 더 위험할지도 모른다. 나는 준비가 되었다고 느낄 때만 산에 올랐다. 문명사회로 돌아올 때 다시 태어난 것 같은 기분을 느꼈다.

메스너는 8,000미터급 고봉들을 완등한 다음 수직적인 등반에서 벗어났다. 수평적인 공간에서 자신과 만나기 위해 고비사막을 횡단했다. 목말라 죽는 것은 얼어죽는 것만큼이나 순식간이다. 그는 모래 폭풍과 물 부족을 무릅쓰고 사막으로 갔다.

메스너는 "여행안내서나 GPS를 통해 얻는 정보보다는 본능과 직관이 훨씬 중요하다"라고 말했다. 그림자를 이용해 언제

나 같은 방향으로 걸어가는 방법을 익힐 수 있었다고 한다. 지름 길에서 벗어났는지 확인하느라 나침반을 꺼내는 일은 극히 드물었다. 사막에는 정상이 없고 사막을 정복할 수도 없다. 다만 깊이 생각하기 위해, 온전한 자신과 만나기 위해 사막으로 갔다.

4

종교의 의식 절차나 공동체적인 생활에 매료되지만 교리는 받아들일 수 없는, 나 같은 사람들이 있다. 물론 종교의 초자연적 주장들은 진실일 리 없다. 그렇다고 깡그리 묵살해도 되는 것은 아니다. 예수는 신의 아들이 아니었다. 그럼에도 그 이야기는 현대 사회에도 교육적으로 중요한 힘을 가지고 있다.

예수는 상징적인 인물이다. 그와 같은 사람은 아무도 없지만 우리 대부분은 조금씩은 그와 닮아 있다. 예수가 겪은 고통의 이야기는 우리가 경험하는 슬픔을 전략적으로 과장한 버전이다. 끔찍한 일들이 실제 우리 삶에서 벌어진다. 위험한 암 진단을 받거나 이혼으로 가정이 부서지거나 회사가 부도나 직장을 잃거나.

개인화된 사회 속에서 실패는 그(그녀)의 나약함 또는 어리석음 탓으로 치부되곤 한다. 그렇게 되어야 마땅한 것처럼 몰인정하게 '루저'로 묘사된다. 반면 십자가에 못 박힌 예수 이야기는 정반대다. 우리에게 견딜 만하고 관대한 삶의 시나리오를 건넨

다. 인생에서 가장 고통스러운 구간을 지날 때조차 그 괴로움이 익숙하고 정상인 것처럼 느끼게끔 돕는다.

종교는 대중의 관심을 끌려면 흥미로워야 한다는 것을 알고 있었다. 그 덕분에 미술과 건축, 음악과 수사학이 발전했다. 우리는 대학에서 주전자에 물을 붓듯이 머리에 지식을 채우지만 그것이 향후 40년간 지속되지는 않는다. 종교는 지혜를 반복적으로 되새기는 문화를 갖고 있다. 신봉하지 않더라도 메시지 전달 기술과 달력 등 종교가 지닌 교육 방법은 참고할 만하다.

오랫동안 문명과 부대끼며 발전한 종교의 비법과 효율은 무신론자에게도 요긴하다는 뜻이다. 세속적인 삶은 구멍이 숭숭 뚫려 있다. 종교는 그 부족한 부분들을 실용적으로 메운다. 여행업 종사자라면 종교의 성지 참배나 순례를 관찰할 필요가 있다. 예술 분야에서 일한다면 종교가 예술을 어떻게 사용하는지, 교육 분야에서 일한다면 종교가 생각을 어떻게 전파하는지 살펴보는 식이다.

우리는 진지하지만 소통에 서툰 사람들을 본다. 거꾸로 항상 TV에 나오고 뛰어난 말솜씨를 자랑하지만 알맹이 없는 이야기만 하는 사람들도 많다. 지식은 이미 차고 넘친다. 어떻게 취사선택해 효과적으로 전달하느냐가 문제다. 훌륭한 메시지와 뛰어난 소통가를 결합하는 데 종교의 기술이 필요하다.

어떤 종교가 전부 옳다거나 완전히 엉터리라는 이분법적 사고를 버리면 된다. 동굴 안에 묻혀 있는 지혜 중에서 유효한 것만 골라 사회로 옮기는 것과 같다. 우리가 신을 만들어낼 수밖에 없었던 시련은 오늘날에도 여전하다.

5

삶에는 끝이 있다. 누구나 죽는다. 귀족도 천민도, 부자도 빈자도, 박사도 무지렁이도 피할 수 없다. 지구라는 행성이 생기고 인류가 출현한 이래 만인에게 공평한 것은 딱 하나, 죽음뿐이었다.

죽음이 불가피했기에 사람들은 어릴 적부터 영생에의 욕망을 억누르는 쪽으로 자신을 훈련시켰다. 그리고 대체물을 만들었다. 불멸의 심포니를 작곡하거나 전쟁에서 영원한 영예를 위해 싸우거나 사후의 천국을 상상하며 목숨을 내던졌다. 종교도 허구의 이야기일 뿐이다. 예술적 창의성, 정치적 헌신, 종교적 경건함은 전부 죽음의 공포를 에너지원으로 삼았다.

그런데 《사피엔스》를 쓴 역사학자 유발 하라리는 2017년 번역 출간된 《호모 데우스》에서 충격적인 이야기를 들려주었다. 21세기에 죽음은 인류가 해결할 수 있거나 해결해야 하는 기술적 문제에 불과하다는 것이다. 죽음 없는 세상에서 기독교와 이슬람교, 힌두교를 상상해보라. 그건 천국도 지옥도 부활도 없는 세상이다.

우리는 죽음을 극복하기 위해 종교에 의지해왔다. 하지만 미래에는 사후 세계를 믿거나 예수의 재림을 기다릴 필요가 없어진다. 죽음을 물리치고 영원한 젊음을 시작하는 생명과학 프로젝트는 2013년 구글의 바이오기업 칼리코Calico에서 이미 시작되었다. 칼리코에서 엔지니어링 디렉터를 맡고 있는 레이 커즈와일은 미식축구에 빗대며 이렇게 말했다.

"우리는 몇 야드를 전진하려고 애쓰는 게 아니다. 죽음과 벌이는 시합에서 이기는 게 목표다. 왜? 죽는 것보다는 사는 게 낫지 않은가."

'호모 데우스'란 '신神이 된 인간'이라는 뜻이다. 《호모 데우스》에 따르면 어떤 전문가들은 2100년이나 2200년이면 인간이 죽음을 극복할 것이라고 낙관한다. 건강한 몸과 건강한 은행계좌를 소유한 사람은 한 번에 죽음을 10년쯤 늦추는 주사를 맞으며 질병을 치료하고 피부와 뇌를 업그레이드할 수도 있다. 이른바 초인간(슈퍼휴먼)의 등장이다. 하라리는 "그들도 사고나 전쟁으로는 죽을 수 있기 때문에 엄밀히 말하면 불멸은 아니다"며 덧붙인다.

"하지만 초인간은 삶에 유효기간(만기일)이 없다. 그것은 아마도 그들을 역사상 가장 걱정 많은 인간으로 만들 것이다. 우리처럼 히말라야에 오르거나 바다에서 수영을 하거나 찻길을 무단횡단하는 위험한 일은 꺼릴 테니까."

지난 100년 사이 평균 수명이 두 배 가까이 늘어났듯이 이

번 세기 말에는 150세까지 길어질지도 모른다. 불멸은 아니어도 가족 구조, 결혼, 부모 자식 관계 등 사회가 혁명적으로 바뀔 수 있다. 상상해보라. 150세까지 산다면 40세에 결혼해 그 가정을 110년이나 이어갈 수 있을까. 블라디미르 푸틴이 90년 더 러시아에서 정권을 잡는다고 생각하면 기분이 어떤가.

AI와 생명공학은 사람의 마음과 몸까지 장악할 것이라고 하라리는 전망한다. 빅데이터와 알고리듬이 모든 세상사를 예측하게 된다면 그것이 새로운 종교가 되어 우리를 지배할지도 모른다. 역사상 처음으로 초인간과 평범한 인간이라는 새로운 불평등이 등장할 것이라는 예측에 섬뜩해진다.

하지만 그것은 어디까지나 21세기 말 이후의 일이 될 것이다. 우리 시대에 죽음은 여전히 모두에게 공평하다. 삶에는 끝이 있다.

25

죽음 / 비관주의

1

은퇴는 남의 일이 아니다. 직장인은 '임금피크제'를 거쳐 '60세 정년'으로 일터에 마침표를 쾅 찍고 떠나야 할 운명이다. 그런데 일흔 살 인턴이라니. 영화 〈인턴〉은 정부나 은퇴문제 연구소도 상상하지 못한 상황을 툭 던져준다.

　70세 노인 벤(로버트 드니로)은 학교를 빼먹은 것처럼 은퇴가 즐거웠다. 세계 여행, 요가, 요리, 화초 재배, 중국어 공부……. 하지만 이내 시들해졌다. 줄스(앤 해서웨이)가 운영하는 온라인 쇼핑몰에 인턴 지원서를 낸 그는 "내 삶에 난 '구멍'을 채우고 싶다"라고 말한다. 성공한 경영자 줄스에게도 남모를 상처가 있다. 이 영화는 그들이 서로 결핍을 메워나가는 드라마다.

　벤은 일할 때 행복해지는 사람이다. 전화번호부 회사에서 퇴직한 그는 종이라곤 찾아볼 수 없는 온라인 쇼핑몰 회사에서 노트북 전원도 못 켜지만 다른 쓸모가 아주 많다. 배려와 헌신이 몸에 배어 있고 문자나 이모티콘이 아니라 진심 어린 말로 감정을 표현하며 젊은 직원들 사이에 인기를 얻어 멘토가 된다. 일과 가정 사이에서 흔들리던 줄스에게도 그의 지혜는 요긴하다.

영화는 처음부터 끝까지 활기가 넘친다. 이야기와 연출, 리듬과 연기가 이렇게 균형 잡힌 작품은 드물다. 낸시 마이어스 감독은 〈왓 위민 원트〉〈사랑할 때 버려야 할 아까운 것들〉이 아니라 〈인턴〉으로 기억될 것 같다. 뻔한 이야기를 뻔하지 않고 우아하게 만드는 솜씨에 감탄하게 된다.

개봉 당시 72세였던 로버트 드니로는 영화 시작 5분 만에 자신이 왜 명배우인지를 증명한다. 눈을 깜빡거릴 땐 한없이 귀엽고 '꽃보다 청춘'이 따로 없다. 〈인턴〉을 보면서 그가 2015년 미국 뉴욕대NYU 예술대 졸업식에서 한 연설이 겹쳐졌다. 졸업하면 '좌절'과 '다음next'이라는 말에 익숙해져야 한다는 요지였다. 그는 연설을 이렇게 맺었다. "우리는 한번 일했던 사람과 다음번에도 일하게 됩니다. 단단한 유대 관계를 맺으세요. 저는 연출 전공자들에게 이력서를 들이밀기 위해 이 자리에 섰습니다."

〈인턴〉은 경험의 가치를 아는 영화다. "음악이 사라지기 전까지 뮤지션에게 은퇴란 없다. 내겐 아직 음악이 남아 있다"는 벤의 말처럼 '60세 정년' 이후에도 우리에게는 앞날이 창창하다.

2

말기 환자들은 어디로 가야 할지 막막하다. 응급실은 입원을 기다리는 환자로 넘쳐나고 대형 병원은 늘 병실이 부족하다. 국가별 '죽음의 질質' 조사에서 한국은 OECD 회원국 중 하위권에 머물러 있다.

"병실에서 생의 마지막을 맞는 대신 길로 나서기를 잘했다고 생각해요."

아흔한 살의 미국 할머니 노마 바우어슈미트는 2016년 8월 24일 페이스북 '드라이빙 미스 노마Driving Miss Norma' 계정에 이런 소식을 올렸다. 아들 부부, 애완견과 함께 레저용 차량에 몸을 싣고 미시간주 북동부 프레스크아일의 집을 떠나 대륙 횡단에 나선 지 꼭 1년이 되는 날이었다. 노마 할머니는 자궁암 진단을 받은 직후 남편마저 세상을 떠나자 치료 대신 이 대장정을 택했다. 미국 32개 주 75개 도시를 돌며 약 2만 1,000킬로미터를 달렸다.

할머니는 1년 전 의사 앞에서 분명히 말했다. "난 지금 아흔 살이에요. 여행을 떠날 겁니다I'm 90-years-old, I'm hitting the road."

의사는 답했다. "고통스런 항암 치료와 부작용을 매일 봅니다. 수술로 더 오래 살 수 있을지 장담할 순 없습니다. 즐겁게 여행하십시오."

긴 여행을 하는 동안 미국 국립공원관리청 설립 100주년을 맞아 그랜드캐니언, 옐로스톤을 비롯한 국립공원 기념행사 스물여 곳에 초청되었다. 42만여 명이 '드라이빙 미스 노마' 페이지를 팔로우하면서 할머니의 여행 소식을 들었다. 아들과 며느리가 여정 틈틈이 사진과 글을 포스팅하면서 할머니는 어느새 유명 인사가 되었다. 미 해군, 미 프로농구NBA 애틀랜타 호크스 팀으로부터도 초대를 받았다. 부르는 곳이 많아서 다 응하지 못할 정도였다.

152센티미터에 45킬로그램이었던 할머니는 길에서 새로운 경험을 했다. 열기구 타기, 승마, 손톱 관리…… 시간 변경선을 열 번가량 넘나들었다. "1년 여행을 통해 삶과 배려와 사랑, 그리고 '지금 이 순간'의 중요성을 배웠다"라고 할머니는 말했다. 어디가 가장 좋았는지 물었을 때 답이 걸작이었다. "바로 이곳이죠."

'9988234'. 한국 노인들은 이런 숫자를 덕담처럼 주고받는다. '99세까지 88하게 살다가 2~3일 아프고 죽는다死'라는 뜻이다. 죽는 것도 두렵지만 죽음이 임박했을 때 아픈 것도 싫다.

노마 할머니는 인위적인 연명 치료를 바라지 않았다. 여행 계획은 '극단적인 날씨를 피해, 가고 싶은 곳을 가고 싶은 때 가도록' 정해졌다. 할머니는 그해 10월 1일 세상을 떠났다. 여행이 끝나기 전 소망을 물었을 때 할머니는 이렇게 답했다. "내 여행이 '삶을 어떻게 마무리할까'에 대한 대화를 불러일으킬 수 있으면 좋겠어요."

3

〈스틸 앨리스〉는 알츠하이머병을 다룬 영화다. 관객을 망각과 기억 사이로 데려간다. "삶이 기억에 기울면 비극, 망각에 기울면 희극이 된다"지만 망각도 도가 지나치면 안에서부터 사람을 갉아먹는다. 정체성 상실이다.

앨리스(줄리앤 무어)는 저명한 언어학 교수. 50세 생일에 남편 존(알렉 볼드윈)이 말했듯이 '아름답고 지적인 아내이자 세 아이의 엄마'다. 그런데 단어를 까먹고 약속을 날리는 일이 많아진다. 신경외과에서 조발성 알츠하이머병 진단을 받는다. 앨리스는 점점 사람 만나기를 두려워하고 늘 하던 대학 강의도 엉망이 된다. 화장실 위치는 물론 자식 이름까지 기억 못 할 만큼 병세는 빠른 속도로 깊어진다.

그녀가 걸린 알츠하이머는 가족성이라서 유전될 확률이 반반이다. 환자가 자식들 건강까지 근심해야 하는 처지다. 앞에서 가져왔던 '부모는 가장 불행한 자식만큼만 행복할 수 있다'는 말처럼, 앨리스는 대학에 진학하지 않고 연극 무대를 전전하는 막내딸 리디아(크리스틴 스튜어트)가 걱정이다. 영화는 리디아가 출연한 〈세 자매〉를 극중극 형태로 담아 보여준다. "그래도 우리는 살아가야 해"라는 대사로 기억되는 이 연극은 삶이란 대체로 바라는 반대 방향으로 흘러간다는 것, 꿈과 점점 멀어진다는 것을 아프게 암시한다.

알츠하이머병 환자가 기억을 잃어가는 과정을 옆에서 지켜보는 일은 괴롭다. '기억상실'이라고 적힌 팔찌를 차게 된 앨리스에게는 좋은 날과 나쁜 날이 있다. "좋은 날엔 평범한 사람 연기에 성공하고 나쁜 날엔 내가 나를 모르겠어. 뭘 더 잃게 될지도 모르겠고"라고 그녀는 중얼거린다. 남편에게 "앞으로 일 년은 내가 나일 수 있는 마지막 시간일 거야"라고 말할 때, 비참한 표정으로 "차라리 암이면 좋으련만"이라고 푸념할 때 눈앞이 캄캄해진다.

"안녕, 앨리스. 나는 너야I'm you. 지금부터 중요한 이야길 할게. 기억이 사라지는 게 슬프겠지만 넌 훌륭한 교수였고 행복한 결혼 생활을 했어……."

정신이 온전한 날 앨리스는 카메라를 들여다보며 이렇게 마지막 기억을 영상으로 담는다. 그 순간 극장 공기는 침묵으로 무거워진다. 영화는 후반에 잠깐 희망의 불꽃을 보여준다. 앨리스가 알츠하이머병 환자들과 의료진 앞에서 '상실의 기술the art of losing'이라는 제목으로 연설하는 장면이다. 잃어버리는 기술이라니. 그 낯선 말이 화살처럼 날아와 뇌세포에 박혔다.

"저는 매일 상실의 기술을 배우고 있습니다. 기억을 잃는다는 것은 지옥 같은 고통입니다. 우리의 모습에서 멀어진 우리는 무능해지고 우스워집니다. 하지만 그것은 우리가 아닙니다. 우리의 병일 뿐입니다. 저는 이 세상의 일부가 되기 위해, 예전의 나로 남아 있기 위해 애쓰고 있습니다. 순간을 사는 것, <u>스스로를</u> <u>너무 다그치지 않는 것</u> 같은 상실의 기술을 배우고 있습니다."

치매는 고령화 시대에 우리 대부분이 결국 다다르게 될 막다른 길일지도 모른다. 80세 이상은 10명 중 4명이 발병하는데 환자 가족은 부모와 자식, 남편과 아내라는 관계를 재정의해야 하는 고통에 시달린다. 앨리스의 분투기를 보면서 내 일부가 사라지는 느낌, 뿌옇게 멍해지는 순간, 평생 이룬 것이 무너지는 좌절을 간접 체험했다. 세상에 소속되어 있다는 안도감이 얼마나 소중한 것인지 새삼 깨달았다.

4

'메멘토 모리memento mori'라는 라틴어는 엄숙한 초대장 같다. 낭랑한 발음 속에 '(당신도) 죽을 운명이라는 것을 기억하라'는 진리를 담고 있기 때문이다. 예술 작품들은 흔히 해골이나 모래시계로 '메멘토 모리'를 표현한다.

죽음을 늘 의식하라는 충고는 사람들을 절망에 빠뜨리려는 게 아니다. 삶에서 진정한 우선순위에 집중하라는 뜻이다. 결국 죽는다고 생각하면 근심은 대부분 무의미하다. 그래서 우리는 좀 더 용감해질 수 있다. 감정에 대해서, 진짜 바라는 것에 대해서.

비관주의가 인생에 도움이 될 수 있다. 우리는 결국 죽어 먼지가 될 것이다. 당신이 사랑하는 사람들, 당신이 일군 업적도 시들기는 매한가지다. 스토아학파부터 철학자들은 비관적인 견해를 취하면서 지혜를 들려주었다. 비관적인 전망은 우리의 기대와 질투와 실망을 줄여주고 정서적으로 긍정적인 측면, 건강한 삶을 위한 공간을 만들어낸다.

사람은 대체로 60만~70만 시간을 살다 간다. 노년이 길어질수록 슬픔을 견뎌야 할 일이 많아진다. 재앙이 닥치면 떠들썩함은 숨을 죽이고 숙연하게 삶을 돌아보게 된다. 비극은 삶이 얼마나 예측 불가능한지, 우리가 얼마나 취약한지, 왜 현재에 감사해야 하는지 일깨우기 위해 존재한다. 그래서 인기가 없을 테지만.

고대 그리스 극장에서 발전된 비극 예술은 본질적으로 사람이 어떻게 실패하는지 추적한다. 고귀한 주인공이 파멸하는 과정을 지켜보면서 관객은 연민과 공포에 휩싸인다.

영화 〈맥베스〉의 주인공은 사람이 아니다. 걷잡을 수 없는 욕망이다. 비바람 휘몰아치는 밤, 맥베스(마이클 패스벤더)는 칼자루를 쥔 채 망설인다. 덩컨왕은 술에 취해 자고 있다. "장차 왕이 되실 맥베스 만세!"라는 세 마녀의 예언이 용맹하고 충직한 전사 맥베스를 송두리째 흔들어놓았다. 왕을 죽이고 왕좌를 차지하라는 두려운 제안. 마음속 풍경은 바깥 날씨보다 사나운데 아내(마리옹 코티야르)가 귓속말로 탐욕을 부추긴다.

오너라, 살인의 악령들아. 잔인한 마음으로 나를 가득 채워라. 오너라, 짙은 밤아. 다가올 모든 낮과 밤은 우리의 통치를 받게 될 것이다…….

이 영화는 맥베스가 죽은 아들의 두 눈을 굴 껍데기로 덮고 흙을 뿌린 뒤 화장火葬하는 장면으로 열린다. 승전을 이끌고 집으로 돌아오는 길에 세 마녀의 예언을 들은 그는 정의와 야망 사이에서 고뇌한다. 기어코 거사를 감행하고 피 묻은 손과 몸을 빗물과 강물에 씻는다. 죄의식은 사라지지 않는다.

400년 전 셰익스피어가 던진 질문은 여전히 유효하다. 전쟁은 끝나지 않는다. 인간의 어두운 욕망도 그대로다. 특히 정치판일수록 아군인지 적인지 알 수 없다. "네 정체가 무엇이냐"라고 맥베스는 묻는다.

셰익스피어 4대 비극 중 스코틀랜드가 무대인 맥베스는 살인으로 열리고 닫힌다. 전쟁터에서 다들 엉겨 붙어 익사하는 것 같은 오프닝부터 사뭇 장엄하다. 저스틴 커젤 감독은 전투 장면을 때로는 느리고 때론 빠르게 펼치면서 칼과 피, 함성과 비명을 긴박하게 스크린에 담았다.

맥베스는 불면증에 시달리면서 헛것을 보게 된다. 그 옛날 셰익스피어는 아마도 왕을 보호하기 위해, 반역자의 뜻을 꺾기 위해 이 비극을 썼을 것이다. 연민과 공포를 불러일으킨다. 명대사와 독백이 시詩처럼 흘러나온다. 세 마녀의 나머지 예언이 영화적으로 어떻게 실현되는지도 볼거리다. 어쩌면 관객은 아플 수도 있다. 말言이 휘두르는 강펀치를 오랜만에 기꺼이 두들겨 맞았다.

그리스 비극 작가들은 우리가 얼마나 사악하고 어리석으며 육욕에 불타고 맹목적인지 일러주었다. 인간이 고귀하지만 추악한 결점을 지닌 종種이라는 사실을 받아들이도록 타일렀다. 〈오이디푸스왕〉을 보면서 주인공을 패배자나 정신병자로 치부하는 관객은 없다. 비극은 '인생의 시뮬레이터'로 작동할 수 있다.

5

미국 의사이자 작가 올리버 색스1933~2015는 2013년 7월 뉴욕타임스에 'The Joy of Old Age'라는 제목의 글을 기고했다. 여든이라는 숫자에 대하여 이렇게 아름다운 에세이를 쓸 수 있다니, 놀라웠다. 국내에는 이 기고문을 포함한 에세이 네 편을 묶어 《고맙습니다》로 번역되어 나왔다. 색스의 글은 이렇게 시작된다.

간밤에 수은Hg에 대한 꿈을 꾸었지. 거대하고 반들거리는 수은 덩어리들이 오르락내리락했다. 수은은 원자번호80. 해몽하자면 이번 화요일에 내가 여든 살이 된다는 암시였네. 원소들과 생일들은 내가 원자번호를 배운 어릴 시절부터 밀접하게 얽혀 있었지. 열한 살에 '난 나트륨Na이야' 했고, 일흔아홉 살인 지금은 금Au이라네…….

색스는 이 에세이에서 몇 년 전에 여든 살이 된 친구에게 특수 제작된 병에 담아 수은을 선물한 일화도 들려주었다. 친구가 농담을 담아 매력적인 답장을 보냈다. "건강을 위해 매일 조금씩 마시고 있어."

평균수명이 길어지는 추세로 보면 우리도 언젠가 여든 살이 될 것이다. 색스는 "가끔은 인생이 이제 시작된 것 같은 기분이지만, 사실은 거의 끝나가고 있다는 깨달음이 뒤따른다"라고 썼다. "마흔이나 예순에는 할 수 없었지만 이제 한 세기가 어떤 시간인지 상상할 수 있고 몸으로 느낄 수 있다"라고도 했다.

2차 세계대전이 터질 무렵 그는 여섯 살이었다. 상실과 죽음에 대처하려고 현실에서 시선을 거두어 비인간적인 것으로 돌리는 법을 익혔다. 원소들과 주기율표가 친구가 되어주었다. 살면서 스트레스를 겪을 때면 그는 생명이 없지만 죽음도 없는 세계, 즉 물리 과학으로 '귀향' 했다.

색스는 다가오는 죽음 앞에서 고개를 돌리지 않는다. 마지막 순간에 남긴 문장들은 감사로 가득하다. 따스한 어조로 "무엇보다 강하게 느끼는 감정은 고마움"이라며 작별 인사를 한다. 이 아

preparations for a trip

름다운 행성에서 지각 있는 존재이자 생각하는 동물로 살았다는 사실 자체만으로 엄청난 특권이자 모험이었다고.

나는 2053년에 여든 살이 된다. 살아 있을지, 끝자락 풍경이 어떨지, 생애를 어떤 말로 정리하게 될지 도무지 상상이 안 간다. 영화 〈바람과 함께 사라지다〉에 나왔던 벤저민 프랭클린의 잠언을 되새긴다.

시간 낭비하지 마라. 시간의 총합이 삶이다.

Do not squander time. That is the stuff life is made of.

월요일도 괜찮아

1판 1쇄 인쇄 2017년 6월 12일
1판 1쇄 발행 2017년 6월 19일

지은이 · 박돈규
펴낸이 · 주연선

총괄이사 · 이진희
책임편집 · 최민유
편집 · 심하은 백다흠 강건모 이경란 윤이든 양석한
디자인 · 김서영 이지선 권예진
마케팅 · 장병수 김한밀 최수현 김다은
관리 · 김두만 유효정 신민영

(주)은행나무
04035 서울특별시 마포구 양화로11길 54
전화 · 02)3143-0651~3 | 팩스 · 02)3143-0654
신고번호 · 제 1997-000168호(1997. 12. 12)
www.ehbook.co.kr
ehbook@ehbook.co.kr

잘못된 책은 바꿔드립니다.

ISBN 978-89-5660-236-3 03810